凌翔 主编　　当代作家精品·散文卷

斜阳，别样绚丽

韩惠民 著

北京出版集团
北京出版社

图书在版编目（CIP）数据

斜阳，别样绚丽 / 韩惠民著．— 北京：北京出版社，2023.2

（当代作家精品 / 凌翔主编．散文卷）

ISBN 978-7-200-17838-8

Ⅰ．①斜…　Ⅱ．①韩…　Ⅲ．①散文集—中国—当代　Ⅳ．①I267

中国国家版本馆 CIP 数据核字（2023）第 024014 号

当代作家精品·散文卷

斜阳，别样绚丽

XIEYANG，BIEYANG XUANLI

韩惠民　著

凌翔　主编

出　　版　北京出版集团
　　　　　北京出版社

地　　址　北京北三环中路 6 号

邮　　编　100120

网　　址　www.bph.com.cn

发　　行　北京出版集团

印　　刷　三河市中晟雅豪印务有限公司

经　　销　新华书店

开　　本　710 毫米 ×1000 毫米　1/16

印　　张　14

字　　数　185 千字

版　　次　2023 年 2 月第 1 版

印　　次　2023 年 2 月第 1 次印刷

书　　号　ISBN 978-7-200-17838-8

定　　价　69.80 元

前言

《斜阳，别样绚丽》终于与读者见面了，闻之令人欣喜。我与作者相识久矣，读过之前他发表的一些文章，觉得颇具新意。现今结集出版，值得庆贺。

唐代，一直是我们中华民族引以为豪、值得浓墨重彩的朝代。唐诗，无疑成为五千年华夏文明中弥足珍贵的瑰宝。如果说唐朝是诗的国度，那么盛唐就是整个古代诗歌发展的黄金期。李白、杜甫、王维等诗坛巨匠的大量作品，至今仍为传世经典，脍炙人口。“安史之乱”后，大唐盛世江河日下，转折进入中晚唐时期，诗歌也随之落入一段低潮期。而随着社会经济的日渐稳定与繁荣，经过大历、贞元“阵痛”，呈现“元和中兴”，诗歌创作发展再次迎来了一个喷发期，名家辈出，流派纷呈，佳作层出不穷。白居易、刘禹锡、韩愈、元稹、杜牧、李商隐……一批批诗人如璀璨群星，闪耀在历史的天空中。如果说盛唐时期的大唐如日中天，那么经历“安史之乱”进入中晚唐时期的大唐，则是日渐西沉的斜阳。但由于这一时期诗歌创作的丰硕成果及优异表现，又使得这斜阳绽放出动人魂魄并令人为之击节叫绝的绚丽风采！

面对这姹紫嫣红、争奇斗艳的诗坛百花园，作者并没有浮光掠影，“一日看尽长安花”，而是独辟蹊径，站在历史的高处，深情怅望，凝神静思，通过与诗人的直面交流和灵魂对话，来探析其心路历程和诗作的亘古价值，进而挖掘出时代的、社会的、政治的诸多深层次元素。以约驭博，既为诗人立了传；由表及里，又为国事走势探了底。我觉得这正是《斜阳，别样绚丽》值得称道的地方。

“安史之乱”后，社会矛盾、阶级对立日趋严重，藩镇割据、宦官专权、朝廷党争犹如三种毒瘤顽疾，不仅导致大唐肌体腐化败落，走向衰亡，而且为诗人的生存、创作罩上了难以摆脱的魔咒和阴影。此文集正是紧扣这一主题和时代背景来展开探析研究的，这无疑将作品置于了现实可信的基础之上。

生于不同阶段的不同诗人，尽管对前人有沿袭有传承，但仍体现出了风格各异、特色独具的个性。作者没有千篇一律地泛泛而谈，而是结合重点篇章、重要事件，对诗作进行重点深入的探究。如此一来，譬如顾况的疏朗飘逸、刘禹锡的豪放旷达、白居易的言浅意深、杜牧的俊逸清丽以及李商隐的瑰丽幽深等形象及诗风，都通过探析展示，一个个栩栩如生，跃然纸上。

诗是美的集中，是情的结晶，研究诗作同样也必须饱蘸深情，一以贯之。正因为如此，这本文集显得尤为入情入理、情真意挚、以情掠心、撼动人心。

另外，文集中作者立意奇辟，描述生动，文字凝练，笔法幽邃，表现出了一定的文学功力；还辅以不少幽趣逸事，质朴动人，亦增添了作品的可读性。

以上仅是我的一孔之见，相信读者在细心阅读和品味的过程中，也会不断有所感受和收获。

我国的发展已进入新时代新常态。传承国粹，弘扬优秀文化传统，成为当今建立文化自信、建设文化强国的一个重要方面。相信这本文集的出版发行，有助于发挥积极的文化建设作用。

李玉柯

2020年初夏于深圳

目 录

第一辑 巨星，令人仰望

第二辑 经典的味道

第三辑　星空还是那么璀璨

第四辑　社会底色一瞥

第五辑　依然令人缅怀

第一辑　巨星，令人仰望

古原，古原

鬼使神差，夕阳西下时，他又驱车来到了这里。

记不清多少回了，反正每逢心烦意闷、遇事无解时，他都会下意识地来到这里。

这就是晚唐诗人李商隐之于乐游原。

这一回，年过不惑的李商隐明显感到心力交瘁，几天来惴惴不安。多少年来，他四处奔波求职，历经桂州、徐州、梓州诸地，差不多耗尽了心力，揉碎了脾气。好在投奔至剑南东川节度使柳仲郢的幕府后，在这位亦师亦友的故人的关照下，他终于平安地度过了 5 年时光。而今，他跟随柳仲郢奉调入京。柳氏升迁吏部侍郎，抵京后又改任兵部侍郎，主持盐铁幕府，自然又召他入府，拟任盐铁推官。作为一名诗人墨客，将接任一个商业味极浓的差使，他心中感到莫名的惶惑。是福是祸？可喜可忧？五味杂陈。来到原上，他随心漫步，想放松下来，面容却依然凝重。良久，只见他走向原头，迎着夕阳，拂着微风，移着缓步，嘘一口长气，随口而吟：

“向晚意不适，驱车登古原。夕阳无限好，只是近黄昏。”

乐游原，地处京城长安东南部，是个观光赏景的好去处。相传西汉中后期，汉宣帝偕第一夫人许皇后来此游玩，这里春光流丽、美不胜收，许皇后乐此不疲。许皇后逝后，汉宣帝将她葬于此，立乐游庙，名“乐游苑”，后人传为“乐游原”。当然，长安城还有一处更大更美的去处，叫曲江池。诗曰：“三月三日天气新，长安水边多丽人”（杜甫《丽人行》）；“梦君同绕曲江头，也向慈恩院院游”（元稹《梁州梦》）。那里秀色可餐，游人如织，昼游夜宿，歌舞不歇，一度凡进士及第者、封官晋爵者必游曲江，蔚成风气。能去曲江赏景，当是人间幸事，但相较之下，曲江多是才子佳人、幸臣宠儿的首选地，而乐游原因其地势高旷，视野开阔，举目之下长安城尽收眼底，便于咏怀抒情，则尤为落魄文人、离别官员青睐。

这不，此时的李商隐思绪万千、百感交集。早年，他科举屡试不中，常来此解忧。恩师令狐楚仙逝，他强压内心的悲痛，来此苦吟“我是梦中传彩笔，欲书花叶寄朝云”（《牡丹》），忆及师恩，号啕大哭。爱妻七妹病逝，他更是不见魂魄，反复哀叹“如何肯到清秋日，已带斜阳又带蝉”（《柳》），想起夫妻相濡以沫的清贫时日和七妹的全力担当，追悔万分！这些情景感天动地！他在哭泣，在喋血，流淌的是发自肺腑的真情，宣泄的是撕心裂肺的苦痛。眼下，这些悲苦情思，一拨拨、一幕幕浮现眼前，使得他一会儿热血涨涌，一会儿心脑麻木。索性，他倒身在树荫里，任凭思绪徜徉……

恍惚中，李商隐感觉似有人来。远看好像诗仙太白。只见他衣带渐宽，飘忽而来，面对夕阳，抚须吟唱。哦，是《忆秦娥》的后阕：

乐游原上清秋节，咸阳古道音尘绝。

音尘绝，西风残照，汉家陵阙。

细观眼前的太白，全无当年“仰天大笑出门去”“直挂云帆济沧海”的勃勃雄心和“天子呼来不上船”、直令高力士脱靴拂尘的豪迈傲气。早年，他满怀抱负，向往匡扶社稷，但苦无用武之地且屡受权贵谗毁，直至投奔永王李璘而遭外贬流放，此后漂泊无着。只见太白遥望汉室郡陵，思绪波涌，愁容满面。那汉武帝的陵寝名曰“茂陵”，号称“华夏金字塔”，历时53年建成，是其文治武功、开疆拓土千秋伟业的见证。而其右侧，则是一生未尝败绩的骠骑大司马霍去病墓，和七击匈奴、收复阴山河套地区的大司马大将军卫青墓。一个墓似祁连，一个冢若阴山，两墓拱卫着茂陵，昭示着汉室江山永固。反观体现大唐辉煌的咸阳古道，此时却音尘杳然，伴以如血的夕阳，萧飒的秋风，显得格外荒凉凄冷！渔阳兵祸的刀光剑影浮现于眼前，百姓食不果腹，哀鸿遍野，官宦觥筹交错声犹在耳，莫非这都预示着天宝后期李唐大厦行将倾覆吗？他仰天长叹，“苍天啊……”声音沙哑，刺人心肺而又戛然而止。

一丝凉风掠过，人生知己乐天大哥又显现于面前。那几年，乐天大哥连遭不幸，处境十分凄苦。慈母病逝，幼女夭亡，使他终日陷于极度的悲痛之中。身为左赞善大夫，他对光天化日之下，当朝宰相在长安街头被刺杀一事义愤填膺，上书力主缉拿凶犯，却反被朝中利益集团以“越职言事”问罪，谪贬江州司马。在赴江州途中，他又巧遇常驻心田二十余载的苦命恋人随父流浪漂泊。他们二人相见，抱头痛哭，在心中激起了难以忘怀的波澜。江州苦熬的岁月，乐天大哥养成了怪僻孤寂的心性。“宦途自此心长别，世事从今口不言”（《重题》），独处、独行、独宿、独饮，他好像立志要与世隔绝似的。在外人看来，他这位名师顾况的得意门生，头戴“童子解吟长恨曲，胡儿能唱琵琶篇”（李忱《吊白居易》）的光环，该是何等风光！但别人怎会知晓，他的内心是多么的无奈与悲苦。只见乐天大哥姗姗而来，默默而语：

独行独语曲江头，回马迟迟上乐游。

萧飒凉风与衰鬓，谁教计会一时秋。

这首《立秋日登乐游园》，全盘托出他悲哀伤感的内心世界。曲江池早已不是他赏心怡情的胜地，还是乐游原更适合他倾吐心迹！他形单影只，孤寂落寞，这一切是谁之过？他的内心在流血，他的灵魂在挣扎，他只能在秋天独有的肃杀之气中哀鸣、呐喊！

李商隐悲悯之心难抑，却隐约闻见那厢人声嘈嘈。“义山，找你找得好苦啊！”依稀间，长他十岁的牧之仁兄一下子蹦到了跟前。如同出笼的雀儿，杜牧稍作施礼，便疾步走向原头，大声吟诵他的得意之作《将赴吴兴登乐游原一绝》：

清时有味是无能，闲爱孤云静爱僧。

欲把一麾江海去，乐游原上望昭陵。

李商隐心中清楚，此刻的杜牧只能反其意而观之。他貌似得意，实难掩内心的忧愤，故正话反说，打掉牙齿和血吞，全是一副被逼无奈的惺惺作态。朝中宦官擅权，官宦相斗，牛李党争，藩镇崛起，无处不是刀斧相见，他身为吏部员外郎，少有清闲静谧的时光，更何来闲情逸致的心境！他是李德裕的得意门生，又与牛僧孺交谊甚深，两党争斗中两边均不讨好，在朝中只能谋个闲职混混。而今他请求外放，获准赴任湖州刺史，看似如愿以偿，可是眼下，他登高远望，却独钟情于开创贞观盛世的唐太宗陵寝，其谋大业展宏图的雄心岂非不言自明吗？但时运可违吗？他能逃脱李唐王朝的藩篱吗？

“吱——”，一声秋蝉的长鸣把李商隐从忆想中惊醒。他缓步走向原头，抬头西望，一片苍茫，夕阳坠落，只留天边一抹血色，凉风渐起，略感丝丝寒意。不经意间北瞥，他看见了大明宫。那是唐王朝的核心，是北司、南衙相互绞杀的营垒，是充斥刀光剑影、血雨腥风的地方。想那甘露事变，宦官屠城，朝臣尽惧，冤案遍于国中，尸骨暴于街头，自此宫廷朝中再无宁日，令人不禁毛骨悚然。再向西望，隐约可见泾川古城。当年他逃脱宫廷是非之地，与爱妻七妹寄住在岳丈家，度过终身仅存的美好时光。但，身在幸福里，心却依然苦中熬。怎能忘却自己在党争夹缝中求生存蒙受的磨难与屈辱！怎能忘却自己科考明明名列前茅，但却在吏部授官时被一记“此人不堪”的冷枪所毙命！“永忆江湖归白发，欲回天地入扁舟。不知腐鼠成滋味，猜意鹓雏竟未休”（《安定城楼》）。看来，想成就一番事业后便隐居故乡只能是奢望。陷入党争旋涡，纵然自持清白也永远无法摆脱被猜忌、诬陷、排挤和打击的厄运。在京城求仕无门，他只能奔波外地四处求职，沦落至今，事业、功名、恩师、爱妻全都离他而去。为什么？这一切究竟是为什么？

伫立原头，他心头倒海翻江。面对身世悲凉命运多舛，面对国运日下世风式微，面对大道难行天理不存，他问天，叩地，叩问冥冥之中的鬼蜮神仙。但，原上寂然无声，远处一片苍茫。

伫立原头，他孑然一身，羞愧难当。缅怀前贤与先人，前不见古人，后愧见来者，回天无力，处世乏术，唯有揪心切肤放声痛哭！

伫立原头，他不顾夜色渐浓，寒气袭人，依旧苦思、凝望。他要用这黑的眼睛，在对黑的夜色的凝视中找到答案……

啊，古原，古原！

缱绻缘于真情在

提起唐代诗人白居易，首先浮现在人们脑海中的无外乎两点：一是由他倡导兴起的新乐府；二是他创作的《长恨歌》《琵琶行》等传世长篇。中国古典四大名剧之一《长生殿》的作者洪昇就坦言：“予撰此剧，止按白居易《长恨歌》……为之。”明《唐诗解》则赞誉《长恨歌》《琵琶行》为唐代诗歌“长篇之胜”。那么，这些诗篇因何世代流传、为人称颂，白居易又是如何成就这些千古名篇的呢？

大家不妨翻翻白居易的人生经历，品品他的情感世界，相信锁眉自然会为之顿开。

看看，在叙说谁的爱情故事

白居易，字乐天，生于唐代宗大历七年（772年），今河南新郑一个日渐败落的“世敦儒业”之家。11岁时，为避战乱，随母迁往父亲任职的宿州符离（今安徽宿州埇桥区），安家于符离东菜园村。村设东林学堂，伴以家庭藏书，使得勤奋聪颖、酷爱诗书的白居易来后如鱼得水。他刻苦研习，16 岁时便以一首《赋得古原草送别》而名扬天下。

东邻家有一位小他 4 岁的女孩，名叫湘灵，乳名唤作婵娟子。他们二人两小无猜、情趣相投，常常一起诵读游玩，朝夕不离。湘灵父籍湖南，母家则为安徽灵璧，母亲曾由家乡带来一方灵璧石，供家人观赏之余，亦能解自己思乡之情。一日，见白居易对此石喜爱不已，自相识以来就十分仰慕白居易诗才和名声的湘灵便慷慨以石相赠。此后，每逢好友相聚，白居易就置石于案头，抚石操琴、赋诗畅叙，其乐融融。而他与湘灵的交往也随之变得紧密，感情更是日见亲密。

随着年龄的增长，两人情窦初开。白居易 19 岁时，他们开始初恋。时有白居易《邻女》为证："娉婷十五胜天仙，白日姮娥旱地莲。"可见 15 岁的湘灵，这个貌若天仙、温婉可人的小精灵，已经逐渐入驻乐天哥哥的心田了。孰料受社会风气和门第观念的缚囿，白居易的母亲一开始就反对二人相恋。这就注定他们蹚进爱河的同时，亦步入了苦海。三年后，白居易随父去外地求学时，这份恋情已经难以割舍。在母亲的面前，他"不得哭，潜别离。不得语，暗相思"（《潜别离》），与恋人离别的话只能用泪眼传递，对恋人相思的泪只能在心底流淌。

唐德宗贞元十四年（798 年），27 岁的白居易为了家庭生活和个人前程，决定投奔江南的叔父。临行之前，这两位相识 17 年、相恋 8 年的情侣私定终身。湘灵以精心缝制的鸳鸯绣花鞋作为定情信物相赠，白居易则感激万分、执手流泪惜别。途中，他思绪难抑，赋诗三首表述衷肠。试看："泪眼凌寒冻不流，每经高处即回头"（《寄湘灵》）；"笼香销尽火，巾泪滴成冰"（《寒闺夜》）；"思君春日迟，一日肠九回……人言人有愿，愿至天必成……愿作深山木，枝枝连理生"（《长相思》）。两年后，29 岁的白居易考中进士，由京城回符离家中暂住。他恳求母亲同意自己与湘灵的婚事，被母亲以"官宦世家怎能与乡野俗女婚配"为由严词拒绝。无奈之下他只得含泪离家，一路伤心痛哭《生离别》：“未如生别之为难，苦在心兮酸在肝。”“生离别，生离别，忧从中来无断绝！”

唐德宗贞元十八年（802年），31岁的白居易应试书判拔萃科登第，授任秘书省校书郎，需要迁家长安。他回符离再次苦求母亲允其与湘灵完婚，却再次遭母坚拒并严词约法：不许再提这桩婚事，不许搬家时与湘灵会面、告别，不许以后再提及湘灵这个名字！真是五雷轰顶！此时的白居易万念俱灰，欲怨无声，欲哭无泪！面对自己敬重却威严无法撼动的母亲，他心中暗暗发誓：以不与他人结婚来惩罚母亲的执拗。在肝胆俱裂的苦痛中，在一步一回头的难舍中，白居易与滋他养他的幼年福地、与魂牵梦绕的苦命恋人依依惜别，从此“艳质无由见，寒衾不可亲。何堪最长夜，俱作独眠人”（《冬至夜怀湘灵》），“欲忘忘未得，欲去去无由……暝色无边际，茫茫尽眼愁”（《寄远》）。心爱的人啊，今后只能在梦中相见，靠思念对话。内心的创伤啊血流不止，忧思的泪水啊干涸眼睛……

唐宪宗元和元年（806年）年初，35岁的白居易应试才识兼茂明于体用科登第，当年授任周至县尉。一日，他与王质夫诸友同游秦麓行宫仙游寺，笑谈中，众人提起唐玄宗与杨贵妃的爱情故事，不禁同声唏嘘。酒席上，王质夫把盏相激：“眼前这位情诗高手试笔如何？”不日，遵循友嘱，依据相关史实和民间传说，一部《长恨歌》便呱呱坠地。《长恨歌》，谁在恨？恨什么？为什么恨？诸君请看，离别的泪水未干，25年相处、16年苦恋的情人长期占据心扉，绵绵相思的爱情久拂不去，白居易此时歌咏爱情，是何心态？写什么？怎么写？相信大家自有明判。

听听，谁是天涯沦落人

中断不能割舍相思，离别亦非不能再见。虽然后来在母亲的以死相逼下，37岁的白居易经人介绍，与同僚杨虞卿的堂妹结婚，但他在情感深处恋念湘灵依然如昨。7 年后他仍在《夜雨》中哭诉:“我有所念人,隔在远远乡。我有所感事,结在深深肠。”在《感镜》中思念:“美人与我别,留镜在匣中……照罢重惆怅,背有双盘龙。”朝思暮想,何日心镜能圆,旧人重逢呀!

命运总是无情地捉弄人。随着朝廷与地方割据势力矛盾的激化,唐宪宗元和十年(815 年)6 月,藩镇势力派刺客公然在长安街头刺杀当朝宰相,引起朝野大哗。时任左赞善大夫的白居易奋笔疾书,上书主张迅即缉拿凶手。孰料触犯了朝中利益集团,反被诬为“越职言事”,又以失孝道、伤风雅等莫须有罪名,将白居易贬为江州(今江西九江)司马。8 月,在赴江州途中,本来怒怨难消、郁郁寡欢,却意外地遇见了流浪漂泊的湘灵父女。昔日光彩照人的娉婷仙子,变成了面前消瘦憔悴的苦脸村妇,白居易悲情难抑,二人抱头痛哭,“我梳白发添新恨,君扫青蛾减旧容”(《逢旧》)。而年逾四十的湘灵,心中一直常驻着她的乐天哥哥,信守着非他不嫁的承诺,整日思之念之,好像之外整个世界都与她无关似的,谁料念也揪肠,见更断肠!

次年春,白居易在晾晒衣物时,蓦地发现当年湘灵赠送他的那双鸳鸯绣花鞋。睹物思人,一双鞋子都能紧紧相连,而主人却劳燕分飞,想到此不禁怆然泪下。夜晚独坐,《感情》袭上心头:“昔赠我者谁,东邻婵娟子……人只履犹双,何曾得相似。”他心中苦念的,仍是何时能成双结对!(在此赘言:8 年后,53 岁的白居易在由杭州去职返京途中,特意绕道符离寻访湘灵,只是早已物是人非!自此,他几十年来深藏心底的这段隐秘爱情,终以苦无答案的悲剧谢幕。)

也就是这年秋日,白居易在浔阳江头送客,遇到一位年少时红极京城、年老则为人遗弃的歌女,以弹奏琵琶卖艺为生。感时落泪,他想起自己被谪贬的不幸,更思念漂泊在外、身系谁边的湘灵,伴着泪水,《琵琶行》悄然漫上笔头……

想想，情根系于谁人

诚然，《长恨歌》《琵琶行》一经面世，便是独立于作者之外的客观存在了，如何解读、赏析、玩味，任人评说。从某种意义上说，歌诗、文学乃人学、心学、情学，行文至此，相信谁看了都不会无动于衷吧。

且看作品《长恨歌》。上半部分，贵妃妩媚，君皇宠幸，朝政贻误，酿成兵变等等，都有史实为据。诗中叙说杨玉环之死："六军不发无奈何，宛转蛾眉马前死"；"花钿委地无人收，翠翘金雀玉搔头"；"君王掩面救不得，回看血泪相和流"。面对心爱之人受死，君王从事发无奈到临死无救，再到死后血泪流，在美人与江山之间，终于痛苦无奈地选择了后者，其面临兵变时的心态，可谓刻画得入木三分！万人之上的君王天子，奈何也只能将心爱之人死去的断肠之痛，凝为心中的长恨之歌。下半部分则是依据民间演义，抒发的是化恨为爱、化长恨为永爱的浪漫畅想。

再看作品《琵琶行》。以萧瑟的氛围开篇，场景凄冷，后不断辅以烘托、渲染来铺垫，情声互动、层层推进，描绘出琵琶女凄惨的经历和内心的苦痛。"别有幽愁暗恨生"，"唯见江心秋月白"，此情此境，将艺女悲惨的身世、无着的命运和盘托出；"同为天涯沦落人"，艺女与诗人的心境、心情、心绪终于碰撞出强烈的共鸣。

仔细咀嚼不难发现，这两篇诗作中，白居易与湘灵的影子随处可见，诗人内心的隐痛与悲苦亦充盈字里行间。君王与贵妃，以及琵琶女的故事，无论场景的设置还是情节的推进，都写得具体生动，可触可感，人物形象跃然纸上。但应该说，这只是明线，随着情节的展开，诗人的伤感忧思无不渗透其间，与湘灵苦恋的足迹、对湘灵相思的情怀不时跃入人们的眼帘。你看，君王凄冷苦思，"孤灯挑尽未成眠"，"翡翠衾寒谁与共"；艺女常守空船，"夜深忽梦少年事，梦啼妆泪红阑干"。如此等等，无异于诗人的直白心语。这般诗人内心的波澜起伏、情感的曲折变化，无疑是一条暗线。明线可视可闻，是真实发生的，当属实线，而暗线则是诗人私密的情感流动。再看，君王之恨，生死相隔“此恨绵绵无绝期”，而“我梳白发添新恨”，生生离别“忧从中来无断绝”，可见，君王有恨，我更甚之！艺女漂泊，湘灵何尝不是？艺女与诗人，虽“同为天涯沦落人”，却能陌路相逢；而诗人那位长期占据心头的红颜知己，此时却流浪无着，生死未卜，岂不更是“天涯沦落人”！足见此两篇诗作中，诗人的这种情感吟咏，既有对往事追忆的苦涩和揪心如焚，又有对美好爱情及理想的畅想和追求。读者也会随之起伏、品味，并产生不尽的联想，这，应该算是一条虚线。如此双线贯穿通篇，明暗相衬，虚实互融，作品的思想性及艺术感染力犹如注入了源头活水。

再探究一下。白居易在《与元九书》中多次强调：为文“感人心者，莫先乎情”。写诗应遵循“根情，苗言，华声，实义”，成篇则赖于“事物牵于外，情理动于内”。而《长恨歌》《琵琶行》可以说是践行这些理论主张的范本。他亲身所历的爱情悲剧，经过长期的积淀，酿成沁人肺腑的苦痛情思，遇到偶然的机会，假以适当的平台，这情愫就会恰如高堤决口的洪水，喷薄而出，成就千古绝唱。

“座中泣下谁最多，江州司马青衫湿。”这种不可替代的人生体验，尽管脱胎于某个真实的事体，但归根结底，抒发的是诗人久居于心的郁结，是其与命运抗争中的哀鸣，是其灵魂深处的呐喊！“问世间，情是何物，直教生死相许？”《长恨歌》《琵琶行》之所以意蕴深厚、感人肺腑，乃至缱绻隽永、流传千古，其根本原因大抵在此吧。

在同厄运的抗争中成就传奇

“自古逢秋悲寂寥，我言秋日胜春朝”，深秋时节，我每每吟诵这感人肺腑、催人奋进的诗句，心中无不涌起阴霾尽扫、晴空万里的舒朗情怀，亦无不引发对唐代诗人刘禹锡寂苦奋进的人生及屡挫愈勇的气概的敬佩感念之情。

天有不测风云，人有旦夕祸福。想那唐顺宗李诵，在太子之位上苦熬 20 多年，登基时年已 44 岁，转眼半年多便被赶下台来，而为东宫太子智囊团的主要成员、“永贞革新”核心人物的刘禹锡，瞬间也由炙手可热的朝中重臣，沦为外贬荒蛮、人见人踩的倒霉蛋。面对冰火两重天的巨变，刘禹锡猝然临之而不惊不惧，依靠多年蓄就的智慧、凛然傲气和倔强心志，坦然踏上人生新的征途，由此慨然前行而一发不可收拾，谱写了自己寂苦奋进、世皆称颂的人生传奇，同时呈献出古代文学史上重调独弹、别具豪气的壮丽诗篇。

刘禹锡（772—842 年），字梦得，自称“家本荥上，籍占洛阳”，出身于世代儒学相传的书香门第。他自幼聪颖勤奋，敏而好学，19 岁时始游长安，21 岁便与柳宗元同榜进士及第，后迁任监察御史。唐顺宗即位后，他参与和推动“永贞革新”的政治运动，此后宦海沉浮，屡遭谪贬。因其心高气傲、刚正不阿、喋血耕耘、成就斐然而成为唐代著名的哲学家、文学家和独具个性的大诗人。

细数原委始末，还得从两首同名诗说起。

唐宪宗元和十年（815 年），外贬 10 年回到长安的刘禹锡，怀着怆痛郁积、孤愤难平的心情，游览京城南郊玄都观，并赋诗一首《元和十年自朗州至京戏赠看花诸君子》：

紫陌红尘拂面来，无人不道看花回。
玄都观里桃千树，尽是刘郎去后栽。

显而易见，这首比体讽喻诗，其锋芒直指当朝权贵——当年打击他的政敌们，对密室策划、狠下杀手的作祟者，对趋炎附势、助纣为虐的助推者报以无情的蔑视和辛辣的讽刺，同时也展示出自身不惧权贵、直面抗争的傲骨豪气。

往事可追，刻骨铭心。“永贞革新”的矛头直指朝中利益集团，主要围绕大赦天下、禁止法定贡奉之外的进奉、取缔宫市等展开。前几朝皇帝在朝廷法定贡奉之外，暗示或要求各地主官向皇室额外进奉，由此进一步加剧了对百姓的横征暴敛，对税赋的截流私分，对官员的薪水克扣，导致社会矛盾日益尖锐，贪腐行为愈演愈烈。而宫市，即专为皇室开设的买卖市场，各藩镇、诸侯也屡有效仿，其特点是依靠皇威官威强买强卖，甚至白手抢劫。白居易《卖炭翁》中，“一车炭，千余斤，宫使驱将惜不得。半匹红纱一丈绫，系向牛头充炭直”，正是宫市买卖的生动写照。由此可见，“永贞革新”确乃振兴皇室、顺应民意的正义之举。

唐顺宗在位一年后去世，唐宪宗继位，之后朝纲大变，“永贞革新”惨遭扼杀，参与者更是杀的杀、贬的贬。作为核心干将，刘禹锡被贬任连州（今广东连县）刺史，柳宗元被贬任邵州（今湖南邵阳）刺史。在二人未到达前，新旨追着而来，刘禹锡贬降为朗州（今湖南常德）司马，柳宗元贬降为永州司马。要命的是，诏书特别规定，以后即使大赦，他们也永远不在大赦范围内，永远不准调往内地。真可谓被打翻在地，再被踩上一只脚！

面对如此浩劫，刘禹锡尽管心中波涛汹涌、思绪万千，但面色从容，目光冷峻，表现出了超人的镇定和坦然。在朗州，人眼的风刀霜剑、生活的苦寂困顿使他跌入人生的最低谷。不过，很快他便触底反弹，反而激发出了绝不向厄运低头的坚定信念，爆发出诗情创作的磅礴力量。请看他的《壮士行》：“悍睛忽星堕，飞血溅林梢。彪炳为我席，膻腥充我庖。”尽抒壮士与猛虎搏斗的豪情壮志。还有《聚蚊谣》：“我躯七尺尔如芒，我孤尔众能我伤。”倾吐的是对权贵政敌及势利小人的蔑视，对自己内心自信孤傲的张扬。

在诗情喷发的同时，刘禹锡在与韩愈、柳宗元关于哲学的思辨交流中，完成了《天论》三篇的著述，初步确立了“气为世界万物基础”的自然观，萌发了事物中矛盾两极“可以，也会相互转化”的朴素辩证唯物论意识。这进一步激活了他的思路，有效地拓阔了他的胸襟和视野。时有《秋词》为证：

> 自古逢秋悲寂寥，我言秋日胜春朝。
> 晴空一鹤排云上，便引诗情到碧霄。

尽管时逢秋风萧瑟，眼前却是春意盎然，全然一派乐观旷达、昂扬奋进的精神气象。

与虎斗，与蚊斗，与人斗，与自己内心斗，刘禹锡寄情于山水，抒怀于笔端，在朗州十年不觉一晃而过。皇位更迭，朝纲变换，重回长安时，他已由当年30来岁的愣头小伙，变成年逾不惑的成熟汉子。他冷静如昔，心明若镜，多年前的政敌武元衡，如今已贵为宰相，他知道等待自己的将会是什么。但秉性难移，我行我素，看你奈我其何！

唐文宗太和二年（828年），外贬13年再次回京的刘禹锡依然孤傲倔强，他故地重游，并赋诗《再游玄都观》：

百亩庭中半是苔，桃花净尽菜花开。
种桃道士归何处，前度刘郎今又来。

本次归来，朝中皇帝由宪宗、穆宗、敬宗而至文宗，换了4位。而反观眼前，难觅昔日的桃树桃花，只见偌大的庭院半为荒芜半菜花。所见所感，令刘禹锡顿时升腾起了笑傲江湖、乐观自赏的豪爽之气，对昔日权贵、政敌予以无情的鞭挞和嘲讽，对自己不屈抗争、笑对人生更平添了自信和期望。

溯往事，第一次外贬归来的那首诗，自己倒是出了口恶气，但却授人以柄，恼得时任宰相武元衡火冒三丈。那武氏本是周皇武则天的后裔，也算得一袭风流，靠自己的才能进士及第，一路做到监察御史、监察中丞的任上。当年“永贞革新”的同盟军，多数官居监察御史，多数亦为武元衡所不屑，日积月累矛盾日深。武氏兼任山陵仪仗使时，御史刘禹锡意在谋得一个兼职遭拒，领军人物王叔文特来武处疏通求情，同样热脸贴了个冷屁股。那一人之下万人之上的王叔文何等来头，一气之下将武元衡撸了个精光，贬为“太子左庶子”的闲职，哪凉快哪儿待着去。因此，武元衡与刘禹锡的梁子愈结愈深。此时坐在宰相位上的武元衡，面对返京待分配的昔日政敌，哪会有好果子让他吃！很快，好戏来了，皇帝有诏：着令刘禹锡为播州（今贵州遵义）刺史，柳宗元为柳州刺史。官阶升了半级，距京城却更加遥远了。

想起家中有80岁老母，身为独苗，刘禹锡心酸不已、愧责难当。幸得多位朝臣和故友反复向皇帝求情，他终被改派为连州刺史。刘柳二人被贬10年之后，又踏上了再贬离京之路。

此时的刘禹锡格外冷峻、理性和镇定，他摒弃一切分外之想，立志为官一任造福一方。在奖劝农桑、兴修水利、改善国计民生的同时，他还发挥个人所长，重教兴学，广育桃李，教泽众人。他主编教材，亲自登台讲学，力推连州走向开化之路。功夫不负有心人，两年之后，连州破天荒地出现了首位进士，而基于他打下的根基和世情民风，此后数百年，连州名人辈出。在唐代，广东全省共中进士38人，连州独占12人。据统计，连州历史上共有进士138人，既有名列第一的，又有兄弟同中的，还有公孙三代相继登第的，因而在广东科场上，连州享有“科第甲通省”之誉。

连州任职期满后，刘禹锡转任夔州(今重庆奉节)刺史。在那里，他依然亲土爱民，体恤民情，山乡水寨，知无不往。在尽情吮吸民间营养中，他的诗歌创作灵感再次连续喷发。他从当地民歌“竹枝词”中得到启迪，仿效屈原的《九歌》创作了《竹枝词》系列，其中流传较广的，当如“杨柳青青江水平，闻郎江上踏歌声。东边日出西边雨，道是无晴却有晴”，完美展示他当时的心境和情怀。

数年后，刘禹锡又调任和州（今安徽和县）刺史。他勤政爱民，一往情深，歌诗吟咏，依然如故，不仅佳作迭出，更有经典问世。人所称颂的传世之作《陋室铭》即诞生于此，经柳公权书碑勒石，轰动朝野，为和州增添了一处绝佳胜景。

虽几经辗转，岁月蹉跎，但刘禹锡的日子却过得充实丰盈。在奉诏回京路过扬州时，再次邂逅著名诗人白居易令他倍感惊喜。两人久未谋面，今之相遇，相见恨晚，叙谈甚欢，把盏互敬中，白居易赋诗“亦知合被才名折，二十三年折太多”（《醉赠刘二十八使君》），既为他的诗名点赞，又为他的遭遇惋惜。刘禹锡则以《酬乐天扬州初逢席上见赠》回敬。

挟裹着会见至交好友惊喜的余热，呼唤着“前度刘郎今又来”，刘禹锡又回到了阔别十三载的京城长安。

命运就是这样：宦海沧桑，堵住了为仕升腾之门；豪气才情，却又打开了诗文成就之窗。两度外贬回到京城的刘禹锡，辗转奔波二十三载，如今已成年届五十六、霜鬓皓首的准老翁。回首怅望，皇帝走马灯似的换了四位，昔日政敌死的死、贬的贬，朝内顿显索然无味。更为揪心的是，老母辞世，昔日同盟军难觅踪影，与自己肝胆相照的至交柳宗元病逝再难以相伴相见……每念及此，禁不住怆然泪下。这些年他斗来斗去，斗出了天地，斗出了境界，而今年高了，心疲了，懒得再斗了。尽管回京后他官拜主客郎中，倒也风流，但怎奈朝中党争甚烈，牛李两派恨不得将对方一下子摁死，而自己恪守中立，不选边，反倒把两边都得罪了，思来想去这朝中还有什么干头！刘禹锡请求外放，人家求之不得，顺坡下驴，将他外放为苏州刺史。

此次离京，苏州继而汝州、同州，最终闲居洛阳，年事趋高的刘禹锡，久忘庙堂，志在山水风情，再无兴味入京回朝了。官居任地，他恪尽职守，有灾灭灾，无灾治田，在提振经济、关注民生的同时，他将更多的时间和精力，用于交友游历、吟诗作赋，最终迎来了晚年闲适惬意而成就辉煌的漫天霞光。

一日，刘禹锡与韦应物、元稹在白居易家相聚。酒酣之后，白居易提议大家就“金陵怀古”来个同题诗会。想起自己从夔州任职期满，顺江直下经过西塞山时思古咏怀的感受，刘禹锡率先起歌。当他吟出“人世几回伤往事，山形依旧枕寒流”时，白居易击节称赞“其锋森然，少敢当者”，并随即宣布就此打住：你把精华都写神了吟尽了，谁再来我看就是白费力气。之后他们经常相会，吟诗为乐。刘禹锡与白居易、韦应物被誉为苏州“三杰”，后世建有“三贤堂”以示纪念。

此后经年，刘禹锡与白居易等人交往甚密，情笃意痴，吟诗作赋，酬答唱和，世间传为佳话。为做纪念，白居易特意将二人的唱和诗作编撰成集，并在诗集《序》中坦言：二十多年来与你可谓文友“诗敌”，世称“刘白”。既是荣幸，也是不幸。吟咏情性，播扬名声，其适遗形，其乐忘老，幸也！然江南士女说起才子，多称“元白”，因你而我不得独步于吴越之间，此乃不幸也。梦得梦得，文之神妙，莫先于诗。若论神与妙，我怎能跟你相比！

“千淘万漉虽辛苦，吹尽狂沙始到金”（刘禹锡《浪淘沙》），“诗豪”刘禹锡自恃气傲心刚、何惧屡受挫伤的传奇人生，为唐诗殿堂和古往贤圣增添了别样的磁性和魅力。高山仰止，历经千秋，依然为世人深深称道和敬佩！

一言难尽话元稹

“曾经沧海难为水，除却巫山不是云”，这句千百年来为人所击节称颂、耳熟能详的诗句，使唐代诗人元稹给世人刻下了难以磨灭的印记。

元稹（779—831年），字微之，唐代东都洛阳人，出身于没落的官宦世家。自幼聪颖勤奋，9岁能文，15岁应试科举明经及第，历授任校书郎、监察御史、翰林承旨学士，官至宰相。后谪任武昌节度使并卒于任上，终年53岁。

元稹是中唐时期著名诗人。从政30多年，虽仕途坎坷，但坚持笔耕不辍。他诗文皆擅，诸律兼备，现存诗作830余首，在中国文学史上，乃个性鲜明、风格独特的“这一个”。其诗歌作品的成就及影响，使之成为我国古典文学宝库中的瑰宝；与此相伴随，其为人处世的一些行为品格，颇受世人的诟病。

提起元稹，首先浮现于脑际的，就是他同白居易倡导发动的新乐府运动。元稹出生并活跃于中唐，乃唐王朝由盛转衰的多事之秋。安史之乱以后，唐王朝集权统治被不断削弱，地方割据势力崛起，战乱祸事连年不断，百姓税赋负重如山，生活在水深火热之中。对此，一些统治阶层中的有识之士和贤达文人，以多种方式发出面对现实、鼎新革故、推进变革的强烈呼声。正是顺应这种社会思潮，元稹、白居易在文学领域，倡导发起新乐府运动，掀起了继开元、天宝之后又一个文学创新发展的新高潮。

应该说，元稹是新乐府运动的率先倡导者和中坚人物。他尤为推崇杜甫，主张学杜而变杜，大力提倡杜甫“即事名篇、无复依傍”的清新诗风。他品读刘猛、李余等人的乐府诗作，一面作和，一面思索并写出著名的《乐府古题序》。在此期间，他与白居易经常就新乐府的理论构建和诗歌创作进行频繁的交流、探讨及唱和。其主张主要反映在《乐府古题序》《叙诗寄乐天书》和白居易的《新乐府序》《与元九书》等重要文献中，形成了新乐府较为系统的、成熟的理论纲领。“寓意古题、全创新词”、“重用新题、词实乐流”以及“文章合为时而著，歌诗合为事而作”等主张，逐渐成为很多诗人秉持的创作指南。由于元白二人本身就诗才盖世，且具有一定的政治地位，这种新乐府主张一经提出便产生了巨大影响及感召力。当时新乐府诗派重要成员李绅，有《乐府新题》20 首赠元稹，元稹便唱和回赠 12 首。白居易亦受此鼓舞，一气呵成写出了《新乐府五十首》，在社会上引起了强烈反响。这种重写实、尚通俗、强调惩劝讽喻功能的清新诗风，使文学创作又一次获得了勃勃生机。

在谪任通州（今四川达州）司马期间，元稹完成了最具影响力的新乐府长诗《连昌宫词》和与白居易等人酬唱和作的 180 余首诗歌。在二人分别谪任通州（今四川达州）、江州（今江西九江）期间，虽天远地隔，仍常有新乐府唱和赠答，有自三十韵、五十韵乃至百韵。这些诗作在江南世间、驿站沿途广为流传，人们争相传诵，乃至出现了市面纸贵的现象。诗作流入宫中，为元稹赢得了“元才子”的美名。对此，白居易也是志得意满，在《馀思未尽，加为六韵，重寄微之诗》中畅言“诗到元和体变新”，这既是对新乐府创新成果的肯定，也是对元稹功绩的赞誉。唐穆宗为太子时，极为喜欢元稹的诗，经常将其召见，促膝倾谈。即位后即授元稹祠部郎中、知制诰及翰林承旨学士。宰相令狐楚也连夸元稹“以为今代之鲍、谢也”。当然，尽管当时“世称元白”，但白居易诗作量大质高流传广，自成大家，厥功至伟，而元稹则位居其次。在《上令狐相公诗启》中元稹坦言：“稹与同门生白居易友善，居易雅能为诗……小生自审不能以过之……”谦卑中可见自知之明。

元稹一生入仕做官，但其功名成就不在政绩，而在于他的文学创作，在于他创作的新乐府及以新乐府诗风一以贯之的诗歌作品。此奠定了他在中国文学史上的地位，使之成为至今未被人们忘却的历史人物。元稹的诗作体现了新乐府的一般特点，其独特之处在于他体物精细，视角独到，描写逼真，风格清浅明快，情感真挚浓烈，具有极强的思想性和艺术感染力。元稹的诗作大致可分为政治讽喻、咏物抒情和爱情悼亡三类，其蕴含的思想性、艺术性如同一座富矿，吸引着人们不懈地挖掘和玩味。

先说政治讽喻诗。元稹 15 岁时明经及第，开始了他的仕途生涯。虽然头几年只是闲职、谏官、巡按之类，但这位饱含激情、渴望早日改变命运的热血青年却极为投入。他贴近生活，体察入微，将所视所感诉诸笔端。随着官位的贬谪，特别是先后四次被谪贬外地，更使他亲目所睹、亲身所历社会上的黑暗、腐败，从而情不自禁地将其吟唱为诗。所以，政治讽喻诗应该是元稹一生政治理想、人生追求和处世态度的艺术反映。

元稹的政治讽喻诗如同匕首投枪，直刺尖锐复杂的社会弊端和各类矛盾。其代表作是长诗《连昌宫词》，诗中借宫边老人之口，以所见所闻详细诉说安史之乱前后，作为皇帝行宫的连昌宫由盛转衰的巨大变化。用“姚崇宋璟作相公”和“朝廷渐渐由妃子”做对比，点明了开元盛世时贤相当权朝政清明，发展到后来妃子乱朝宦官专政，是国家由盛转衰、社会由治至乱的根本原因。该诗在艺术构思和创作方法上独辟蹊径，将历史人物和社会事件集中在一个典型环境中来描绘，主题鲜明深刻，具有强烈的艺术感染力。一般认为，从思想性和艺术成就上，元稹的《连昌宫词》与白居易的《长恨歌》《琵琶行》齐名，都是脍炙人口的经典之作。

再说咏物抒情诗。元稹生性率直，多情重义，内心世界极为丰富而敏感。入仕以来，屡遭排挤、陷害、谪贬，既饱受权佞、恶人的羞辱诬陷，也深得友人、知己的关爱呵护，因而内心情感总处于波涛汹涌、跌宕起伏之中。这些情感诉诸笔端无不自成华章。这类诗作，是元稹文学成就的重要组成部分，也为其人生平添了瑰丽秀美的色彩。

贞元年间，元稹谪贬通州，一度身染疟疾，神志昏迷，但闻悉好友白居易被贬江州时，即信笔疾书《闻乐天授江州司马》。诗中“垂死病中惊坐起”，以“惊”写情，“坐起”写形态，“垂死病中”写境况，一句三意凝练集中，写尽情痴意癫。又如《得乐天书》：“远信入门先有泪，妻惊女哭问何如。”看到远方来信，未曾拆看便心知肚明，禁不住号啕大哭，吓得妻女莫名惊诧哭成一团。这种重场景重情节，不直接抒情而又强于直抒胸臆，确实是元稹抒情诗的独到之处。还如《行宫》：“寥落古行宫，宫花寂寞红。白头宫女在，闲坐说玄宗。”完全是白描手法，短短四句，地点、时间、人物、形态娓娓道来，平缓而自然。但细细咀嚼，顿觉意味无穷。宫古而寥落，花红而寂寞，娇媚作态的青丝少女变成了白头老妪，曾经宫事应接不暇，而今却闲坐无聊。而此情此境“说玄宗”，更引起人们不尽的遐想和深思。这种寥寥四句写尽沧桑巨变的手法，是以少总多的典型；花红闲坐，又是以乐写哀的妙笔。难怪明代文学家瞿佑连连赞曰：“乐天《长恨歌》凡一百二十句，读者不厌其长；元微之《行宫》才四句，读者不觉其短，文章之妙也。”委实乃中肯之论。

最后说爱情悼亡诗。究其一生，元稹还真是个情种。他早年得志，才华横溢，走到哪里都能得到女人的钟爱。客观地看，在某一个具体时段，元稹在情感方面是单纯的真挚的，有时甚至情痴意迷。21 岁寓居蒲州（今山西永济）时，元稹结识了母亲一个远房亲戚，遂与其女、17 岁的双文（即崔莺莺）相识相爱。时隔20年后，元稹在诗作《春晓》中，仍记述了这段缠绵脑际、久久挥之不去的情缘，唐传奇《莺莺传》也正是怀念这段恋情的负疚之作。元稹与妻子韦丛的爱情，被传为人间佳话。韦丛是时任京兆尹韦夏卿的千金，家境殷实，饱学诗书，婚后二人百般恩爱。韦丛虽然过惯了养尊处优的生活，但婚后甘愿吃苦劳作，与丈夫过起了平常人的清贫日子，不仅操持家务井井有条，而且对丈夫体贴入微，给予其不尽的温存慰藉。韦丛病逝后，七年的爱情生活及真情记忆，在元稹的《离思五首》《遣悲怀三首》中得到了淋漓尽致的描写。诗中情感炽烈，铺叙曲折，场景描绘栩栩如生，细节刻画真切动人，比兴夸张手法极富情致，亡妻的可人形象呼之欲出挥之不去！

值得一提的是，元稹此类诗作中妙语连珠，名句迭出，尤其起到了画龙点睛、锦上添花的作用。试看："半欲天明半未明，醉闻花气睡闻莺。"《春晓》中这"两半""两闻"将20年前那段恋情的怀念之情，那种深夜中辗转反侧、似睡非睡的蒙眬情态，描写得惟妙惟肖。

"曾经沧海难为水，除却巫山不是云。"《离思五首》中的这句诗托物寄情，以山、海、云、水作比，表达爱情的清远辽阔、意深情痴及对亡妻的不尽思念，极尽比兴夸张，言情而不庸俗不浮艳，格调清新而寄意悲壮。从某种意义上说，正是这类爱情悼亡诗，标志着元稹诗歌成就的顶峰，使诗人千百年来为人称颂，受人敬仰。

长期以来，人们在肯定元稹在中国古代文学方面的建树，称颂其诗作成就的同时，对其人格品行上的一些行为，不断施以质疑乃至谴责。主要体现在两个方面：

做人的贞节不保。步入仕途早年，元稹壮怀激烈，为匡正社稷兴利除弊，将个人安危置之度外。28岁时应制及第，被授左拾遗。到职伊始，便接二连三地上疏献表，旗帜鲜明地抨击不法权贵。奉旨出使剑南东川，大胆平反冤案，劾奏剑南节度使贪赃枉法，轰动一时。后被贬分司东台，虽身系闲差，仍不收敛，一连劾奏数十事，锋芒直指地方当权大僚。在揭发河南尹房式不法行为时被人抓住把柄，回京述职罚俸途中，因驿站住宿又遭宦官仇士良辱骂、刘士元毒打，却反被朝廷以“轻树威，失宪臣体”为由贬为江陵士曹参军。这一连串的变故、打击，使年轻气盛的元稹陷入迷茫，情绪低落，消极颓丧。目睹宦官的强势和官场的无情，深思自身的处境和出路，他终于经不住官场打击和官禄诱惑，盯上了依傍官宦这条旁门左道。正是在江陵任上，元稹变了，变得处处依附江陵尹严绶、监军崔潭峻这些官宦，并深受赏识。严、崔二人与当朝红人、宦官魏弘简一起，引荐元稹入朝做官，虽经坎坷却也平步青云，一直做到宰相任上。可见，元稹仕途生涯中的后一段，因为勾结官宦，弄权舞弊，实为他极不光彩的一页。

爱情的移情不专。早年元稹与崔莺莺热恋期间，为求功名进京应试，其间结识了韦丛。韦丛的家世及元稹的求仕渴望，一下子点燃了他的情欲之火。为攀高门，尽管其间与崔莺莺仍情书往来卿卿我我，但并不妨碍他决然投入韦家的怀抱。婚后与韦丛恩爱有加、情感如蜜，但令人不解的是，在出使剑南东川任上时，结识了长他十一岁的诗人、乐伎薛涛，两人频送秋波、温情脉脉，竟然成为了痴情知己。就在韦丛患病期间，仍不妨碍两人诗书往来互赠爱意。而后他又与江南梨园名伶刘采春有染，以至绵绵柔情丝丝不断。元稹在爱情上的不专，一直深受世人诟病。

究其在做人、爱情上的两面性，原因是复杂的、深层次的。唐德宗贞元九年（793 年）元稹初仕，直到唐文宗太和五年（831 年）病逝，这 38 年间元稹历经德宗、顺宗、宪宗、穆宗、敬宗、文宗六代皇帝，如此城头频换大王旗，朝中重臣翻烧饼，不仅使各级官吏陷入混乱迷茫，也为宦官专权提供了巨大空间。政出多门，宦官专断，官宦勾结，朝臣之间盘根错节，为争权夺利相互倾轧，元稹即使后来官至宰相，在无休止的政治争斗中仍不免失宠被贬的厄运。话说回来，贞节不保最根本的原因还是他循道不坚，心志不强，操持不力。元稹 8 岁丧父，由母亲将其抚养、培育成人。因其家境清贫，自幼急于求取功名，养成了直率而脆弱、外显而内心怯懦的性格。在备受排挤打击中他苦寻出路，在迷茫低沉中他需要疗养创伤，需要情感的滋补以填补某种缺失和空间。这种人格上、品质上的劣迹污点，应该是基于上述主客观两方面的因素，借用他的诗句——“半缘修道半缘君”倒也贴切。

在两难选择中迸出火花

要说唐代诗坛，名师大家灿若群星，风格流派精彩纷呈，此言倒也不虚不过。但若要论谁能锐意从中异军突起，独创新格，窃以为非晚唐诗人杜牧莫属了。

杜牧（803—约852年），字牧之，京兆万年（今陕西西安）人。杜牧所处的晚唐时期，虽然是时危治乱的多事之秋，但诗坛依然十分活跃。早些年，“诗到元和体变新”（白居易《馀思未尽，加为六韵，重寄微之》诗），元白体“自有篇章以来，未有流传如是之广者”（元稹《白氏长庆集》序）；稍后的李商隐，师从大家令狐楚，诗文相辅，以瑰丽幽深之风声名盖世。几乎与其处于同一时段，出身于世敦儒家，父亲杜从郁官从六品、祖父杜佑三朝为相的杜牧，会不会自甘寂寞，抑或跟风从流呢？且听他的铮铮誓言：“某苦心为诗，惟求高绝，不务奇丽，不涉习俗……”（《献诗启》）。显然，杜牧是要跟白居易、元稹和李商隐叫板了。他主张诗文创作应“以意为主，以气为辅，以辞彩章句为之兵卫”。（《答庄充书》），坚持把内容放在首位，形式为内容服务，为事而作，绝不无病呻吟。这就为他的诗歌创作和风格取向，定下了基调。为此，他年如一日饱读诗书，博采众长，“经书括根本，史书阅兴亡。高摘屈宋艳，浓薰班马香。李杜泛浩浩，韩柳摩苍苍……”（《冬至日寄小侄阿宜诗》），矢志效法李白、杜甫、韩愈、柳宗元这些大家，饱蓄浩然正气，关注社会民生，志在立意奇辟，追求题材的广阔多样及风格的别样变换。事实表明，杜牧正是将这些主张、目标一以贯之，其诗歌创作不仅佳作迭出、举世瞩目，而且风格独特、世人称奇。

综其诗作，无论政治抒情、咏史记怀，还是疾俗感伤、寄情山水，无不散发豪爽阔旷之气，又饱含俊逸缠绵之情。在体裁方面，无论古诗还是近体，律诗抑或绝句，杜牧均有涉猎且建树卓绝。尤其是他的七绝，视角之独特，结构之精妙，语言之精练，意境之融彻，可与李白、杜甫比肩。世人将他和李商隐誉为“小李杜”，恐怕绝非溢美之词。

那么，杜牧其人其作，究竟有哪些奇特独到之处呢？

抱负蓄就豪健气

因出身官宦世家，杜牧幼小的心灵里，早早就深植下了济世报国、建功立业的种子。安史之乱以后，他目睹了宦官擅权、官宦争斗、牛李党争、藩镇崛起等种种国运日下的乱象，心里留下了难以磨灭的阴影。在饱读诗书的同时，他对社会现状寄予密切深入的关注和思考，并逐渐确立了人生的志向和追求。他的最高理想就是力挽颓势，恢复大唐帝国的繁荣与昌盛。他坦言“岂为妻子计，未去山林藏。平生五色线，愿补舜衣裳。弦歌教燕赵，兰芷浴河湟”（《郡斋独酌》）。曾几何时，他心怀杜甫“致君尧舜上”的切切真情，写出《罪言》《论战》《上李司徒相公论用兵书》等篇章，为朝廷治理社会动乱和外族入侵造成的灾害建言献策。他重视研究军事用兵之道，专注《孙子》十三篇，喜考“兴亡治乱之迹，财赋兵甲之事……敢希指顾，一罄肝胆……”（《上李中丞书》）。这些人生抱负，统统体现在了他的诗作上，立志高远而极富想象，治乱务实又不致险怪奇崛，字里行间，无不透出豪放刚健的气概和爽朗俊逸的格调。试看这首《题木兰庙》：

弯弓征战作男儿，梦里曾经与画眉。
几度思归还把酒，拂云堆上祝明妃。

诗作紧扣“木兰是女郎”这一视角，充分发挥了绝句“以小见大”反映生活的特长，既歌颂了木兰弯弓作战的英雄气概，又贴切梦里画眉的女儿情怀，既有对几度思归的心理刻画，又有向昭君祝愿祈祷的行为宣示，从而充分揭示了木兰以昭君自励和尽心为国的崇高境界。诗作通篇洋溢着阳光明快的气息，无疑也折射出诗人跃跃欲试的心态：国难当头，女子尚能如此，作为铮铮汉子，自己岂能置身度外！再看《题乌江亭》：

胜败兵家事不期，包羞忍耻是男儿。
江东子弟多才俊，卷土重来未可知。

诗人别出心裁，从反面立论，敢于打破项羽必败的一般定论，认为项羽若能懂得“胜败乃兵家常事”，从而忍辱包羞、卧薪尝胆、深谋而徐图，其东山再起并非没有可能。这的确是“独标一格”的定论。诗中想象丰富，议论精警，气势挺拔，抒发的乃是一种百折不挠的精神和坚忍不拔的意志。同时，也体现了诗人寄情朝廷将士平藩拒虏、终求一胜的殷殷苦心，以及自身对建功立业的切切向往。

此外，诸如“但将酩酊酬佳节，不用登临恨落晖”（《九日齐山登高》），“欲把一麾江海去，乐游原上望昭陵”（《将赴吴兴登乐游原一绝》）

等名作佳句，都将诗人珍惜人生时光、抒发悲壮情怀、渴望建功立业的豪气雄心，表现得淋漓尽致。

忧思难尽愤世情

杜牧勤奋聪颖，早年成名，23 岁时便以讥讽朝政而又字字珠玑的《阿房宫赋》名扬天下，26 岁即高中进士。然而他却是高开低走，仕途总是历经坎坷，进士及第后，先后授任校书郎、编撰等虚位闲职。这对一个满腔热血、渴望建功立业的有志青年而言，无异于雄鹰被缚住了双翅。为一展拳脚，他应召赴淮南节度使牛僧孺幕府任职，深得赏识与关照，殊不知由此陷入了牛李党争的政治旋涡。此后在李德裕居相期间，尽管杜牧恪尽职守，官职也做到了膳部、比部员外郎，但其间深受党争的影响，处处受到猜忌、排挤乃至碾压。此时的杜牧，自恃清高但身不由己，哀叹命运不公而又无能为力，因此忧国忧民、愤世嫉俗、抚今追昔、咏史抒怀便成了他诗歌创作的主调。试看《赤壁》：

折戟沉沙铁未销，自将磨洗认前朝。
东风不与周郎便，铜雀春深锁二乔。

诗人不仅从反面立论，还心机独到地描绘出由此带来的严重后果，以此来强化作品的穿透力。试想，如果不是东风助阵，周瑜势必一败涂地，大乔、二乔皆为敌军所掳，更不用说国土凋敝、生灵涂炭了！他认为，赤壁一战的侥幸成功，不能反映战争的普遍规律和将帅的真实才干。由此不难看出，他对巧借天公之助的周瑜颇有微词，似有“时无英雄，使竖子成名”之慨，同时也流露出他郁郁不得志的难言之隐。该诗不仅以议论入诗，而且为议论赋予了形象性和哲理味。诗中语调诙谐，富于情趣。

“春深”二字真乃点化严肃战争话题的调笑妙语，更显得议论韵味隽永、情趣横生。再如《题商山四皓庙一绝》：

吕氏强梁嗣子柔，我于天性岂恩仇。
南军不袒左边袖，四老安刘是灭刘。

这里没有借助客体形象，完全靠新颖、独到的见解发人思考，带有鲜明的史论色彩。诗作摒弃传统之见，不谈四老辅佐幼主的良苦用心，而是见微知著，指出烂泥不涂墙、安刘是灭刘的要害所在，一针见血地揭示出皇位继承应该唯贤是任，推而广之，官吏人才的擢拔任用也必须唯才是举，而不能秉持偏见，乃至结党营私。可见作者心犹未甘，还欲借此一吐心中久积的不平和怨愤。再看《过华清宫绝句》（其二）：

新丰绿树起黄埃，数骑渔阳探使回。
霓裳一曲千峰上，舞破中原始下来。

描写直白，以动作推进情节，直奔主题。不发议论，而是寓议论于形象之中，在形象的千转百回中使主题昭然凸显。末句“舞破中原始下来”力重千钧，一个“破”字，风骨峥嵘，一矢中的。“中原”之所以“破”是由于“舞”，是因为帝王纵情声色，荒淫无度。这种对前朝的反思，其矛头直指当朝的社会现实：帝王昏庸疏于朝政，或沉溺酒色，纵欲无度；或炼丹求仙，耽于荒诞。而朝廷官宦，无不贪赃枉法，骄奢淫逸，致使李唐大厦危机四伏、行将倾覆。全诗语虽直达，但构思奇巧，形象鲜明深刻，使人在回味中顿悟，受到强烈的心灵震撼！

情怀孕育诗意美

杜牧胸怀豁达大度，为人刚直率真，生性乐观自信，素有雅士之风。尽管仕途坎坷，命运多舛，但并不妨碍他有一个完美的人格，成为一位多彩的诗人。这从他《上李中丞书》的自述中足见一斑：某“嗜酒好睡，其癖已痼，往往闭户便经旬日”；“虽为远宦，适足自宽”；“某世业儒学……家风不坠，少小孜孜，至今不息”。由此可以断定，杜牧虽然天性散漫，不拘小节，但有原则有底线，不趋炎附势，不阿谀逢迎，一切率性由心。至于谪贬外派，一切经历都是财富，倒不在乎。关键是世敦儒业之家风，要融化在血液中，落实在行动上，此乃传家之宝、精神之源、为人之基！也就是说，在官场在仕途，人可以屈从可以臣服；但在精神世界里在诗文王国里，他就是主宰、就是天子，就要心之所欲、情之所至，率性而为创造出多姿多彩的绚丽世界！

这就是杜牧，一个有情怀的诗人。事实表明，他的信心和动力基于兹源于兹；他的精力和心血，忧思和喜乐，也都倾于斯用于斯。他的诗歌创作，源于真实，发自真情；立意奇辟，独创新格；竭尽心血，臻成精品；为自己营造了立世丰碑，也为世人奉献出精神饕餮。《清明》《山行》诸多篇章，乡老妇幼都能出口成诵；“千里莺啼绿映红”（《江南春》）、“菊花须插满头归”（《九日齐山登高》）、“谁家红袖凭江楼”（《南陵道中》）、“卧看牵牛织女星”（《秋夕》）等名诗佳句，使得多少文人骚客竞相吮吸，为之痴狂。这里看看《赠别》（其二）吧：

多情却似总无情，唯觉樽前笑不成。
蜡烛有心还惜别，替人垂泪到天明。

诗人将从扬州回长安，与友人作别。写别情不用“悲”和“愁”，却只见“唯”和“笑”，看似有违常情，却是心机深藏。须知，情同知己了，言何多情？把酒告别，唯一能做的就是暗自将悲痛强压心底。这里，“唯”和“笑”，真乃神笔亲点，是诗人凡笔见妙的高招。这种看似矛盾的笔触，却能够将离别时友人间复杂微妙的感情，得以婉曲而精到地传递，蕴深而含蓄，具有特殊的审美效果。诗作还将蜡烛拟人化，烛流泪，可见情之深；到天明，足显情之长。如此烘托渲染，使人思丝不断，欲罢不能，显示出强烈而隽永的艺术魅力！再看《泊秦淮》：

烟笼寒水月笼沙，夜泊秦淮近酒家。
商女不知亡国恨，隔江犹唱后庭花。

这幅秦淮版的“清明上河图”，被古今名家誉为中国古代文学史上七绝中的“绝唱”。首句中两个“笼”字，言尽环境、景色的朦胧凄迷，给全诗定下基调。你看，水寒而月白，这月夜里的秦淮河是何等地寂渺凄凉。随后，因“近”而闻得酒家的歌声，乃知犹唱后庭，乃生亡国怨恨。这里，情节的推进是何等地自然，景色情境与相伴而生的哀怨愁思是何等地交融。人们不禁要问，商女浅斟低唱，只为生计，何罪之有？而点歌的官吏，觥筹交错醉生梦死，谁来问责？这里，既将惨淡的情境与忧伤的愁思联系在一起，也将六朝历史的回放与对现实的讽刺鞭挞统一在一起。手法高妙，蕴含深邃，足以撼人心肺！

李绅：“悯农”诗人跌宕人生之回眸

“锄禾日当午，汗滴禾下土。谁知盘中餐，粒粒皆辛苦。”自中华人民共和国成立以来，这首《悯农（其二）》一直载入小学语文课本。该诗及其被冠以“悯农诗人”的作者李绅，可谓“天下谁人不识君”。但若要问及李绅其人一生如何，恐怕没有多少人能说得清楚。

李绅（772—846年），字公垂，中唐时期著名诗人、政治活动家，祖籍安徽亳州，生于湖州乌程（今浙江湖州）。出身于官宦世家，曾祖父在武则天时期任中书令，父亲长期在乌程等江南诸地任县令。6岁时，其父病逝，由母亲卢氏辛苦奔波将其抚养，并亲授经义，督其求学。李绅天资聪颖，自幼勤奋好学，元和元年（806年）进士及第，历任国子助教、秘书郎、刺史乃官至宰相。辞相后转任淮南节度使，75岁时病逝于任上。

李绅一生诗文成果颇丰，集成四卷。但李绅一生仕途极为不顺，跌宕坎坷乃至大起大落，史上和世人对其评说，也是各执一词、褒贬不一。窃以为中唐时期政局诡谲，风云多变，对深陷党争旋涡的政治人物有多面评价，不足为怪。综合而论，李绅仍值得被正面肯定，仍是足以称道的

“悯农”诗人、别树一帜的政治家。

悯农，植根于心的情感基因

李绅自幼生活在没落的官宦世家，父亲病逝后，家庭生计全靠母亲辛苦劳作来维持，时常困顿维艰、难以为继。为生活他经常奔波于田间地头，为求学也常去寺庙蹭书借光，这些都在他幼小的心灵里刻下了难忘的烙印。元和年间，伴随着社会经济文化的日渐繁荣，文学领域以白居易、元稹为领军，倡导推动新乐府运动，主张诗歌创作，直面社会现实，反映民间疾苦，“惟歌生民病，愿得天子知”（白居易《寄唐生》），以此来推动社会变革。对此，李绅感同身受，率先发声，一气呵成《乐府新题》20首，以自己的亲身经历和所见所感，发出拯救百姓于水深火热之中的呐喊，以及推进社会变革的强烈呼声，为新乐府运动添砖加瓦，为百姓民生鼓与呼之，功莫大焉。

一年夏天，李绅由京城长安回故乡省亲，恰遇昔日故友李逢吉从浙东节度使任上赴京奏事。久别重逢格外亲热，二人携手登上城东观稼台叙旧。但见微风吹来，麦浪翻滚，一派金色的海洋，李逢吉情不自禁，率先吟诗一首，后两句是：“何得千里朝野路，累年迁任如登台。”意思是说如果升官像登台这么快就好了。而李绅看到的，却是如火赤日下农夫的辛苦劳作，脱口而出的正是那篇《悯农》。见李逢吉夸好，李绅索性再吟一首：“春种一粒粟，秋收万颗子。四海无闲田，农夫犹饿死。”同样是悯农，只是感受更为深刻，情感更为浓烈，于同情怜悯中隐含着一种欲忍不能、揭竿而起的意味，足见悯农之情深植于其心。

太和年间，浙西大旱，庄稼几近绝收，饿殍暴骨于野。而时为浙东观察使的李绅治下却风调雨顺，粮食丰收。有鉴于此，李绅奏报朝廷同意，以低价供应浙西大米5万斛，以解百姓之危。李绅平时恤民如子，当他从浙东离任时，当地父老乡亲数万人提壶携浆，到码头跪拜、相送。足见李绅的悯农爱民，躬亲不辍而其情殷殷，深得百姓敬仰。

刚直，屡遭迫害的性格基因

艰苦困顿的幼年生活，李绅逐渐养成了隐忍而倔强、正直而豪爽、耿介而刚强的性格。秉性难移，终其李绅一生，这种心性几乎一以贯之。仗义执言，刚正不阿，有鲠在喉必吐为快，路见不平果断出手，就成为他的为人准则和处世风格。

元和初年（806年），已过而立之年的李绅进士及第，授任国子助教。因与他为官执政的追求相去甚远，内心很是不爽。别人求之不得他却弃之如帚，不久，他一纸辞呈炒了朝廷，径直游历江南。时任镇海节度使的李锜仰慕李绅的诗名，征召他到幕府就任掌书记，独当一面，倒也风光。但这李锜久居江陵任地，鱼肉百姓，横行乡里，常出抹黑朝廷恶语，李绅屡屡提醒劝解，李锜依然我行我素，甚至欲立山头，公然与朝廷抗礼。当得知朝廷欲调离他时，李锜遂命李绅拟疏文，以江陵万人之众，歌其功德，呼吁朝廷将其留任。李绅火暴性起，断然拒绝，被李锜投入监牢，后李锜反叛被杀，李绅才得以获救出狱。有人欲将此事奏明朝廷，李绅婉拒而谢："我不为邀名求显，本受仁义激发，仅此而已！"

元和十五年（820年），穆宗欣赏李绅的才华，诏为翰林学士。李绅与李德裕、元稹时称翰林"三俊"，经常一起吟诗作赋，抨击朝政，多出激愤之语，使得时任宰相李逢吉怀恨在心。尤其是李绅对李逢吉与宦官首领王守澄沆瀣一气一事语出尖刻，更使其深为反感和不安。念及穆宗对李绅宠爱有加，李逢吉心生一计。经他游说运作，穆宗先是任命京兆尹韩愈兼任御史大夫，接着任命李绅为御史中丞，虽为二把手但主持御史台工作。让两个火暴二愣子一起碰撞吧，且看他两败俱伤。果不其然，按历朝惯例，履新京兆尹必先参拜御史台，直性子韩愈心想，我乃御史台老大，免了吧。而犟橛子李绅却坚持，我主政御史台你必须参拜。两府互致公文你来我往，唇枪舌剑不可开交。此时李逢吉上疏参奏：此二君互掐，有失重臣风范，应予惩戒！遂诏令韩愈为兵部侍郎，李绅贬任江西观察使。最终虽未成行，毕竟李绅挨了一闷棍。从此李绅对李逢吉更为鄙夷，李逢吉却是一计不成再生一计。

长庆四年（824 年）年初，16 岁的太子李湛登基，是为唐敬宗。趁新皇年幼耳软，李逢吉唆使宦官王守澄对皇帝耳语：李绅之前拥立深王李悰，阻陛下上位，应予深究！又纵容多人上疏，弹劾李绅欲立深王之罪。双管齐下，时任户部侍郎的李绅被贬为端州（今广东肇庆）司马，从此踏上了近二十年京外为官的生涯。而李逢吉仍不罢休，亲自上疏敬宗：图谋不轨，李绅虽远必诛！后来敬宗在翻阅父皇穆宗封存的奏折时，其中李绅请求册立他为太子的进言赫然在目，不禁恍然大悟：朕险些铸成大错！此事才作罢。

仗义执言、刚强果敢，后来李绅主政一方时，依然故我。唐文宗开成元年（836 年），李绅就任河南尹。其幕府驻地恶少聚堆，纨绔子弟横行，市面上奇装异服者、横行霸道者屡见不鲜，常常击球于大街，酣睡于官道，社会治安极为不堪。李绅到任后重手整治，这些泼皮无赖纷纷变身良民，社会风气立见好转。后来就任宣武节度使，其幕府驻地宣武镇，乱象丛生，匪寇成群，韩愈曾斥责其“健儿争夸杀留后，连屋累栋烧成灰”（《汴州乱二首》）。经过李绅五年的整治，本乃“骄强凶悍”之乡，转而变得“人俗归厚”。由于治理有方，政绩彰显，李绅由一处任地转调他处时，总是出现“西人泣送，东人歌迎”的景象。

党争，守住底线的为仕基因

中唐时期，牛李党争成为为官求仕者绕不过的硬坎。李绅同样面对这道必答题。

早在元和年间，因热衷于新乐府运动，李绅与元稹过从甚密，充任秘书郎期间，李绅又与李德裕情趣相投。同居于一院办公，三人被称为翰林“三俊”。后来李德裕成为李党首领，情谊所系，李绅自然就站到李党一边了。除政见稍显不同外，中唐党争的基本特征是对人不对事，为一党私利驱使，凡朝中大事当头，你拥护则我反对，你支持则我拆台，从宪宗时兴起，到宣宗后期匿迹，横贯朝政40年，成为导致唐王朝衰败的一大恶瘤。文宗曾多次发出“去河北贼易，去朝廷朋党难”的感慨。其间两党争斗，互有得失沉浮，只是至武宗时李党全盛，宣宗时则牛党翻盘，两党争斗倾轧，致使朝廷政治风云诡谲多变，朝中重臣和地方大吏无不裹挟其中。要不鸡犬升天，要不被人摁压，为官求仕者几乎别无选择。

李绅出身于官宦世家，为官立业的想法早已融于血液。但善良的心性，悲悯的情怀，又使他恪守着相对的独立。作为李党的重要成员，无论执政于中央，还是为官在地方，他都坚持自己的原则底线。自受李逢吉迫害、外贬端州以来，他一直行迹不定。从端州、江州这些边远之地，到滁州、浙东这些富庶之乡；从掌有实权的刺史，到闲职太子宾客。中央、地方转换任职的几经变迁，如此等等，其背后都有党争的刀光剑影，都可以从中捕捉到上层争斗的影子。但无论局势如何变化，自己身居何方，李绅始终笃信“假金方用真金镀，若是真金不镀金”（《答章孝标》），始终坚持刚正立身，干净做人，尽责为官，从不谋私，从不害人。所以所到之处，李绅都是留声留名留美德。

在贬离长安赴端州途中，李绅内心波涛汹涌，难以平静。“湘浦更闻猿夜啸，断肠无泪可沾巾”（《至潭州闻猿》），人心之叵测，官场之险恶，使他紧揪于心，难以释怀；端州艰苦的环境和百姓的苦难生活，使他更加恋念家乡。“开拆远书何事喜，数行家信抵千金”“莫道淮南悲木叶，不闻摇落更堪愁”（《端州江亭得家书二首》），怀乡之情使他不畏艰难，坚定了为官一任造福一方的信念。在滁州任刺史，他发挥所长，“西园到日栽桃李，红白低枝拂酒杯”（《滁阳春日怀果园闲宴》），在提振经济的同时，重教兴文，取得累累硕果。在寿州更是政绩显赫，百姓景仰。“我无工巧唯无私，举手一挥临路岐”（《闻里谣效古歌》）。可见无论时局如何变化，无论转任何方，李绅始终内心充实，脚步踏实，睡觉酣实。

武宗会昌二年（842 年），71 岁的李绅入朝拜相，仍以衰老之躯为朝廷操劳。两年后由于中风染病，便请辞转任淮南节度使，在削藩平乱中为朝廷稳住东南阵脚，同时提供更多的税赋财力支持。他在淮南的政绩，使得年事已高、谨言慎赞的白居易连发美誉：“老爱诗书还似我，荣兼将相不如君”（《予与山南王仆射起、淮南李仆射绅，事历五朝》）。

会昌六年（846 年）七月，75 岁的李绅病逝于淮南节度使任上。当年拜相后，朝廷晋其为尚书右仆射，封爵赵郡公。逝后又追赠太尉，谥文肃。

怎料风云突变。大中元年（847 年）唐宣宗李忱登基后，牛党执政掀起了清算的狂潮。逝后次年的李绅，被追削一切官职赠谥，并限制其子孙三代不得为官。

呜呼！此情此景，不知冥冥之下的李公，情何以堪？

惯看春秋自岿然。静谧之中的李绅，当会坦然回眸，报之以笑。

顾况：逸事缘于世风，根系才情

流传、议论，坊间依旧火热，标的是中唐诗人顾况。人们不仅对其上乘诗作交口赞许，而且对其逸事逸闻津津乐道，至今仍持续不息。

顾况（约 727—约 815 年），字逋翁，自号“华阳真逸”，苏州海盐（今浙江海宁）人。30 岁时进士及第，授校书郎、专职史官，暮年迁任著作郎。后因讥讽权贵，被贬为饶州（今江西鄱阳）司户参军，晚年隐居茅山。顾况是中唐时期标志性的重要诗人，诗作成就斐然，为人影响深远。

曲径探幽，还是从有关他的一些逸事说起。

最有兴味引起人们谈资的，还数当年“桐叶题诗”的逸闻。《古今诗话》载，春日的一天，年轻的顾况与诗友同游洛阳宫苑，在横贯宫城的小河中捡到一枚桐叶，上面竟有题诗赫然在目：“一入深宫里，年年不见春。聊题一片叶，寄与有情人。”顾况颇感好奇，遂在那片桐叶上附诗：“花落深宫莺亦悲，上阳宫女断肠时。帝城不禁东流水，叶上题诗欲寄谁？”题罢跑到宫河上游送入水中。数日后，有游客在宫苑小河中又捡到一枚桐叶，上面亦有题诗似在酬和："一叶题诗出禁城，谁人酬和独含情？自嗟不及波中叶，荡漾乘春取次行。"顾况得知此诗后心头为之一惊，深为题诗者的红颜薄命而叹息，后常在诗文中，多以"桐叶题诗"深喻宫女幽怨。更有甚者，传说时值安史之乱后期，宫苑败落，顾况春心荡漾，趁乱入宫找到了那位宫女，二人喜结连理。

而流传最广而又撼动人心的，还是顾白初见时的趣谈。《幽闲鼓吹》记述，白居易年轻时为求仕应举，怀揣诗卷前来拜谒顾况这位主管诗文创作的高官。顾况一听通报，不屑中谑笑：长安米贵，居而不易啊！待到翻开诗卷，首先映入眼帘的，乃是"离离原上草，一岁一枯荣"那首《赋得古原草送别》，一向倨傲清高的顾况顿时按捺不住喜悦，起身亲自到门口迎接，口中连连赞赏：吟得如此诗句，何愁居而不易！由于顾况的赞誉和提携，白居易在京城长安诗名大振。

及至晚年隐居茅山，坊间还流传着顾况捻须苦吟的故事，颇具道骨仙风。一日，顾况面对青山叠峦，似有深思，却见一秀才边走边吟："驻马上山阿……"却怎么也憋不出下一句。他遂一笑而接道："'风来屎气多'呀，看把你难的！"那秀才一声断喝："休得如此无礼！"顾况则不紧不慢："从字面上考究，有何不妥？老朽乃顾况是也。"那秀才听后慌忙作揖致歉，一脸满是羞愧。（见于《北梦琐言》）

当然，若囿于流传品味这类逸事逸闻，那对我们顾公真是莫大的误解。须知，顾况所处的时代，横跨玄宗、肃宗、代宗、德宗、顺宗、宪宗6位皇帝，每个历史时期的世情诗风，无不给他烙下了独有的深刻印记。天宝、大历年间，由于安史之乱和其后政局的动荡，盛唐大厦已经濒临坍塌，盛唐诗人也已凋零难觅，盛唐之音几近无存。生逢乱世，诗人们回避时政，缅怀六朝，探寻幽花野草，创作意境窄狭，诗风"气骨顿衰"。而后步入贞元，伴随社会的发展进步，人们对生活的态度逐渐由冷转热，一些诗人骚客、有识之士在审美趣味上追求新味，日显疏荡奇崛。《唐国史补》认定：大历之风尚浮，贞元之风尚荡。而贞元年间尚荡的诗风，自然是基于社会百态、世情民风所酿成。长安风俗自贞元始，或侈于游宴，或侈于书画服饰、博弈卜祝，加之禅宗盛行，都对当时的士人有着很大影响，以至于许多人言行举止显得反常，表现为动辄斥责时俗，讥嘲权贵，崇尚个性，标异图新。受这种世风的浸淫鼓噪，逐渐萌生并形成了贞元独有的尚荡诗风。

另一个不容忽视的因素是，朝廷的推崇标榜，起到了推波助澜的作用。唐历代皇帝中，重诗能诗者甚多，如太宗、玄宗、德宗、文宗、宣宗都有御制诗流传于后，而其中尤以德宗为最。《唐诗纪事》载：德宗“绝嗜欲，尤工诗句，臣下莫可及”。“每与学士言诗于浴堂殿，夜分不寐。”贞元年间，德宗不仅诗歌创作激情爆满，佳作迭出，诗风雅正精工，而且热衷于自我标榜，自称“排公”，常将自己的诗作标为评定优劣的准尺。他本人的一些诗句如“松院静苔色，竹房深磬声”（《七月十五题章敬寺》），就因受到追捧而长期流传世间。同时，德宗还昭示，诗作风格奇特、成绩斐然者，就会获得提携褒奖，许多人因此升官晋爵。诗人韩翃，因其诗作“春城无处不飞花，寒食东风御柳斜”（《寒食》）极受德宗赏识，被提拔为驾部郎中、知制诰，后官至中书舍人。在如此世所推崇、朝所提携的强风裹挟之下，诗坛日趋活跃、日见繁荣，诗人们无不跃跃欲试，争奇斗艳，屡发奇崛新异之声。

顾况自然身莫能外。虽然他早年进士及第，但仕途不顺，一直辗转于幕府，稔熟世间百态、民生疾苦。这种坎坷困顿的经历累积和郁淀于心的悲苦情思，使他的诗歌创作别开生面。关于诗歌主张，他在《悲歌·自序》中坦言：“信无逃于声教，岂徒文采之丽耶？”强调重视诗歌的思想内容，力主直面社会人生，艺术手法则服从和取决于主题需要，不过分追求形式的完美和文采的华丽。他传习《诗经》而苦吟的《上古之什补亡训传十三章》，以悯农开始，怨奢作结，就是其代表之作。纵观顾况的诗歌创作，敢于冲破禁区，针砭时弊，关注民生，乃至思古咏怀，寄情山水，兴之所至无所不及，题材极为广泛；体裁形式也比较多样，古体、绝句、律诗皆为高手，而歌行体尤为擅长，偏于长歌逸句，非常人所能及；同时语言通俗诙谐，风格独具，善于创新，诗作中讥讽调侃而不避俚俗口语，自由不拘而任长短句错杂，节奏嬗变，情景交融，使人倍觉亲切自然而沁人心肺。顾况一生著作颇丰，《全唐诗》录其诗 4 卷，《全唐文》集其文 3 卷。

顾况一生的最大亮点，就在于伴其坦荡豪放的心性而生的疏朗奇崛的诗风，以及在诗坛被誉为标志而亘久不息的影响力。还是作品最有说服力，且看《宿昭应》:

武帝祈灵太乙坛，新丰树色绕千官。
那知今夜长生殿，独闭山门月影寒。

辛辣的笔触直刺玄宗当年祈仙求寿的闹剧。以昔之繁荣、今之寥落，昔帝求长生、今皇迷丹药作比互衬，加之“那知”“独”等用语的精准尖刻，深刻揭示了国运败落的根本原因。还有诸如“武帝升天留法曲，凄情掩抑弦柱促”（《李湖州孺人弹筝歌》）、“秦皇汉武遭下脱，汝独何人学神仙”（《行路难》），都鞭辟入里，矛头直指皇室国君，其卓见独到举世瞩目。再看《囝》前半部：

囝生闽方，闽吏得之，乃绝其阳。
为臧为获，致金满屋。为髡为钳，如视草木。
天道无知，我罹其毒。神道无知，彼受其福。

完全是仿《诗经·国风》中古朴文风，以白描手法，浅白的语言，客观如实地道尽闽南荒蛮之地，人民所遭受的血淋淋的迫害。男孩被贩为奴，断其阳根，视作草木，终生劳役，受到的是惨绝人寰的酷刑。再如“巴人夜唱竹枝后，肠断晓猿声渐稀”（《竹枝曲》），“此夜断肠人不见，起行残月影徘徊”（《听角思归》），都以隐喻、婉转的手法，深刻揭示了民间的疾苦。还看《海鸥咏》：

万里飞来为客鸟，曾蒙丹凤借枝柯。
一朝凤去梧桐死，满目鸱鸢奈尔何。

直言不讳，以自己的亲身遭遇，怒斥朝中权贵。也正是此诗触怒当政者，使他受到御史台弹劾，遂遭罢免著作郎，贬遣京外。但身遭摧残，浩气犹在。在贬地和晚年隐居期间，顾况引吭的都是英雄悲歌。正如唐人皇甫湜在其《诗集序》中坦言，顾况“骏发踔厉”，以出意外惊人语为快；宋人严羽《沧浪诗话》亦赞叹顾况“稍有盛唐风骨处”，给予了高度评价。

顾况的诗作成就及其别样的诗风，受到世人的赞誉和诗人的敬仰，被誉为气骨顿衰的大历诗风向百舸争流的元和诗风演进过渡中的标志性的人物。其影响力不仅当时广受推崇，还泽被后代，直至中唐后期、晚唐宋初都有波及。

最典型的莫过于白居易了。早年得益于顾况的赞赏提携，白居易的诗名遍及朝野。不仅使他进士及第，更重要的是入了唐宪宗的法眼，官居周至县尉仅一年便被钦点入朝，历任京兆尹考官、校理乃至左赞善大夫。他的诗作直接继承了顾况的衣钵，语言浅显易懂，叙事明白流畅，一些诗作连诗名都像顾况一样“首句标其目”。他发起推动的新乐府运动因之而势如荼火，乃至“诗到元和体变新”。不仅白居易，元和年间及其之后的诗人流派也大都在此源分其流。像“我欲升天天隔霄，我欲渡水水无桥”

（《悲歌》），“仰秣如上贺兰山，低头欲饮长城窟”（《梁司马画马歌》）等，意气豪放、意境奇特、语言蕴藉，直接影响到韩愈、李贺等人奇崛瑰丽的诗风。像“玉楼天半起笙歌，风送宫嫔笑语和”（《宫词》），“空林有雪相待，古道无人独还”（《归山》）等，其氛围的精心营造、用语的精到推敲，亦对“两句三年得，一吟双泪流”（《题诗后》）的贾岛、孟郊精雕细琢的诗风，有着重要影响。如此等等，不一而足。

晚唐文人温庭筠，诗词皆工，其词著作等身，被誉为“花间词派”的鼻祖、婉约派宋词的源头。而诗坛对他却有“孤诗一句盖全词”的感叹，即世所称道的《商山早行》中“鸡声茅店月，人迹板桥霜”。刘熙载《艺概》赞之“精妙绝人”，宋代大文豪欧阳修对其也倾慕不已。相传欧公吟此玩味不尽，反复推敲而自吟“鸟声茅店雨，野色板桥春”，又摇头苦笑自愧不如，足见其绝世魅力。但，倘若诸君翻阅品读顾况的《过山农家》：

板桥人渡泉声，茅檐日午鸡鸣。
莫嗔焙茶烟暗，却喜晒谷天晴。

便会恍然大悟：哦，原来温庭筠的祖师爷在此正襟危坐。猗欤焉哉！

韩愈：仗义何惧

正月的北方，朔风呼啸，寒气凛冽。

大明宫宣政殿内，黑云压城，杀气腾腾。

唐宪宗怒不可遏，直指掷于地的表书，大声呵斥：“胆大包天！竟敢挑战朕的皇威，咒毁朕的佛脉。处以死刑！”

宰相裴度、崔群上前谏言：“吾皇息怒！念他也是用心良苦，臣以为……”几位皇亲国戚也趁机相劝：“难得的忠臣呀，如此以后……”

宪宗余怒未消，背手独自踱步，片刻后突然转身：“着令贬往岭南荒蛮之地，朕再也不想见到他！”

旋即有诏：“令刑部侍郎韩愈为潮州刺史，即日速启赴任，此布切切！”

这就是韩愈上疏《论佛骨表》后，次日发生的惊心动魄的一幕。

早在唐代开国以来，就奉行三教并行的国策，崇儒、尊道、礼佛，三教均被奉为国教，兼容并蓄，相得益彰。贞观年间，唐太宗派玄奘经西域去天竺，取回佛典六百五十余部，译为汉文辗转流传，佛教随之盛行天下，至宪宗时，情形尤甚。安史之乱后中央集权日渐衰落，加之宪宗又喜好神仙之术，更倚盼佛教的无边法力来维持统治。为此，他派出功德使遍访国内佛寺，普寻玄机。元和十四年（819 年），宪宗派太监赴法门寺迎回佛指舍利，在宫中供奉三日，不仅亲顾顶礼膜拜，还特令各佛寺轮流供奉。强风裹挟之下，王公贵族、官吏百姓无不激情狂热，施舍钱财，有的不惜倾家荡产。对此狂迷之风，韩愈大声疾呼："佛不足事！""高寿者非因信佛，信佛者常多祸乱"，须将佛指"投诸水火，永绝根本，断天下之疑，绝后代之惑"。正是这份《论佛骨表》，为韩愈险些招来杀头伤身之祸。

当韩湘满面雪霜、气喘吁吁赶到蓝关时，只见叔祖伫立岩边，眺望远方。此刻祖孙相见，并无热情相拥。韩湘跪拜，韩愈随手扶起，拉到一边相视而坐。只见韩愈面色凝重，若有所思，俄顷，语气铿锵，缓声而吟：

一封朝奏九重天，夕贬潮州路八千。
欲为圣明除弊事，肯将衰朽惜残年！
云横秦岭家何在？雪拥蓝关马不前。
知汝远来应有意，好收吾骨瘴江边。

韩湘望着年过五旬的叔祖那羸弱的身躯，心中禁不住倒海翻江。他谙知叔祖的秉性：刚直率真，口无遮拦，仗义执言，天地不惧！而今落到这般田地，令人痛惜万分！云横雪拥，身系千难万险；念及家室，揪心之痛，忧思难忘；展望前程，茫茫无迹，渺无出路。此时的韩湘强忍泪水，哽咽道："叔祖保重身体，有侄孙伴您身边；皇命难违，咱还是启程赶路吧。"

祖孙俩一路同行，鲜有言语。只是遇到难行的山径，或壮观的景色，才寥寥数语感慨一番。视旁若无，看似平静，但此时的韩愈内心波涛汹涌。想自己 3 岁而孤，全靠兄嫂抚养，于困苦颠沛中度过童年。自幼刻苦读书，渴望出人头地，尽管历经三次科考落第，三次参加吏部博学鸿词科无果，但凭自己的学识才干，经友人推荐授任秘书省校书郎，才得以艰难踏上仕途。他位卑言轻，但恪尽职守，信奉尧舜，仗义执言，不平则鸣；他倡导发起古文运动，勇敢地打起尊师重道、以文治国的大旗；他上疏《御史台上论天旱人饥状》，言尽当年关中饥荒、饿殍遍野的惨状，揭穿了利益集团一些人无视民生、谎报政绩的谎言；他支持宰相裴度平定淮西叛乱，充任行军司马，取得大胜；乘势他提议对叛乱的成德节度使王承宗说降，并修书一封，晓明大义，使其甘愿臣服，收到"不战而屈人之兵"的奇效；他也因功而授任刑部侍郎。想到这里，他出了一口长气，心头顿觉舒朗："人在做，天在看！韩某忠心可鉴，相信总有拨云见日的一天！"

到了岭南，果然一片荒芜，鸟烟瘴气，不堪入目。此时的韩愈，深陷双重的压力和矛盾之中：身处蛮夷之地，百谜待解、百废待兴；而闻知自己仓促南行后，家眷亦遭遣逐，爱女竟夭亡于途中，思家心切、忧心如焚！但韩愈毕竟不是普通人，他强压悲痛，牢记使命担当。深知改善民生刻不容缓，他倡导大力兴修水利，奖劝农桑，使百姓安居乐业；得知恶溪里鳄鱼为患，伤人害命，使得百姓不敢捕鱼和行舟，他果断出手，加强治理，驱清鳄鱼，此后江上太平，百姓喜改恶溪为"韩江"；为破除迷信和愚昧陋习，他撰文兴邦，广纳贤才，大力兴办教育，捐出自己在潮期间几乎全部俸禄兴办学校，还邀请故乡文友前来执教，全力传播中原先进文明。积以时日，社会上兴文尊礼蔚成风气，时人赞曰："不虚南谪八千里，赢得江山都姓韩。"

时光如梭，世事如棋，这厢镇州又生祸端，当地割据势力杀死朝廷命官，拥兵自重，朝廷急需派员前去处置。因事发突然，无人敢往，韩愈此时任兵部侍郎，他心系国家和百姓安危，挺身而出。宰相元稹劝他："要慎重，三思而行吧。"穆宗皇帝也举棋不定，但看他主意已定，穆宗便嘱他审时度势，随机应变，不可贸然而行。韩愈慷慨陈言："止，君之仁；

死，臣之义也。”（关切臣子是皇上的仁德，全力效命则是为臣的义务和职守。）他义无反顾，慨然前行，还赋诗述怀，再表心迹：“衔命山东抚乱师，日驰三百自嫌迟。风霜满面无人识，何处如今更有诗。”（《镇州路上谨酬裴司空相公重见寄》）

韩愈凛然大气，孤身深入叛军营中。他从基层安抚做起，对士卒晓之以理动之以情，充分言明利害，打消了他们的疑虑；对叛军首领则详析大局，陈明大义，恩威并施，终于使其冰释前嫌，释放了围困扣押的官兵，表示将继续效忠朝廷，再建盛世太平。

韩愈凯旋，穆宗亲驾面迎：“爱卿辛苦了，是金子总会发光的！”

韩愈坦然一笑：“臣还是那句老话，‘欲为圣明除弊事，肯将衰朽惜残年’”。

有功当奖，韩愈授任吏部侍郎，又转任长安京兆尹兼御史大夫。当时有这样一则趣闻，为北司宦官所辖，历来有恃无恐、横行天下的神策军中竟广为流传这番言论：“他连皇上都敢顶，连佛指都敢烧，我们谁还敢犯法。”一时间朝野共乐，秩序井然，一派祥和的气象。

韩愈病逝后，为表其功勋，朝廷追赠其为礼部尚书，谥号“文”。念及其文治武略之功，经天纬地之才，世人称道“韩文公”是也。

怅望平生足自慰

大明宫内光线昏暗，空气凝氤。病榻上的唐武宗数度昏迷，几位太监寂然肃立，应召而至的宠妃孟才人叩谢、请安。武宗微目视之，嗫嚅而语：“朕将驾鹤……爱妃……何如？”才人手指笙囊：“臣妾就缢，先行迎驾。”见武宗凄然欲泣，才人上前：“臣妾愿为君献歌一曲，以示忠心！”随之宽衣舒袖，伴曲苍凉起歌：

故国三千里，深宫二十年。
一声何满子，双泪落君前。

歌毕，才人倏然倒地。御医诊之曰：“已殒。脉尚温，肠已数断矣。”

自此，一首《何满子》传遍朝野，该诗的作者张祜，一夜之间名扬天下。

张祜（约 785—849 年），字承吉，祖籍河北清河，自幼客居江南姑苏。传其为唐初宰相张说后裔，家世显赫。自幼饱读诗书，渴求功名，成年后科举求仕却屡试不第，终生布衣。平生喜好游历天下，题诗作赋，年近古稀痴情不减，依然浸淫于诗的创意与醉迷，尽情徜徉在诗神的护佑中，或寂苦欲哭，或恣肆放歌。

《唐诗纪事》载，唐玄宗天宝年间，沧州歌手何满子因罪获死刑，临刑前请求放歌一曲，以泄忧愤。只听歌声撕人心肺，幽远苍凉，响遏行云，苍天白日顿显黯然，在场众人无不大惊失色。此状上报朝廷，玄宗特将其宽刑为死缓。有乐师细察，何满子所歌之曲，为单调、双调两体交错，三平韵、四仄韵两曲互变，因而其调怨愤杂糅，凄惨如泣，激越多变，撼人魂魄！有感于此，遂将该曲牌命名为《何满子》。

至宪宗元和年间（806—820年），江南一带经济复苏日见繁荣，文坛也随之日趋活跃。有感于何满子的神奇传说，白居易、元稹等诗坛大咖，相约发起同名诗赛“何满子”，以激活世情提振人心。几人振臂一呼，应者云集，诗人墨客闻之无不激情狂热，跃跃欲试。白居易、元稹等人更是相继造势，不时推出精品力作，使参赛人员越聚越多，规模越来越大，高潮彼伏此起，佳作层出不穷。白居易率先垂范，献诗《何满子》：“世传满子是人名，临就刑时曲始成。一曲四调歌八叠，从头便是断肠声。”元稹自不甘落后，隔日，一曲《何满子歌》应运而生：“何满能歌能宛转，天宝年中世称罕。婴刑系在囹圄间，水调哀音歌愤懑。梨园弟子奏玄宗，一唱承恩羁网缓。便将何满为曲名，御谱亲题乐府纂。”两诗尽显元白诗风，叙事娓娓，明白如话，将何满子死刑遭免、人曲同名等古传之谜，表述得淋漓尽致。对此诗人们狂热追捧，争相传诵，以至老妪幼童亦为之动容。

一日，赛场火爆。只见一名衣履怪诞的青年，迈步赛坛，稍作施礼，便视旁若无，高声言道：“我来献丑，祈望海涵！”来者献诵的就是开篇那首五言诗《何满子》。犹如晴天霹雳掠过，赛场顿时鸦雀无声，瞬间，掌声雷动，经久不息。只见白居易上前，接过诗卷，迎青年入室详叙。来者便是世称“张公子”“张处士”的张祜，虽然素昧平生，但有感于眼前诗作，白居易竟毕恭毕敬起来。该诗由浅入深，立意奇辟，惜墨如金，字字千钧。“三千里”极言距家之远，“二十年”道尽入宫之长，歌出泪涌，情真意切。加上通篇数字点缀，翔实可感，言简意赅，蕴含深邃，极具高度的艺术概括和强烈的心灵震撼。虽然该诗透出的意境和诗风，与白居易的倡树相左，但这位时已诗名盖世的大佬，依然对眼前这青年才俊赞赏有加。尽管此前张祜诗作不少，但这一篇《何满子》，终于使他扬名诗坛。

张祜火了。集达官显贵、诗人学者于一身的令狐楚自然有闻于耳。爱屋及乌，时任天平军节度使的令狐大人，亲邀张祜到他的幕府一叙，二人促膝而谈，相见恨晚。令狐楚在对张祜赞赏的同时，让其搜集整理自己的诗作300首编纂成集，又亲自向朝廷进表力荐：此生用心良苦，精于诗赋，其风格罕有人比，祈酌中书省行走。

手捧令狐大人的荐表和自己的诗集，张祜兴冲冲赶往京城。他一时兴起，禁不住心旌荡漾，得意自吟《京城寓怀》：

三十年持一钓竿，偶随书荐入长安。
由来不是求名者，唯待春风看牡丹。

明明是渴望入仕求官，却要扮出一副清高孤傲相，这位三十而立的青年才俊春风得意地自我显摆，倒也不难理解。孰料入得宫来，情况却大相径庭。宪宗皇帝暗忖：为中书省荐人谋职，核心部门可得慎重！遂征询独承密命、能与皇帝耳语的翰林学士承旨元稹的意见。心机颇深的元稹，深宠于老相李德裕，而李德裕又与牛僧孺、令狐楚在党争中势同水火，他立马警觉起来，草草浏览，便对宪宗说：“其诗雕虫小技，其人亦未深知；弃之，以免有伤教化，遗于后患。”

碰了一鼻子灰，溜出宫来，张祜并未死心，遂辗转奔赴太原，向自己的昔日相识、时任河东节度使的裴度自荐，赋诗《冬日并州道中寄荆门舍》曰：“圣明神武尚营边，我是何人不控弦……却为恩深归未得，许随车骑勒燕然。”在对裴度逢迎示好的同时，不忘表白自己渴望一展雄心、建功立业的强烈愿望。鲜有来往偶谋面，结局自然是一无所获。心犹未甘的张祜又转身南下，直奔白居易任刺史的杭州幕府。熟人相见，倒也亲切自然，只是一提入仕求职，白居易立马凝神庄重起来。倒有一空缺，但求职者众，念及自己的至交好友元稹，总不能让老朋友难堪吧。灵机一动，白居易提议以诗赋取优，暗箱操作便断然拒绝了张祜。

光阴荏苒，一晃十年。已步入不惑之年的张祜，四处奔波，入仕求官依然一无所获。过去丰厚的祖业也难以为继，日子逐渐趋于困顿。屡受挫折磨难，而今心如死灰，张祜陷入人生的低谷。他退居淮南，孤寂度日，愁苦相伴。时有《夜雨》为记：

霭霭云四黑，秋林响空堂。
始从寒瓦中，淅沥断人肠。
愁肠方九回，寂寂夜未央。

但张祜毕竟世出豪门，饱读诗书，很快就从这种潦倒无助的心境中醒悟、振作起来。想起自己怀才不遇，如鲠在喉，但比起李白、孟浩然这些先辈的遭遇来，顿感释然。他在《偶题》中自慰自励：“唯恨世间无贺老，谪仙长在没人知。”即使未能遇上像举荐李白的贺知章那样的真情知己，自己也同样要蓄势待发一鸣惊人。他在《司马相如琴歌》中浪漫畅想：“凤兮凤兮非无凰……濯羽弱水鸣高翔”，自信历经磨难必能涅槃重生，信心满满终将事业有成。

在阵痛反思中自省，张祜终于走出阴影。他开始振作起来，切断入仕求官的念想，脱下浪子的华衫，踩着心灵的节拍，径直走向专志诗作的荆棘之路。此刻，挫折激活了生命的张力，悲痛掘开了动力的源头，张祜游历山川，饱览天地，肆意吮吸宇宙的精华；访贤思古，咏史明志，不断洗涤心灵的污垢；结友伴游，畅抒胸襟，尽情共享余生的乐趣。此后经年，他以同为布衣、穷愁潦倒而矢志不渝的山水大师孟浩然为人生坐标，以狂放不羁、永不言败的谪仙李白为精神寄托，手执如椽之笔，凡国运世风、时事民生、自然山水、名刹古寺等等，目睹之物无不为我所咏，世间百态任我评说褒抑。"古来名下岂虚为，李白颠狂自称时"（《偶题》），"一壶酒外终无事，万卷书中死便埋"（《赠季峰上人》），完全沉浸于忘忧无我，视诗歌创作为生命唯一的醉迷之中。"行却江南路几千，归来不把一文钱"（《感归》），想起自己的悲苦经历，偶回眸，此时坦然置之一笑。"孟简虽持节，襄阳属浩然"（《题孟处士宅》），造访孟公故居，依然引吭高唱浩气之歌。"野人未必非毛遂，太守还须是孟尝"（《江上旅泊呈杜员外》），还是与故友杜牧，把盏畅饮，胸襟互见，来得淋漓痛快！垂暮将至，张祜却不断迎来了自己诗歌创作的"喷发季""爆炸期"，终生奉献诗作1000多篇，仅《全唐诗》就收入其诗作349首，在唐代灿若星河的高手大师中名列前茅。

由于命运多舛，感同身受，张祜的诗歌创作物我相融，倾注的是发自内心的怨愤情思，坦露的是纯美真切的心灵气声。当然，心血所系，也体现着罕有人比的艺术造诣。"清丽沉雄，风骨遒劲，独树一帜"是《唐诗品》对张祜诗作诗风的总体评价，世人也给予了他高度的赞誉，时下盛传"张生故国三千里，知者唯应杜紫微"。但要说张祜还是要首推深知其人的权威评论家杜牧。杜牧就断言："谁人得似张公子，千首诗轻万户侯"（《登池州九峰楼寄张祜》），"七子论诗谁似公，曹刘须在指挥中"（《酬张祜处士见寄长句四韵》）。他认为张祜诗的成就和价值，远远重于万户之侯，连建安七子、曹植都不得不居下臣服，应该说确是比较中肯精到的评价。

还是回到篇首。孟才人舞殒、唐武宗驾崩后，张祜想起当年的赛诗《何满子》，不禁百感交集。思绪波涌中又疾笔书就《孟才人叹》：

偶因歌态咏娇嚬，传唱宫中十二春。

却为一声河满子，下泉须吊旧才人。

以该诗名世的张祜，抚着花白的胡须，眯着迷离的昏眼，怅望平生，抚今追昔，禁不住涕泪泫然。往事依稀，历历在目；怅愤侵扰，难以自抑。几年后，晚年凄惨、病入膏肓的张祜，在断断续续反复苦吟《何满子》中，愤然辞世。

“可胜饮尽江南酒，岁月犹残李白身”（张祜《偶作》），尽管终身布衣，憾与官场无缘，但作为诗人，诗歌创作的辉煌却铸就了金身。有缺憾才至成完美，心犹悲愤的张公，当心怀坦然，知足自慰矣。

第二辑　经典的味道

一首诗　一句话　一辈子　一经典

唐诗殿堂群星璀璨，各路神手妙师，依其诗风成就冠名落座：诗仙李白、诗圣杜甫、诗佛王维、诗魔白居易。到得中唐后期的刘禹锡，因其屡鸣惊人，不同凡响，人们就以“诗豪”称之。那么，冠以诗豪，刘禹锡是否实至名归，诗坛和世间是否首肯？还是管中窥豹，从他的一首诗说开去。

唐敬宗宝历年间，一直持有书信往来的故友刘禹锡和白居易相逢于扬州。其时刘禹锡赋诗一首《酬乐天扬州初逢席上见赠》，无异于在诗坛引爆了一枚重型炸弹：

巴山楚水凄凉地，二十三年弃置身。
怀旧空吟闻笛赋，到乡翻似烂柯人。
沉舟侧畔千帆过，病树前头万木春。
今日听君歌一曲，暂凭杯酒长精神。

事情的原委是这样的。刘禹锡因在顺宗时期参与“永贞革新”，被两度谪贬外地达23年。在奉召回京途中，他与同贬苏州、病辞返京的白居易在扬州相逢。同为天涯沦落人，异地相逢更伤情，两位故友相约游历，相谈甚欢。在一次把盏相敬中，白居易赠诗曰：“为我引杯添酒饮，与君把箸击盘歌。诗称国手徒为尔，命压人头不奈何。举眼风光长寂寞，满朝官职独蹉跎。亦知合被才名折，二十三年折太多。”（《醉赠刘二十八使君》）故友相逢，白居易倾情相见，童心尽显，无拘无束，和盘托出对刘禹锡遭遇的同情惋惜，对时事世态的嘲讽抨击，哀伤里饱含惺惺相惜的深情，悲叹中难尽心灵温抚的慰藉，真乃君子相见，敞开肺腑一片心啊。

刘禹锡酒兴正酣，闻听白居易赠诗，感慨万分，遂清嗓亮声，深情唱和上述那首七律。两诗珠联璧合，相映生辉，气声相贯，直冲云天。刘禹锡唱和诗中，首联紧扣白诗的话头，娓娓起吟，使人倍觉亲切自然。颔联引申生发出此后经年物人全非之慨。当年的故友、永贞革新的领军人物王叔文谪贬渝州即被赐死，王伾贬居开州憋屈而逝，与自己第二次同贬的至交好友柳宗元，分手四年后也驾鹤西去，真是怀旧空吟，悲杀人哉！诗中以王质烂柯、恍若百年的典故，道尽世间的沧桑巨变和诗人的悲痛情思。关键在颈联笔锋一转，以沉舟、病树自喻，尽抒诗人阔旷、乐观的胸襟和倔强张扬的自信，与白诗“命压人头不奈何”“亦知合被才名折”紧相呼应，豁达大度，立意高远，超脱面世，极富哲理，诗的气势、意境陡然高耸，令人不禁叫绝。尾联深情回归，表明了酬答的题意，和与友人互慰共勉之情。

时有评论认为，刘禹锡和白居易这两首诗，是唐诗酬答唱和诗作中令人拍案叫绝的奇葩：善于造境，饱含深情，语言洗练，工于用典，堪称完美之作。相较而言，刘诗作为唱和，紧扣白诗的主旨意境，却又高出一筹，显露出高雅飘逸、深沉思辨的风骨豪气，展现的是一代诗豪的别样风采。

人常说，一首诗要有诗眼，才能折服读者令人赞叹，而这诗眼，若能饱蕴精华，出类拔萃，抑或摄人魂魄，振聋发聩，该诗当可称为经典绝唱了。窃以为，“沉舟侧畔千帆过，病树前头万木春”一句，完全称得上这样的诗眼。刘禹锡的这首唱和诗，为这句话铺设、打造了不同凡响的载体；而这句话，因其具有多元的内涵、元素和张力，又使得这首诗得以蜕变升华，以至意蕴隽永、脍炙人口而流传千古。

稍一搭眼，就会敏锐地察觉到这句话字面考究、匠心独运，具有极强的磁性吸力，使人不得不为之一震、注目细究。你看，文字洗练，工于对偶；韵律巧对，节奏明快；入眼赏心悦目，吟之朗朗上口，不仅使人眼前一亮，顿觉爽朗舒坦，而且瞬间产生迫人深思、欲罢不能的审美效应。

细加咀嚼，又会感到这句话就是一座震撼人心、挖掘不尽的富矿。作为酬答唱和，这一句既有对白诗中惋惜同情的认同和谢意，又有对自身豁达乐观的秉性、对事物发展规律的感悟以及对个人命运、国家前途的展望等内心世界的尽情抒发；既有对个人遭遇、人生经历的累积总结，又有摒弃旧疴、革故图新的哲理思考。读之使人豁然开朗。可见，这句话作为诗中颈联，完美地承载了多重功能，“转”得恰到好处；作为独立的一句名言，犹如桂冠上的一颗明珠，流光溢彩，给人以无限的遐思畅想，并产生出难以估量的溢出效应。

说到“沉舟”“病树”，自然会联想到刘禹锡的人生经历和仕途生涯：谪贬外地，辗转奔波 23 年。这金子般珍贵的 23 年，对人的一生意味着什么？一个深受皇帝宠爱、炙手可热的京官，瞬间沦为烙有贬官的黑戳、人见人踩的倒霉蛋，如此冰火两重天的境遇，在一个年轻人的内心深处，将会造成怎样的震撼与创伤？将要承受怎样的苦痛与煎熬？人们不禁在悲叹中深思：刘禹锡啊刘禹锡，你这多舛的命运！

想那苦熬太子、中风失语的李诵，即位后贵为顺宗，半年多就被赶下台来，朝中方兴未艾的“永贞革新”同时惨遭扼杀，身为其中核心人物的刘禹锡，自然厄运难逃。在贬任连州（今广东连县）刺史的途中，新的诏书又将其贬降为朗州（今湖南常德）司马，而且规定永远不得大赦，永远不得调往内地。面对雪上加霜的遭遇，刘禹锡依靠铁一样坚硬的内心，寄情于山水，抒怀于笔端，一晃就是10年。在奉召回京后，因当年的政敌坐在宰相的位上，刘禹锡第二次遭外贬，连州、夔州（今重庆奉节）、和州（今安徽和县），连任刺史13年。这23年的风刀霜剑，23年的风雨兼程，坎坷走来，刘禹锡从刚过而立、英姿勃发的青年，变成了步履踉跄、霜鬓皓首的老头。面对身体的蹂躏摧残，内心倒海翻江，怎一个苦字了得！

当然，苦难对强者来说，自是一种磨砺，一股动力，刘禹锡正是这样的强者。在朗州，他在诗情喷发的同时，与韩愈、柳宗元在哲学的思辨交流中，完成了人生的华丽转身。不仅完成了《天论》三篇哲学名著的著述，还创作出大量诸如"自古逢秋悲寂寥，我言秋日胜春朝"（《秋词》）饱含哲理的诗篇。在连州，他发挥所长重教兴学，开创循礼重文之风，使连州获得广东科场上"科第甲通省"之誉。在夔州，他深入山乡水寨，吸收民间营养，创作出诸如"东边日出西边雨，道是无晴却有晴"（《竹枝词》）系列精品。诞生于和州的《陋室铭》，更使他举世瞩目，彪炳史册。此刻，在与白居易的纵情交流中，"沉舟侧畔千帆过，病树前头万木春"，绝不是一时兴起的拈来之词，而是他久积于心、饱含血泪的感同身受。

经典，自然经得起时间长河的洗刷淘汰，受得了世人百般的挑剔责难。所谓众口皆碑，光芒不灭，正是经典的本质属性。从这点来看，刘禹锡的"沉舟、病树"诗句，堪称不可多得的经典。身处苦难而筋骨坚强，心遭摧残而仍惦念诗和远方。不以己悲，哲理迸发，催人奋进，正是这种经典诗句的魅力所在。

且看刘公自身。正如白诗所言"举眼风光长寂寞，满朝官职独蹉跎"，学富五车、风华正茂的他却遭外贬荒蛮之地23年，当年的官员同人都齐刷刷升官了，唯独他在苦寂独处中煎熬，这该是人生多大的不幸和灾难！而刘公你，却在苦寂中深思，在煎熬中抗争，自喻为沉舟，不沉沦而乐见千帆竞过；自喻为病树，不死心而喜看万木春发。这与他“莫道桑榆晚，为霞尚满天”（《酬乐天咏老见示》）如出一辙，是何等豁达坦诚、磊落大气。正是基于这样的胸襟，他不向苦难低头，生活和创作都依然充实丰盈；他不向权贵献媚，两次被贬后回京依然孤傲如旧，两次游览玄都观，先后发出“玄都观里桃千树，尽是刘郎去后栽”和“种桃道士归何处，前度刘郎今又来”的空谷足音，对当朝政敌和权贵予以无情的蔑视和鞭挞！正是这种风骨豪气，为他注足了苦难中前行的动力，也博来了世人和诗坛深深的敬佩。

远不止此。刘禹锡的经典诗句问世后，便成为举世稀宝，人们奉若神明之作，奔走相告，吟诵唱和，玩味深思。对于认识事物和社会发展规律的探索者而言，与“千淘万漉虽辛苦，吹尽狂沙始到金”（《浪淘沙》）本是题中同义。告诫人们事物都是曲折变化而又向前发展的，处于失意、低谷，不必惆怅伤感；遇到顺利、惊喜，不能忘乎所以。不忘初心，不惧“山重水复疑无路”；恒以持之，终会“柳暗花明又一村”。对于失落、病痛等无助者而言，这无异于一针强心剂，教人享受痛苦，奋发求新。病树枯后发芽，居然萌生于冬天；沉舟经过反思、修缮，依然会帆济沧海。坚定信念，不畏艰难，保持一颗平常心，必将会迎来绚丽多彩的未来。对于破除陋习、勇于创新的弄潮者而言，更是一服灵丹妙药。正如春蚕不能忍受蜕皮的痛苦就难以重见光明、凤凰不经过烈焰焚身就不能成为“百鸟之王”一样，破旧创新总是要经过反复不断的阵痛与煎熬。忧伤中聚力于心，微笑时常伴泪水，不断抗争拼搏，创新、发明并推动文明进步，才会“无穷如天地，不竭如江河”……

“唯有牡丹真国色，花开时节动京城”（《赏牡丹》），被白翁冠以

“诗称国手”的刘禹锡，透过这首诗及其800多篇鸿篇巨制，以其高洁坚硬的人格、孤傲豪爽的风骨、辽阔雄峻的诗风，为世人呈献出敢同厄运抗争、书就传奇人生的精神饕餮，成为实至名归的诗豪大方之家，在唐诗史上刻下了难以磨灭的印记。

李商隐的《无题》，“读懂已是诗中人”

在群星璀璨、流派纷呈的晚唐诗坛，李商隐无疑是一位“巨星”级大咖。因其诗风奇特影响巨大，他与杜牧时称“小李杜”；因其为诗界词苑翘楚，他与温庭筠被誉为“世有温李”。元代大诗人、著名评论家元好问赞曰：“诗家总爱西昆好，独恨无人作郑笺”，尽管他对其诗体风格略有微词，但仍按捺不住对其诗风成就予以世纪好评。

纵观李商隐为诗的一生，伴随其幽深微著、瑰丽雄奇的诗风，他有一个有别于他人的显著特征，就是他独创出举世瞩目又颇为费解的《无题》诗系列。词意朦胧，情境迷离，情感深挚缠绵，描写典丽精工，使人欲解不得、欲罢不能，总处于临之问之得之再求之的痴情与渴望中。他一生诗作近600首，收入《全唐诗》有三卷350首，而其中《无题》诗（含以诗头二字为诗名的准《无题》）就有30多首。蘅塘退士版《唐诗三百首》中收入其诗作24首，《无题》诗就占了9首。从《无题》诗所占分量之重，足见李商隐于兹钟情之深。对李商隐诗体颇具研究建树的清人张采田断言：“无题诗格，创自玉溪。且此体只能施之七律，方可婉转动情。”

对李商隐的《无题》诗，从总体上给予了肯定与诠释。

一个志豪气盛、才华横溢的诗人，却痴情于令人费解的冷僻诗体，李商隐出于什么初衷，要表达什么心衷，而又有什么苦衷呢？多少年来，这一直是萦绕于学者和世人心头的难解之谜。“诗言志，歌永言”“根情，苗言，华声，实义”，这些诗歌创作古之律条，至今依然为人们所遵循，想必当年李商隐也是谙熟于心。那么，答案在哪里？人们究竟应该怎样去阅读和理解？

生于晚唐年间的李商隐生性纯善，性格内敛，因博学多才而志存高远，虽自叹“四海无可归之地，九族无可倚之亲”，但仍矢志于事业上的功成名就和爱情的圆满幸福，并为此付出了不尽的热情和不竭的努力。但骨感的现实却是，事业上被撞得鼻青脸肿，一无所成，与之相伴随，在爱情上亦是屡受挫折和打击。婚姻上只能说身在幸福中，心却备受煎熬。尤为惊心的是，随着恩师的辞世、慈母的亡故、爱妻的早去，他的内心一次次承受沉重而残酷的打击，情绪上经受难忍的摧残和噬灭，在人生的苦旅中，他身如洪流中的泛梗，命如秋风里的苦蝉，跌跌撞撞，苦不堪言。

如此令人揪心的人生经历和心路历程，作为局中人的李商隐是怎样应对的，给他留下了什么样的苦痛与创伤，他承受着怎样的绝望与无奈，又滋生出何等的希望与曙光；他要说什么，想说而不能说什么，想说又说不清什么，还有不能说只能烂在肚子里的又是什么，如此等等。怎么办？身处多重苦难之中，欲喊无声，欲哭无泪，欲求无门的李商隐，只能打掉牙齿和血吞，在心里与自己对话，在视为生命的诗作中尽情倾诉。情势所及，这种《无题》诗便应运而生。

《无题》诗作为一种卓然不群的另类，自然备受关注。加之李商隐早已诗名盖世，每有诗作均不同凡响，那么他苦心孜孜所创作的《无题》诗，自然会被世间认为是匠心独运、孤诣深藏，欲解者趋之若鹜。因其无题，致主题多元而游离不一，我们这里姑且有侧重地将其分为爱情幽怨、感怀忧思两类一试解读。

先说爱情幽怨类。这应是诗人心思最重、付出心血最多、占据篇章绝大多数的部分，其中屡见缠绵深挚、凄迷伤感、细腻动人、典雅华丽的绝美华章，较能充分地展示诗人为追求、营造幸福美满的爱情和婚姻，所付出的热情和虔诚，所经历的曲折与苦痛，所蒙受的打击与创伤，折射出诗人纯美而敏感的内心、炽烈而凄冷的情感以及万象丛生、波澜变幻的精神世界。试看：

相见时难别亦难，东风无力百花残。
春蚕到死丝方尽，蜡炬成灰泪始干。
晓镜但愁云鬓改，夜吟应觉月光寒。
蓬山此去无多路，青鸟殷勤为探看。

这分明是一首悼妻诗，从中可见诗人是如何倾尽心血于爱妻逝后的思念之中。李商隐常年奔波在外，照顾老母，抚养小儿，经营生计，一家人的重担全落于妻子柔弱的双肩。是这爱妻，如蚕吐丝尽而思不尽，如炬流泪干而心不甘。面对如此倾情于他的爱妻，纵有多少感激、怀念也无以回报。诗中比兴贴切，用词精到，一语双关，情意浓烈而精细入微，这种至情至性，已经超越了爱情，具有一种对生命的永恒意义。再看：

昨夜星辰昨夜风，画楼西畔桂堂东。
身无彩凤双飞翼，心有灵犀一点通。
隔座送钩春酒暖，分曹射覆蜡灯红。
嗟余听鼓应官去，走马兰台类转蓬。

李商隐才华横溢而又多愁善感，在幕府、官场的应酬以及游历、宴乐中难免会有外遇，这首诗可能是春风之夜邂逅知遇后的怀念之作。偶然一个场合偶然相遇，一见倾心而双目传情，内心旖旎频频始终难以平静，但碍于某种原因而不能表白，只能将这种美好的瞬间深藏于心，遥寄深情的祝愿。比翼齐飞自是一厢情愿的奢侈，但内心的爱慕却是实实在在的。这种美好的情愫和瞬间的情感记忆飘忽不定，虽然可能无果而终，但终究会成为人生可遇不可求的宝贵财富，诗中这种情感表达理应是诗人的本意。

此外诸如“春心莫共花争发，一寸相思一寸灰”“直道相思了无益，未妨惆怅是清狂”等这些无题诗句，都将诗人对爱情婚姻的追求与幽怨、渴望与失望、希冀与破灭以及由此引起的情感上的波折变化，通过浓郁的情感和细腻的笔触，得以淋离尽致地展示，使人玩味不尽，常忆常新。

再说感怀忧思类。李商隐虽然仕途坎坷，但他毕竟是宦途中之人，他崇尚杜工部“致君尧舜上，再使风俗淳”，立志“我愿为此事，君前剖心肝”。于是身处江湖，心系庙堂，便成为他时刻郁积于心、挥之不去的为仕基因。社会的黑暗、官员的腐败、民生的困顿、世风的日下，以及自己裹挟其中潦倒流离的悲苦经历，常常使他纠结于心而坐卧不宁，这种难言之隐，自然倾情于他的诗歌之中，愤世嫉俗、忧怨难平就成为表述心迹的又一主调，以已度人、以古讽今便成为其主要手法。试看：

锦瑟无端五十弦，一弦一柱思华年。
庄生晓梦迷蝴蝶，望帝春心托杜鹃。
沧海月明珠有泪，蓝田日暖玉生烟。
此情可待成追忆，只是当时已惘然。

这首绝笔诗，应该是作于诗人殒命之年，吟于弥留之际。回顾一生，年近半百，满目疮痍，一片惘然。平生犹如浮梦，忠心托付成空，苦命常伴催人泪下，幻化的美景依然遥不可及。这情景，怎一个苦字了得！怎能不令人忧愤交加、悲苦万分！诗中典故的活用、浓郁的情境、温润的笔触以及多种艺术手法的妙用，堪称一绝。你看，瑟旧而锦，年碎而华，月明却有泪，玉暖反成烟，这些比兴托情、反笔见妙的高招，足以勾人魂魄，催生出可追可忆之情。追忆之余，人们不禁要问：命运为何如此悲苦，造成的根源是什么？如此直逼心扉的叩问，直刺肺腑，自然会产生撼人魂魄忧思难忘的效果。

这种感怀忧思类诗作中，亦不乏“无端嫁得金龟婿，辜负香衾事早朝”“刘郎已恨蓬山远，更隔蓬山一万重”等点睛名句，充分表现的依然是对时政、国运的关注忧思之情。再看这首：

瑶池阿母绮窗开，黄竹歌声动地哀。
八骏日行三万里，穆王何事不重来。

这首以远古传说为依据，强烈讥讽当今圣上耽于淫乐、荒于朝政，以求长生之虚妄、求仙炼丹之荒诞造成社会的百废不堪自不待言。而令远在天宫的西王母怎么也想不到，纵有日行三万里的八骏之乘，却始终难见渴望成仙的约人的踪影，却原来奈何仙道使之导入了歧途，丹药吞噬了龙体。如此这般连续的铺垫，强烈的追问，置读者于百思不得其解的忧思与联想之中。

而今看来，将李商隐的《无题》诗归为两类试析，儿女情长也罢，家国情怀也好，难成定论，姑且为之。李商隐终生学杜甫，得其“深厚蕴藉”的要旨，这在《无题》诗中表现得尤为充分，诗中的情感表述尤为深不可测。而且两类诗情你中有我，我中有你，相互交融，相互渗透，实在难以厘分清楚。质言之，为诗之道，难尽之言，以不尽言之；莫名之情，以无题咏之。本乃实属无奈，亦在情理之中。如此无题胜有题，无题更有容。君不见诗人难言的隐痛，莫名的情思，苦涩的情怀，执着的情结，这一切的一切，皆囊括于无题之中。我自恃韬晦不露，任由他人品味评说，清风冷月随它而去！

读李商隐《无题》诗，犹如观庐山："横看成岭侧成峰，远近高低各不同。"而真正要解《无题》诗中意，须做懂诗局中人，还是要下大气力，再修诗词功，重识李商隐，一步步接近、贴近，直至抵进诗人的内心。

世上再无“元白情”

在唐诗那浩瀚辽阔的星河里，大师名家群星璀璨，风格流派精彩纷呈。而白居易、元稹因其倡导的新乐府运动而大放异彩，开创了中国文学史上继汉、魏以来又一个现实主义的创作高潮。

白居易、元稹同为中唐时期诗名盖世的杰出诗人，二人都出身于败落的官宦世家，自幼家境清贫，勤奋好学，都是早年成名。唐贞元十八年（802 年）31 岁的白居易与小他 7 岁的元稹，一起应试书判拔萃科而及第，一起被授秘书省校书郎，由此相识、相交、相知，开始了他们二人诗歌创作上如切如磋、仕途上相互呼应、情感上如胶似漆的传奇人生，世称“元白”。“诗到元和体变新”，千百年来，白居易、元稹的诗歌成就，世人有口皆碑，二人结成的旷世情谊，亦成为人们传颂至今的千古美谈。

相近的文学主张，元、白并肩在战斗

唐王朝实行科举招贤、诗赋取士的用人制度。宪宗元和元年（806

年）年初，为应试求官，白居易、元稹参照朝廷颁布的“科策”（即当今的考试大纲）自试自砺，其成果载入《策林》75篇中，涵盖为君、化民、选能、吏治及礼乐、文教等8个方面。而涉及文学、诗歌创作方面，亦有不少独到的见解，主要是主张诗歌创作必须与社会现实和时政民生相联系，重写实，重讽喻，重视发挥其惩劝教育的社会功能。这，应该是他们新乐府诗歌的理论雏形吧。

是年四月，白居易、元稹应试才识兼茂明于体用科。同试及第者18人，元稹居榜首，授左拾遗，白居易则授周至县尉。以前他们只是以旁观者的身份观察社会褒贬世情，现在要逐步深入社会直面人生了。元和四年（809年），白居易升迁左拾遗，元稹则调任监察御史，二人更直接置身于社会现实和矛盾冲突的旋涡之中。此后多年耳闻目睹朝廷昏暗，贪腐遍地，加之自身作为谏官、巡按，屡受诽谤陷害、排挤谪贬的感同身受，不断触发了他们作为诗人的道德良知，唤起了一代歌者以诗歌为武器的使命感。元稹过去一直推崇杜甫，主张学杜而变杜，提倡杜甫“即事名篇、无复依傍”的清新诗风，这几年又极为赞赏刘猛、李余等人直面社会矛盾的乐府诗作，一面酬唱作和，一面思考并写出《乐府古题序》。同时元稹又以《叙诗寄乐天书》同白居易进行深入的探讨交流。提出“寓意古题、全创新词”“重用新题、词实乐流”等主张，对乐府诗进行实质性改造。白居易则连写《新乐府序》及《与元九书》，明确阐述了作诗的标准、目的、准则，在此基础上提出“文章合为时而著，歌诗合为事而作”的著名论断，树起了密切联系现实，直面社会人生的现实主义旗帜。这就从根本上冲破了以前诗坛题材狭窄、格调低下的浮靡之气和“宫律高、文字奇、嘲风月、弄花草”的艳丽之风，使诗歌创作完全建立在新乐府这套成熟、系统的理论基础之上。

由于顺应了中唐时期不满社会现状、要求鼎新革故的社会思潮，白居易、元稹的新乐府理论一经提出，便得到了社会上有识之士和诗人的广泛拥戴，成为很多诗人秉持的创作指南。当时新乐府诗派重要成员李绅有《乐府新题》20首赠元稹，元稹便唱和回赠12首。白居易亦由此发端，一气呵成写出《新乐府五十首》和《秦中吟》10首。这都在诗坛和社会上引起了强烈反响。这些新乐府诗作，是匕首是投枪，直刺黑暗社会的阴霾和贪官污吏的肺腑；是血书是檄文，控诉着昏暗的朝政和民生的维艰；是战鼓是号角，激励着人们不畏强暴顽强抗争。

元和六年（811年），身为监察御史的元稹奉命出使剑南东川。他细察民情，为冤民平反昭雪，并劾奏节度使贪赃枉法。此事牵连朝中7名重臣，一霎时风声鹤唳，形成对他的围剿。见此白居易振臂疾呼："元稹为御史，以直立其身"，"其手如屈轶，举必指佞臣……东川八十家，冤愤一言伸"（《赠樊著作》）。元稹则回赠："君为著作诗，志激词且温。璨然光扬者，皆以义烈闻"（《和乐天赠樊著作》）。作为诗人、斗士，二人确实站在一条战壕里。

随着仕途的变迁，无论在朝为官还是谪贬外地，白居易、元稹二人都矢志不移，锐气不减，所触所感无不在其新乐府诗篇及以新乐府诗风一以贯之的诗歌作品中，得到淋漓尽致的展现。试看白居易《轻肥》，写尽内臣、大夫、将军赴会的气概及酒食的丰盛，末尾笔锋一转："是岁江南旱，衢州人食人。"投枪直刺当局统治者的咽喉。《新丰折臂翁》中老翁为避兵役"夜深不敢使人知，偷将大石捶折臂"，抓兵时"村南村北哭声哀，儿别爷娘夫别妻"，则是对战争、祸乱的谴责和控诉。元稹自不甘落后，《田家词》中写尽战乱给人民带来的苦难和重负，"姑舂妇担去输官，输官不足归卖屋"，妇女小孩日夜捣米送粮交税赋，过不了关回家只有卖屋抵偿。《织妇词》中"东家头白双女儿，为解挑纹嫁不得"，织妇劳作白头已老，为给贡品刺绣牵累得两个女儿不得出嫁而贻误终身，都揭示出社会底层人民的苦苦挣扎和血泪控诉。

毋庸讳言，相近的文学主张，经典的乐府诗作，成就了白居易、元稹在中国文学史上的地位，使其诗歌作品备受世人赞赏，传诵至今。元稹在《白氏长庆集序》中坦言："自篇章以来，未有流传如是之广者。"晚唐黄滔在《答陈磻隐论诗书》中更是赞美有加："大唐前有李、杜，后有元、白，信若沧溟无际，华岳干天。"

相似的仕途生涯，坎坷前行中成莫逆之交

主张惩恶劝善，将诗歌作为针砭时弊的利器，对于诗人兼官员于一身的白居易、元稹来说，无异于头顶自悬双刃剑。尽管白居易一再强调，"惟歌生民病，愿得天子知"（《寄唐生》），但他哪里想到，天子、君主、朝政乃是百病之根、万痛之源，他们的诗歌，可能一时博得欢爱，但终究会自吞苦果。事实表明，他们的诗直抒胸臆，补阙时政，并将其作为政治理想、志向追求而付诸践行，无不处处受阻，举步维艰。元稹任左拾遗伊始，便接连上疏献表，"妄议"朝政；连续赴外巡按，查处当地贪官大僚，引起轰动。在查处河南尹贪赃枉法时，他反被问责罚俸，遭受宦官辱骂毒打，最后被贬为江陵士曹参军。白居易同样被视为"异类"，处于官场的非议、诽谤乃至群殴之中。元和十年（815 年），他上疏请求追查刺杀宰相的凶犯，反被诬为越职言事，又以不孝、有失风雅等莫须有罪名，被贬为江州司马。此后虽有升迁，但他自持清白，不甘同流合污，一直在杭州、苏州、洛阳等地惨淡经营，苦度余生。

相同的政见和主张，使元、白二人早年相识，相见恨晚，结下了难以割舍的深厚情谊。在他们聚少离多的仕途生涯里，二人以诗传情，倾吐心声，鼓励慰藉，共克时艰。在谪贬通州期间，元稹完成了长篇诗作《连昌宫词》及与白居易等人酬唱和作，达 180 余首。后来白居易被贬江州，二人亦常有诗作唱和，有自三十韵、五十韵乃至百韵。这些诗作饱含深情，文字秀美，格调清新，在江南世间、驿站沿途广为流传，造成了市面

纸贵的现象。

最令人难忘的，是白居易、元稹谪贬外地时，二人的相思之情及诗书抒怀。元和十年八月，继元稹三月被贬通州（今四川达州）司马之后，白居易亦被贬任江州（今江西九江）司马。为惦念追思，白居易赴任时一路注意寻找元稹的墨迹。一日路经蓝桥驿，他“循墙绕柱觅君诗”，终于看到元稹外贬江陵5年后回京途中留下的《留呈梦得子厚致用》诗句，见诗如面，百感交集。想到元稹一月喜冲冲奉召回京，却于三月又谪贬通州，联想自己同遭厄运，不禁悲从中来，他愤然提笔疾书《蓝桥驿见元九诗》：“蓝桥春雪君归日，秦岭秋风我去时。”赴江州途中，往事历历在目，浮想联翩，在船上，他反复吟咏元稹的诗作，彻夜难眠，不禁写下《舟中读元九诗》：“把君诗卷灯前读，诗尽灯残天未明。眼痛灭灯犹暗坐，逆风吹浪打船声。”此情此景，该是多么地揪心啊。元稹得知白居易被贬时，身患疟疾，神志昏迷，“垂死病中惊坐起”，疾笔书就《闻乐天授江州司马》。白居易得诗后，给元稹寄去薄衣、凉席，回信感叹“垂死病中”见真情啊！不相干的人看了都不忍再看，何况是我！每每看它，心里总是凄恻难忍。元稹收到此信后遂有《得乐天书》：“远信入门先有泪，妻惊女哭问何如。”看到远方来信未曾拆看便心知肚明禁不住号啕大哭，吓得妻子女儿莫名惊诧哭成一团，此情此景，又折射的是何等的肺腑情谊！

白居易、元稹不仅极为珍重彼此的友谊，还不忘相互鼓励慰藉。在之后白居易任杭州刺史、元稹任浙东观察使期间，二人过从甚密。诗赋茗酒，国计民生，二人话锋所及无不是情之所系心之所求。白居易在杭州期间，力主疏浚六井，缓解了百姓的饮水难题；修筑西湖堤坝，蓄水灌溉连续多年，缓解了千顷农田的旱情。在苏州刺史任内，又组织开凿一条西起虎丘东至阊门的长达7里的山塘河，为百姓出行提供了舟楫之便，带来了沿岸商贾云集的繁荣景象。元稹同样在任内为所辖八州兴修水利，发展农业，政绩颇丰。可见白居易、元稹二人，不仅重情相思苦，还廉政勤为民啊！

出于对二人情谊的珍重，在白居易离任杭州时，元稹索要他平生全部的诗作文稿，自己不辞辛苦，精心编就《白氏长庆集》达 50 卷，并亲自作序。后来白居易不顾身衰患病，又将二人所有的酬唱和作近千首，精心编就《因继集》17 卷。二位诗坛齐名的大师，各自以自己的方式记述着他们胜似胞波的情谊和口碑盖世的才华，为世人留下了弥足珍贵的稀世瑰宝。

相同的真情倾注，铸就“金石胶漆”

白居易 16 岁时，便以诗歌“离离原上草，一岁一枯荣”而名扬天下，也养成了清高倨傲的习性。在与当今类似的一次文学沙龙里，因一句“不批评，要诗歌做什么”，他与同样风流倜傥的天才少年元稹相识并迅速拉近了距离。一起应试同授校书郎后，白居易情不自禁地赋诗赞曰：“身名同日授，心事一言知。”（《代书诗一百韵寄微之》）由此二人一起当朝加班咬文嚼字，一起散步游玩花前月下，一起饮酒赋诗汪洋恣肆，一起倾吐抱负肝胆相照。四年后为应试求官，二人寓居京郊华阳观，一连数月精心准备闭门不出，有时甚至废寝忘食，通宵达旦，就朝政时局、礼仪道德、文学歌诗及志向抱负、人格追求等互吐心迹，不断增进对彼此的了解。应试及第授官后，白居易百感交集，赋诗《赠元稹》坦言：“所得惟元君，乃知定交难……不为同登科，不为同署官。所合在方寸，心源无异端。”同源同基，为二人的友谊注入了亘久不竭的动力。

事实上，白居易、元稹的情谊，不仅表现为相聚时的开心快乐，更体现在离别时的相思煎熬。在分别授任左拾遗和监察御史后，聚少离多，作别就成了家常便饭。元稹经常要外巡办案，使留守长安的白居易茶饭无味嗟叹不已。在《别元九后咏所怀》中他哀叹："同心一人去，坐觉长安空。"元和四年（809 年），元稹出使剑南东川，至汉中夜宿汉川驿时，梦见白居易与友人同游曲江："梦君同绕曲江头，也向慈恩院院游。"（《使东川·梁州梦》）而恰巧当天，白居易与友人李杓直同游曲江、慈恩寺，一时兴起思念起远方的元稹，即席赋诗"花时同醉破春愁，醉折花枝作酒筹。忽忆故人天际去，计程今日到梁州。"（《同李十一醉忆元九》）简直是天人感应！一个在梁州梦见对方游曲江，一个在曲江游玩时估计对方在梁州。真是"心有灵犀一点通"！

白居易、元稹不仅私交甚深，他们的家人也过从甚密。元稹丧母、丁忧期间，"野蔬充膳甘长藿，落叶添薪仰古槐"（《遣悲怀》），生活十分艰辛。白居易知情后很同情，同母亲多次前去看望，并慷慨解囊给予资助，又亲自为元母郑氏书写墓志铭。后来白母逝去，元稹径直送来二十万钱，让丧母又丧幼女的白居易备感慰藉。元稹于武昌病逝后，半体麻痹的白居易手拄拐杖，亲迎灵柩，亲致奠文，亲自为元稹书写墓志铭。老友的故去让白居易读书想、喝酒想、做梦想，怅然若失，难以度日，常常自叹"老来多健忘，唯不忘相思"（《偶作寄朗之》）。一日他梦见二人相会，惊醒后含泪疾书《梦微之》："君埋泉下泥销骨，我寄人间雪满头。"有次无意中听到一位歌女唱起元稹的诗句，在场的白居易不禁悲从中来，热泪难掩："时向歌中闻一句，未容倾耳已伤心。"（《闻歌者唱微之诗》）十年后，年逾古稀的白居易，在卢姓友人处看到其与元稹的和作，顿时泪流满面，在诗集后留言："昔闻元九咏君诗，恨与卢君相识迟。今日逢君开旧卷，卷中多道赠微之。"第二天醒来，依然泪满襟！

对于白居易和元稹的情谊及评价，还是听听白居易的肺腑之言吧。在《代书诗一百韵寄微之》中，他将二人关系定格为"分定金兰契，言通药石规”；二人的交往为“然自古今来，几人号胶漆”（《和寄乐天》）；而在悼词《祭微之文》中，他更是言之凿凿：“金石胶漆，未足为喻，死生契阔者三十载，歌诗唱和者九百章。”二人的情谊坚若金石，情同胶漆，真乃字字千钧，掷地铿锵！

如此“文友诗敌”，如此旷世情谊！试问诸君，世间还有乎？

真情尽洒浙西东

自古至今，浙东浙西多才俊，各领风骚入史册。自东晋开始，浙东一带渐成文人荟萃之地，我国古代独树一帜的山水诗即于此产生发展，同时书画艺术和宗教文化亦发育成长乃至鼎盛。东晋清谈、魏晋风骨、佛道双修等惊世风流韵事，流传至今而不息。相传时住阴山的大名士王徽之，于夜雪初霁、月朗风清之际，忽发思念剡溪的故友、著名美术家戴逵。遂划小舟拜访，悠悠一夜行至戴的门前，却不进门而掉头返回，留下了“乘兴而行，尽兴而归”的千古美谈。其时王、谢两大士族的诗书成就、盖世功勋和社会影响，盖及乡里，朝野共赞。其后历朝墨客文人彪炳史册者，不计其数，就连近现代的名家大师章太炎、鲁迅、茅盾、丰子恺……都以各自别样的诗文成就和艺术造诣，营造着一座座难以逾越的山峰，至今光耀于世，熠熠生辉。

近来兴起的浙东唐诗之路的探究热，引起了世人极大的兴趣。浙东竟成了唐代诗人心神向往的胜地。资料显示，录入《全唐诗》的 2200 多名诗人中，就有 451 位游过浙东，留下了 1500 多首诗篇。这 451 人中，录入《唐才子传》的就有173人，占收录才子总数的62%。诗仙李白竟四入浙江，三游越中，二上天台山，其山水诗大多以剡中风光作比，年轻时“仗剑去国，辞亲远游，南穷苍梧，东涉溟海”，目的地直指剡中。诗圣杜甫20岁入台越，游历忘归达四年。诸如这些诗人名家，其间留下了大量脍炙人口、珠玑千钧的诗篇。李白“入剡寻王许”，杜甫“王谢风流远”，刘禹锡“一旦扬眉望沃州，自言王谢许同游”，赵嘏“正怀何谢俯长流，更览余封识嵊州”，如此千古名句流传久远，至今成为人们谈及剡越山水而引为荣耀的口头禅。在这热闹非凡、令人赞叹的诗人中，生长于兹成名于兹、被史书《剡录》誉为浙东先贤之一的中唐诗人李绅，尤为吸引着人们关注的目光。

李绅（字公垂）祖籍虽为安徽亳州，却出生于其父官居县令的浙江乌程，3岁后又迁居于其父移职县令的常州晋陵，就近安家于无锡梅里乡，6岁丧父后，由母亲抚养成人，35岁时科试“才识兼茂明于体用科”及第。李绅一生跌宕起伏，仕途坎坷，深陷牛李党争，虽然一度官居宰相，在政治上是一位颇具争议、褒贬各具的人物。但其人格魅力和诗文成就的光辉，远远盖过了由此可能产生的负面影响，其尤以刚正立身、真诚面世、居官为民而深为世人所推崇和敬仰。

“悯农”情结，筑牢济世为民的人生坐标

李绅自幼家境清贫，父逝后与母亲相依为命。他由母亲亲授经义督其学业。在书香门第的熏陶下，在曾祖父贵为宰相、祖父父亲均入仕居官的激励下，天资聪颖的李绅勤奋苦学，长进飞速。15岁时他就读于佛境慧山寺，因家境拮据，常以佛经为文稿，受到僧人的歧视与殴打，一度肄业，后来移居龙宫寺继续求学。因家居的梅里本属乡村，李绅经常出没于小道里巷，自幼便对社会底层的百姓生活十分了解。广大农民生活的困

顿维艰，劳作的辛苦煎熬，身受苛捐杂税的如山重压和黑心官吏的层层盘剥，都为他耳闻目睹并在内心刻下了难以磨灭的印记，激发出强烈本能的共鸣，因而滋生出刻骨铭心的悲悯情怀。

一般而言，在唐代，入仕必经科考。李绅30岁时赴长安举进士，他按惯例行卷觐见集贤校书吕温和诗文名家韩愈，呈献的正是他那两首古风《悯农》诗。二位大佬阅后大喜。韩愈的荐言是：李绅者，“或文或行，皆出群之才也”。吕温更是语出惊人：“此人必为卿相！”只是由于多种原因，这次他未能如愿。

宪宗元和初年，白居易、元稹倡导推动新乐府诗歌革新运动，提出“文章合为时而著，歌诗合为事而作”的响亮口号，主张诗歌创作直面社会现实，反映民生疾苦，以通俗易懂、便于流传的方式针砭时弊，推动社会变革，得到社会各界和广大诗人的热烈响应。联系自己的所见所闻及感同身受，李绅挺身而出，率先推出《乐府新题》20首，揭露时弊针针见血，反映民间疾苦如泣如诉，在诗坛引起了强烈反响。随之元稹紧紧跟上唱和回赠12首，白居易在推出《秦中吟》10首之后又一气呵成《新乐府五十首》，此起彼伏掀起了新乐府诗歌的创作高潮。由此新乐府诗人大量涌现，新诗层出不穷，形成了“诗到元和体变新”的崭新局面。元稹在《白氏长庆集序》中坦言：“自篇章以来，未有流传如是之广者。”喜悦之情溢于言表。在这次推动社会变革的文学革新热潮中，李绅可谓率先发声，厥功至伟。

穆宗长庆四年（824年），李绅贬任端州司马。赴任途中，他内心波涛汹涌，久久难以平静。“湘浦更闻猿夜啸，断肠无泪可沾巾”（《至潭州闻猿》），官场之险恶，人心之叵测，使他紧揪于心，难以释怀。但想到自己即将为官一任，造福一方，他又不禁暗怀憧憬而自慰。端州艰苦的环境和百姓的苦难生活，使他忧心如焚，愈加怀念家乡，而幼年蓄就的悯农情结，更坚定了他不畏艰险，立足端州拯救黎民于苦难的信念。数年后李绅授任滁州刺史，在提振经济、改善民生的同时，他发挥所长，重教兴文，取得累累硕果：“西园到日栽桃李，红白低枝拂酒杯。”（《滁阳春日怀果园闲宴》）在寿州任刺史四年间，他更是兢兢业业，以济世拯民为要务，赢得百姓赞许。他自己也坦然自诩：“我无工巧唯无私，举手一挥临路岐。”（《闻里谣效古歌》）可见无论转任何方，李绅都是依然故我，勤朴为政，心系百姓。

转瞬间，李绅已过耳顺之年。文宗太和七年（833 年），他迁任浙东观察使并越州刺史。唐时浙东观察使治所在越州（今浙江绍兴），下辖越州、温州、台州等八州均为浙东南富庶之乡。浙西观察使治所在润州（今江苏镇江），下辖杭州、润州、苏州等浙江北部和江苏南部十州，相较而言，浙西更为富庶。时传“浙西三屯，嘉禾（即嘉兴）为大”，“嘉禾一穰，江淮为之康；嘉禾一歉，江淮为之俭”，足见其在国计民生中的重要地位。李绅到任后，提振经济，奖劝农桑，兴修水利，让利于民，一派政兴人和的景象。浙西观察使王璠到任早于李绅，但心思不在任上，上巴结朝廷宰相，下盘剥压榨百姓。太和八年（834 年），适逢浙西大旱，“岁中水竭，鱼鸟皆死”，庄稼几近绝收，饿殍暴骨于野，而李绅治下的浙东，则风调雨顺，大获丰收。有鉴于此，李绅奏报朝廷欲赈济浙西灾民，王璠闻讯后，串通宰相王涯，诬告李绅“米非官米，足利求私”。李绅则丝毫不为所动，依然真诚坦露，再次奏报朝廷终获批准，遂赈济浙西大米 5 万斛，解了百姓的燃眉之急。此事影响深远，以至数年后李绅调离越州途经浙西苏州时，百姓闻讯奔走相告，会聚男女老幼万余人，提壶携浆，跪拜江津码头相迎送，对他以民为天的宽厚胸襟和高风亮节感激不尽。

胜地游历，激发直面人生的不竭活力

唐代的浙东浙西，山水秀美，令人神往，“谁不忆江南！”说起浙东，尤以越中剡溪为最。白居易曾称“东南山水越为首，剡为面，沃洲天姥为眉目”，吸引得万千观光者趋之若鹜。浙东的三山，早有开发，声名远播，会稽、天台、四明三山均佛道双修，为历来悟道崇佛者所向往。同时，剡溪岸边的东山蕴藉深厚，高卧于此屡征不应的谢安，一举击败苻坚劲旅而名扬神州，“东山再起”从此嵌入人心。后来诗人李白、杜牧每遇挫折，皆以“东山”自励。可见，这种秀美的自然山水和深厚的文化底蕴，所彰显的昂扬壮阔气势和稳健精深气度，正是诱人的奥秘所在。这种由自然美客体美所激发的美的情愫，物我感应，经过糅融提升，转化助催为人之壮阔的视野、坦荡的胸襟、多元的情思乃至精彩纷呈的精神世界。正是物我互动所产生的神奇力量，使这里成为人们游历观光的打卡胜地。而身在其中的诗人李绅，自然于斯尤甚。

风华年少时，满目风光着我色。早在求学间隙，16 岁的李绅，回游了出生地乌程。彼时，涉世未深的翩翩少年视万物皆为我而生，仿佛一切须仰我鼻息舍我其谁！在与僧人大光会面时他言无顾忌，惹得众人惊愕，但见大光抚其头曰：“尔得径山之言，我则无以为谕，行矣自爱。”这无疑给燃爆满满的李绅再添了一把火。25 岁时，李绅始游浙西苏州，与刺史韦夏卿成为知遇之交。韦夏卿对李绅的诗作诗风大加赞赏，誉之“短小精悍，于诗最有名”。四年后，李绅经越州剡县，东游天台山，在高逾万丈的华顶峰，见夏有积雪，频闪银光，不禁心驰神往，飘飘欲仙，“欲向仙峰炼九丹，独瞻华顶礼仙坛”（《华顶》）。他又想起老庄论说虚浮无定的人生：“其生若浮，其死若休”，一时欲往仙境悟道，以求羽化成仙。

元和元年（806 年），李绅与白居易、元稹同榜及第。“文策高者，特授以美官”，因中榜居前，白居易授任周至县尉，元稹官居监察御史，李绅此次却未授官。初夏，他东归回乡，途经润州（今江苏镇江）时，时任镇海军节度使李锜慕其诗名，留任幕府掌书记。镇海军所辖本系鱼米之乡，物阜民丰，但李锜乃奸佞贪婪之辈，对朝廷早有叛逆之心。野心败露后，朝廷拟予剪除将其调离。李锜闻讯要求李绅以润州万人之众的名义，上疏朝廷为其歌功颂德，李绅坚拒而入狱受刑。李锜叛乱被杀后李绅获释，新任节度使李元素欲奏报朝廷为李绅邀功，遭坦言正告："绅本乃誓节，非欲求荣，请罢此奏。"李元素深为李绅的气节美德所感动，遂挽留他在就地转编的浙西节度使任从事，不久又为浙东节度使薛苹招募麾下。此时官微言轻的青年李绅，纵情徜徉于浙东浙西的秀丽山水，沉溺其间，汪洋恣肆，与李元素、薛苹等频频以诗赠予相唱和，胸臆间绽放的是气象万千的美妙景象。时有《柳二首》为证："人事推移无旧物，年年春至绿垂丝"，"愁见花飞狂不定，还同轻薄五陵儿"，坦露的尽是如春思发志存高远的鸿鹄之志。

踌躇满志在，但见山水尽春光。文宗太和七年，李绅任职越州（今浙江绍兴），久违的心愿变为现实，好不快哉！昔时年少，所见仅为皮毛，而今城府在胸，重游必是另一番景象。闰七月他从长安出发，到得越州已是冬十月。虽为秋冬之际，但心之驱使，所见所感完全是一片春和景明的亮色。"飞诏宠荣欢里舍，岂徒斑白与垂髫"（《初秋忽奉诏除浙东观察使检校右貂》），此时李绅已过耳顺之年，本欲休闲，孰料朝廷却委以重任，颇有受宠若惊之感。"夜桥灯火连星汉，水郭帆樯近斗牛。今日市朝风俗变，不须开口问迷楼"（《宿扬州》），故地重游，兴致勃勃，喜悦之情难以自抑，志得意满以至忘形。"山绝地维消虎踞，水浮天险上龙盘"，"长对碧波临古渡，几经风月与悲欢"（《忆万岁楼望金山》），想及自己现在贵为一方大员，远望润州西北的金山，虽然虎踞龙盘，自古常有恶战，但此时已在自己股掌之中，凡事定会应付裕如。

一路观光赏景，一路余兴未尽，历经四个月终于到得越州。此时李绅携家眷登上新楼，忆往事，思故友；赏近景，筹远图；物明志，惜光阴，大有星移斗转翻天覆地之慨。试看《橘园》:

江城雾敛轻霜早，园橘千株欲变金。
朱实摘时天路近，素英飘处海云深。
惧同枳棘愁迁徙，每抱馨香委照临。
怜尔结根能自保，不随寒暑换贞心。

完全是托物寄情，以景言志，将自己抱贞守节、矢志不移的志向移情于对橘的歌颂。试想，经霜的青橘方能成熟而变金，隐喻人不怕挫折方能成其大事。适合的就是最好的，认定的东西不能随意改变，正如屈子所言："受命不迁，生南国兮；深固难徙，更壹志兮。"根深自保，贞心不移，才是修成正果、遗愿得偿的根本保障。又如老子所言："抱一为天下式。"久志于追求初心始定的目标，就是天下成功的范式。再看《灵汜桥》：

灵汜桥边多感伤，分明湖派绕回塘。
岸花前后闻幽鸟，湖月高低怨绿杨。
能促岁阴惟白发，巧乘风马是春光。
何须化鹤归华表，却数凋零念越乡。

诗人笃定要珍重余生，珍惜时光，不空叹，不悲切，在与时间的赛跑中，在与人与天与地的斗争中成就一番事业，而不至于坐观风景，虚度光阴，无奈发出物是人非、梦想成空的哀叹。可见，李绅赴任浙东，一路所见所感，尽情宣泄的是秀美山水所触发的源于心扉的至性纯情。

心生悲催后，极目秋景多寂寥。事物总是不以人的主观意志为转移。正当李绅在浙东意欲造福一方大展拳脚时，随着牛李党争的加剧、政治风云的变幻，大和九年（835 年）五月，他被谪贬闲职太子宾客分司东都，并诏令迅即到洛阳赴任。五月，正是初夏一片风和日丽的绚丽景色，但此刻李绅极目所见，却尽是败落寂寥的暗色残景。古谚曰：“胜矣怀新，败矣念旧”，是说人得志时，往往憧憬着未来的远景；失落时，却常常纠缠于对过往的回忆。李绅在辞别越州返回洛阳途中，眼前闪现出来时的一幕幕景况，虽然同样是此景此物，此时与彼时的所见所感竟然云泥之别。这种感触这种心绪，既有壮志未酬的不甘，又有身不由己的无奈，更是身处逆境时退却与坚守、颓废与振作、反思与奋起相胶着相斗争相转化的英雄本能。且看这首《宿越州天王寺》，就会感知此时李绅的心境：

海隅布政惭期月，江上沾巾愧万人。
休按簿书惩黠吏，未齐风俗昧良臣。
壶冰自洁中无坫，镜水非求下见鳞。
清夜佛宫观色相，却归前老更前身。

行将告别三年来倾尽真情的心中胜地，此时的李绅是多么地难舍难分。船驶离码头时，但见数万乡亲父老聚集而至，跪拜相送，热泪沾巾，哭声连天，自己只是恪守职能，做了一些职责应分且远未尽善尽美的事情，却受到如此的厚爱与礼遇，好不羞杀人也。唯有居官清廉，洁身自好，才能对得住父老乡亲，对得住苍天厚土！李绅正是怀着这种沉重惜别的心情，在北上的路上郁郁寡欢，心事凝重，所见所感也都涂上自省自愧的悲情色调。在《姑苏台杂句》中他感叹：“寂寞千年尽古墟，萧条两地皆明月”，联想起越王勾践卧薪尝胆一举灭吴，伍子胥伐楚五战五胜这些千年前此地上演的波澜壮阔的历史活剧，是那样撼人魂魄，而今却尽显寂寞平静，使人满目凄凉！在《却望无锡芙蓉湖》中他倍感苍茫：“旧山认得烟岚近，湖水平铺碧岫间。喜见云泉还怅望，自惭山叟不归山。”虽然慧山如昨，依然百里荷花春盎然，但此时自己内心却满怀惆怅，“近乡情更怯！”昔日对此情感深厚的归客，而今却自惭形秽不敢近前，这是何等地令人悲苦欲哭！更叫人伤情的，还是这首《却入泗口》：

洪河一派清淮接，堤草芦花万里秋。
烟树寂寥分楚泽，海云明灭满扬州。
望深江汉连天远，思起乡闾满眼愁。
惆怅路岐真此处，夕阳西没水东流。

泗口位于江苏淮阴境内淮河与泗水的交汇处，是江南通往淮北乃至中原的要道。正因为如此，行至泗口李绅的心情格外凝重。这里不仅将宣告自己宦游江南之旅的终结，更预示自己将接任太子宾客，仕途从此可能跌入难以料及的深谷。这种怅然而别的离愁怨恨，就是连天浩瀚的江汉湖水也难以比拟！人生的命运，竟如夕阳西下与江水东流相悖而行而又无可奈何！念及诏除浙东时“飞诏宠荣欢里舍，岂徒斑白与垂髫”的激奋与喜悦，此时这种忧郁惆怅的真情坦露，不禁令人掩泪失声。

忧思常感怀，英雄本色情犹在。集政治家与诗人于一身的李绅，其实在浙东观察使任返的两次宦游中，他始终是心怀敬畏、肃穆有度的，喜悦时并没有失态发癫，悲伤时也不会伤肝裂肺，其根本原因是他置身于这山水秀美、地灵人杰之地，是丝毫容不得失之放纵的。王、谢两大士族在古代文化史上的贡献，犹如横亘在世人面前难以逾越的高山。谢灵运标新独创的山水诗文，王羲之神奇飘逸的王氏书法，这种历史性丰碑，在历代文人眼中都是至高至圣的化境，纯真纯美的楷模，以至奉为神灵的偶像。作为后人，只有崇尚、敬仰、尊重、学习的本分，丝毫没有轻狂自大抑或菲薄自弃的理由。这从李绅每到动情处，总是“悲白发”“叹闲散”就能察出端倪，而在他悼亲追故、咏史怀旧诗作中则表露得更为明显。

行至常州，眺望东郊的建元寺，李绅联想到诗人郭郧赠予其兄李继的那首诗：“人间后事悲前事，镜里今年老去年。”一时心潮难平，往事历历宛如眼前。他在《建元寺》中深情追忆:"芳草垄边回首客，野花丛里断肠人。"怀念家兄，推人及己，难以解忧，"叹息光阴催白发，莫悲风月独沾巾"。李绅的已故堂兄李巽，曾任度支盐铁转运使，当年其幕府就在距鹤林寺不远处，元和初年，李绅偷闲来此游历，乐而忘返，而今睹物思人，倍感伤情。"每思载酒悲前事，欲问题诗想旧身。自叹秋风劳物役，白头拘束一闲人。"(《望鹤林寺》)念及故兄的历史功勋，想到自己的不堪现状，屡次哀叹"白头""闲散"，谁人能不动情!

值得一提的是，在《却过淮阴吊韩信庙》中，李绅依旧在自己哀老叹闲的情思中注入了英雄的悲情色彩。诗作深情描述淮阴侯韩信的功过是非，却笔锋一转，反面立意:"徒用千金酬一饭，不知明哲重防身。"意即当年下了那么大的气力，宁用千金酬谢一饭，后来反而不知珍惜珍重已有的辉煌而铸成终身大错。这种反笔见妙，既是对历史人物功过得失的总结，又是对自己保持晚节、再图伟业的警醒与自励。多年后李绅荣登宰相高位，先后两任淮南节度使这种保障国家财源之地的封疆大吏，应属势之使然。

友情慰勉，提升人格境界的至味甘醇

李绅在浙东浙西的真情抒发，仅是他一生及其精神世界的一个缩影。纵观李绅的一生，志存高远，追求多元，矢志不移，功绩颇丰，尤其是作为诗人，在诗歌创作及其诗风气节上，甚为世人称道。李绅一生诗作成果丰硕，实为唐诗殿堂中一位不可或缺的诗神。之所以如此，主要是缘于他文学造诣深厚，文思敏捷，孤诣托付，苦心为之，同时得益于一个别样的真情互见的诗友圈。无论何时何地，无论处于何种境遇，他都有诗友相伴。真诚的问候，温馨的抚慰，心灵的互动，强力的支撑，使他徜徉并沉醉于诗意的王国。他的交友处友，不论年龄性别，不辨政见地域，只要以诗传情，赤诚相见，都可引为知己，乃至终生不渝。

相同的文学主张，李绅与白居易、元稹如同“铁三角”。三人的幼年经历基本相同，都是早年丧父，由母抚养成人教育成才，因而对苦难有着深切的感受，对社会弊端和底层现状有着深刻的了解，对推动社会变革有着共同的诉求。当白居易率先发出“不批评，要诗歌干什么”的呼声，迅即得到了元稹的响应。他们频繁往来，交流探讨，很快达成共识，倡导并推动了新乐府诗歌革新运动。李绅则敢为人先，首推《乐府新题》20首，引起了强烈的轰动。元稹则迅速予以高度评价：“予友公垂……雅有所谓，不虚为文。”白居易更是情不自禁：“笑劝迂辛酒，闲吟短李诗”，还赋诗《编集拙诗成一十五卷因题卷末戏赠元九李二十》：“一篇长恨有风情，十首秦吟近正声。每被老元偷格律，苦教短李伏歌行。”从此，新乐府运动中结下的情谊，延绵他们的一生。

李绅与元稹情最铁。风华正茂时，李绅游历苏州，以惊艳才华博得苏州刺史韦夏卿的赞赏，二人遂成知遇之交。在嗣后的诗歌酬唱及交流中，李绅得知韦夏卿的乘龙快婿元稹，是一位诗名远播京华的旷世英才，大有相识恨晚之慨。多年后李绅赴京赶考，就直接宿读于元家，元稹与李绅一见如故，交之肺腑，常常畅谈至深夜。二人情趣相投，无话不讲，元稹甚至将自己的恋爱史也和盘托出。看到元稹与爱妻韦丛的婚姻美满幸福，又深感元稹对前恋女友崔氏旧情难却，李绅真诚提议元稹把这段真情记忆流传世间，写成传奇《莺莺传》，他自己则饱蘸深情写成歌行《莺莺歌》。这首《莺莺歌》与《长恨歌》、《连昌宫词》被誉为唐代长诗之胜，与《莺莺传》同时成为古代四大戏曲名剧之一的《西厢记》的奠基素材。穆宗长庆年间进入翰林院后，李绅与元稹、李德裕交往频密，诗情喷发，诗意盎然，被誉为“翰林三俊”。从此，他们同登朝，同应景，纵论时政，鉴赏经典，吟诗作赋，游宴娱乐，这种亲密无间的情谊一直影响着他们各自的仕途发展和诗歌创作。

李绅与白居易情最深。二人同年出生，却相识于当年试举时李绅暂居备考的元稹家，三人同时应考同登第，修就了三人终生相伴的机缘。彼时，三人携中榜的喜悦同游曲江，元稹赋诗曰：“却著闲行是忙事，数人同傍曲江头。”白居易则以盛赞牡丹赠李绅：“香胜烧兰红胜霞，城中最数令公家。人人散后君须看，归到江南无此花。”三年后，李绅就任中书省校书郎，举家迁居长安，不久后就任国子助教，因职清贫，迫于生计，常发忧叹之声。白居易遂赠诗相慰：“百里音书何太迟，暮秋把得暮春诗”，“莫叹学官贫冷落，犹胜村客病支离”，还诉述自己的境遇与李绅共勉，“一种共君官职冷，不如犹得日高眠”，言之谆谆，暖意融融，使李绅倍感慰藉。须知，此时的白居易正在华州下邽老家，母丧而丁忧三年，因离职停俸生活极为潦倒，不惜荷锄扶犁躬亲于田间地头，在悲情伤痛之时仍不忘对朋友深情劝勉，足显其手足情深。时光流逝，二人诗书若鸿而不息。李绅赴任浙东新职时，白居易在洛阳做东，醉送知己：“今日洛桥还醉别，金杯翻污麒麟袍。”直到年逾古稀，李绅因病辞相再任淮南节度使，白居易手抚白须，老泪纵横相告慰：“老爱诗书还似我，荣兼将相不如君。”如此真情互见持之始终，足以撼天动地泣鬼神。

李绅与牛僧孺情最真。李绅乃性情中人，其人格魅力和诗人情怀早已超脱于政见、党争之上。自宪宗朝以来，朝廷牛李党争持续 40 年之久。牛僧孺即牛党魁首，李绅因与李党魁首李德裕友谊深厚而为李党要人，但他与牛僧孺个人之间却是待之肺腑，诗情遮目别不见。就在浙东的任、返之行中，尽管他心绪各有不同，但却不忘会见挚友。大和七年赴任途中，明知年前贵为宰相的牛僧孺受党争贬任淮南节度副使并扬州长史，而自己正春风得意升迁赴新，李绅却一往情深前去扬州幕府拜会，若非情深意重，怎会不顾及别人的尴尬？正是这样的两情相悦使得二人相见热情如故。李绅在《忆被牛相留醉州中时无他宾牛公夜出真珠辈数人》曰：“酒徵旧对惭衰质，曲换新词感上宫。淮海一从云雨散，杳然俱是梦魂中。”

尽管时值深夜，依然美酒佳肴推杯换盏，新曲变换，舞女窈窕，其乐融融，足显其情谊非同一般。至李绅移步越州赴洛北上途中，仍不忘告别故友。此时牛僧孺升迁封疆大吏，而自己反倒降贬赋闲，若非友情深厚，岂不是自讨没趣？但见牛僧孺谈笑自若，诚挚依旧："愁不解颜徒满酌，病非伤肺为忧怀。"一味对自己深情相慰。李绅深为感激，豪气陡生："从此别离长酩酊，洛阳狂狷任椎埋。"（《州中小饮便别牛相》）有这样的友情豪气相伴，洛阳赋闲算得了什么！而后任凭惊涛骇浪，我自处之泰然。

江浙才俊数不尽。李绅的浙东宦游，展示了属于自己的绝代风华，真情尽洒浙西东，全赖平生修炼功。管窥全豹，由此而及李绅的一生，他的故事，他的诗风，他的人格魅力，他的气节风骨，犹如秀美的剡越山水一般，进驻了世人的心田，神韵芬芳而千古流传。

李商隐：一桩未竟事，尽尝人性美

中唐开成五年（840年）正月四日，唐文宗李昂驾崩，10天后，皇太弟李炎登基，是为武宗。在举国迎接进入新纪元之际，诗人李商隐（字义山）由于求仕不得，辗转于求职谋生的焦虑与奔波中。九月，已故恩师令狐楚的二公子、时任左补阙的令狐绹来信告知，新任湖南节度使杨嗣复欲征他去幕府就职。乍一听杨嗣复这个名字，李商隐心中“咯噔”一下愣住了，一脸的惶惑不解。迫于生计，经不住家人劝说，无奈间他匆匆启程了。

在奔赴幕府途中，李商隐心中波涛汹涌，五味杂陈。杨嗣复，怎能忘记这个使自己梦魇缠身而又挥之不去的名字！那还是开成二年（837年）春上，已连续三次科举不中、心灰意冷的李商隐在众亲友的鼓励劝说下，又一次走进科场。这次终于进士及第且成绩名列前茅，只待吏部释褐试走走过场便可授官了，李商隐沉浸在久违的喜悦中。吏部面试时，大家都轻松而过，只是揭榜时唯独不见李商隐的名字。后来知情者告知，前期一切顺利，在报送签发的关头，户部侍郎杨嗣复特地派人送达指令：此人不堪！一记冷枪，李商隐立马毙命。

原来，人所尽知，李商隐是牛党中坚令狐楚的得意门生，后来却娶了李党要人王茂元的女儿为妻。同样身为牛党中坚的杨嗣复，据此认定李商隐甘愿投靠李党，成为牛党不能容忍的叛徒，是可忍孰不可忍，一记闷棍，将不明就里的李商隐打落悬崖。尽管此前李商隐多次申明并用言行一再表明，自己对党争恪守中立，不介入也不选边。但树欲静而风不止，他仍身不由己地卷入党争旋涡之中。两派都不信任他，都变着法儿挤对他，猜忌、怀疑、排挤、打击接踵而来。这次求仕功亏一篑，李商隐憋屈、忧怨、愤怒、仇恨，他把这一切都记在杨嗣复的账上。

一路上，李商隐疑云笼罩，往事不堪回首，眼前却让人百思不得其解。他不禁反复回味令狐绹的来信。令狐绹是他早年在令狐府上行卷住读时结交的故友，虽不如他同令狐绪、令狐绽兄弟那样情同手足，却也在怀有敬畏、仰视中保持着真挚庄重的友谊。令狐绹平素与他鲜有书信往来。但在这封信中却热情有加，一再表明杨嗣复十分赞赏他的文才，诚望他加入幕府以展宏愿，情恳意切，言之凿凿。这究竟是怎么回事？李商隐搜肠刮肚，细想十多年来，自己在恩师令狐楚的调教辅导下，愈益夯实了文学根基，诗文并长，在某些方面也算风格独具，朝野共赏。尤其是前几年恩师在兴元幕府病重弥留之际，呼唤他与自家三子于膝前，深情表白：吾爱义山，当如亲子！当即决定由他执笔，代其向文宗皇帝上疏，力主为甘露事变中蒙冤的宰相昭雪，为危难中的朝政谏言，还意味深长地嘱咐他，让他亲笔为其撰写墓志铭。李商隐代恩师陈尸进谏的疏文和撰写的墓志铭，很快在朝野引起了轰动，朝臣和世人无不倾慕称赞他的真情与笔力。

想到这里，李商隐暗自思忖：莫非杨嗣复也为之所动，为惜才而良心发现？子曰：“修道以仁，仁者人也。”多年来身居深宫高位的杨嗣复，一位道行深远的长者，人之将老，其心践仁，其行必果，其言亦善，应是势所必然吧。想到这里，李商隐多年来郁积心头的疑团渐渐散去，前嫌冰释，同时也为自己能触摸和发现人性之美而欣慰。

山水阻隔，舟楫劳顿，20天后李商隐抵达湘南黄陵（今湖南湘阴）。在傍黑入住客栈时，有人在他肩头轻拍了一下："义山，是你吗？"李商隐回头，但见一壮年汉子，满头银发，满脸憔悴，唯有双目炯炯有神。他顿感惶惑，瞬间又惊喜尖叫："刘兄！"来者刘蕡，是前些年与他同在山南东道节度使令狐楚幕府供职的知己、师友。

异地相逢，两人格外动情。刘蕡诚邀李商隐入住自己的客房，秉烛倾谈，通宵达旦。交谈中李商隐得知，尽管刘蕡深受封疆大吏令狐楚赏识，上疏朝廷授其秘书郎，但仍无法逃脱宦官势力的陷害，很快就被贬任柳州司户参军，在边远荒蛮之地苦度余生。当得知李商隐欲去杨嗣复幕府任职时，刘蕡快言快语，将宰相杨嗣复贬任节度使之后不久，武宗皇帝受宦官唆使，又派出索命官前去追杀，后又将其贬降为南粤潮州刺史等事全盘托出，听得李商隐毛骨悚然、六神无主。看来投靠杨嗣复是难以成行了。故友相见，刘蕡处处展现长兄风范，邀李商隐游历山水，寄情抒怀，吟诗作赋，饮宴娱乐。二人敞开胸襟，坦诚相见，完全沉浸在如胶似漆的情谊之中。其间刘蕡身处边远，乐观豁达；关心时政，忧心如焚；揭露时弊，句句千钧；匡扶建言，字字珠玑，无不给李商隐留下了深刻的印象。刘蕡无意间还透出一句，杨嗣复之所以免于一死，完全归功于新任宰相、李党首领李德裕的冒死相谏。虽然语焉不详，李商隐却牢牢记在心里。

半月来的重逢相处，李商隐深为刘蕡的博大胸襟、独到见解及人格魅力所倾倒，深为其生不逢时、命运不公而叹惜。临别，李商隐深情难抑，以诗相赠："万里相逢欢复泣，凤巢西隔九重门。"（《赠刘司户蕡》），表达对价值千金的兄弟情谊的珍重，以及对国之栋梁的惋惜与祝福。回到长安城南居家养病的李商隐，次年得知刘蕡因病客死他乡，禁不住号啕大哭，连书4首律诗哭悼远方的知己。"去年相送地，春雪满黄陵"（《哭刘司户蕡》），"平生风义兼师友，不敢同君哭寝门"（《哭刘蕡》），倾诉的是与刘蕡同病相怜、命运与共的肺腑之情，讴歌的是刘蕡人间大爱、人性至美的浩然之气。

湖南幕府求职的未竟而归，李商隐心里反倒有了凤凰涅槃后的重生之感。他精神重抖，不再愁思缠绵，不再怨天尤人，心情也比过去畅朗多了。尽管之后他再次科试、进士及第并授任县尉之职，但他最终选择告别宦海，或奔波于幕府，或寄情于山水，纵情徜徉于自己的天地。其间他忧思难忘并不时跃入脑际的，还是刘蕡留下的那句话：宰相李德裕冒死相谏。他与李德裕素未谋面，但这句话却在他心里刻下了难忘的烙印。对党争，政治上他从无立场，但对个人，他始终饱蘸深情。恩师令狐楚系牛党中坚，在甘露事变中宦官首领仇士良强逼他起草公布当朝宰相罪状的诏文，他秉持大义，采取太极手法与其周旋，致使仇士良大怒，将恩师罢相贬出京城。这种气节骨气使李商隐为之倾倒。而这李党首领李德裕又是怎样一个人呢?

此后经年，李商隐先后在桂州、徐州等地幕府任职，最终落脚于东川节度使柳仲郢幕府的驻地梓州（今四川三台）。这柳氏乃柳公权的侄子，平素仰慕令狐楚的为人，更称颂李商隐的品格和文才，征召幕府任其为秘书郎、掌书记，委以重任，以师友相待。柳仲郢不仅对李商隐在生活上百般呵护，在国运大局、时政见解等方面也倾心相见，毫无芥蒂，谈及李德裕冒死相谏一事，柳仲郢更是敞开心扉，言辞滔滔。原来，闻知新皇欲追杀前朝宰相，李德裕顿觉事关重大，作为当朝宰相，他不能置之度外。于是他迅即联络几位重臣，连夜联袂上疏，恳求武宗紧急召见面谈。他们从次日清晨、早朝、午后一直等到傍晚，才接到通知到延英殿面圣。见到武宗，李德裕直言相谏："新朝伊始，不宜诛杀前臣，应吸取先皇德宗、穆宗诛相而悔的教训。"武宗则冷言冷面："朕无悔无怨！"李德裕继而进谏："即使他们罪该当诛，也应按司法程序，交由朝廷审判，既能服众，也好给历史一个交代。”武宗依然坚持其罪恶深重，死罪难免。此言一出，只见李德裕他们齐刷刷跪倒，声泪俱下，为千秋社稷着想，冒死恳求武宗收回成命，不答应就长跪不起。无奈，武宗只好应允，急令召回索命宦官，杨嗣复等人才免于一死。对此，李商隐感慨万分。须知杨嗣复乃牛党要人，堪称李德裕的死对头，作为李党首领，不幸灾乐祸，不落井下石，而是舍命相救，足以彰显李德裕为人处世的博大胸襟和高风亮节。事后，李商隐仍回味不尽，他找来相关的文献、史料、文件仔细研读，与柳仲郢畅谈探讨，终于对李德裕的为人、气度和显赫政绩有了全面了解，心中油然而生景仰倾慕之情。

大中元年（847 年），唐宣宗李忱即位后朝纲大变，宰相李德裕相继罢相贬为太子少保、东都分司，再贬降为潮州刺史，以至更为偏远的崖州司户，三年后 63 岁时客死于贬地。噩耗传来，李商隐难掩悲痛，面南而泣，心情久久不能平静。同样心怀悲痛的柳仲郢，决定让李商隐经渝州，到江陵，等待扶送李公的灵柩回洛阳，代其追悼，以了却二人心头的哀思与缺憾。

一桩未竟之事及其影响，涤荡了李商隐狭隘的想法，拓展了他的胸襟和视野，使他得以逐渐完成人格品质上的嬗变和诗文创作上的飞跃，得以重塑别样的自我，开创崭新的生活。此后，“欲问孤鸿向何处，不知身世自悠悠”（《夕阳楼》），即使寂苦独处时，他未曾再生寂苦忧怨之情；“我是梦中传彩笔，欲书花叶寄朝云”（《牡丹》），常怀感恩之心，使他的生活和写作愈益充实而丰盈；“为报行人休尽折，半留相送半迎归”（《离亭赋得折杨柳二首》），劝世人同时也劝自己多行善事，替人分忧；“历览前贤国与家，成由勤俭破由奢”（《咏史》），倾其终生报效国家，努力践行最有价值的人生追求。诗人李商隐，就这样在真诚立身、赤心面世、纵情于物我两忘的境遇中不断探索前行。

“心有灵犀一点通”“雏凤清于老凤声”，李商隐终其一生倾心而为、喋血而歌，矢志为世人为自己营造一个神异凄迷的诗的王国，一个晶莹剔透又暖意可人的美的世界！奋斗、抗争、煎熬并快乐着，成就斐然，诗名传世。李商隐，你就是一个温馨存世而令人景仰的幸运儿。

第三辑　星空还是那么璀璨

颜真卿：字如其人的报国忠臣

如诗词因地域和风格而分流派一样，我国书法界也流传着南派、北派之说。千百年来，人们在对以王羲之为代表的南派书法“中和俊美”的风格津津乐道的同时，也不忘对北派书坛“雄浑刚劲”的风格赞美有加。

而这北派书坛及其风格的代表人物，就是颜真卿。

颜真卿（709—784 年），字清臣，京兆万年（今陕西西安）人，祖籍鲁地琅琊（今山东临沂）。出身于世代士族之家，进士及第后历任校书郎、县尉、监察御史乃至吏部尚书，封鲁郡公。为世公认的一代刚正不阿的名臣，同时还是一位与王羲之齐名的革故鼎新的书法名家。

书山有路勤为径，这句古语用于描述颜真卿再合适不过了。3 岁时，时任太子文学的父亲病逝，颜真卿就随母暂居于外婆家。外公是个书画家，母亲殷氏本也知书达理，大家见小真卿聪明伶俐，就教他读书识字，他也真是勤奋认真，诵读经书一丝不苟，提笔练字终日不辍。由于家贫，买不起墨纸，他索性就用泥水作墨，墙壁作纸，日复一日地苦练起来。

唐玄宗开元年间，26 岁的颜真卿进士及第，先后授任校书郎、礼泉县尉。公务繁忙之余，他临帖练字的热情日渐高涨，后来索性辞官，径直跑到洛阳，拜师于草圣张旭的门下。张旭并未授其具体技法，只是传授两个字——一曰勤：勤学苦练，日积月累；二曰悟：细察物理，得其神韵。在大师的调教下，颜真卿的书法糅行、楷、草于一体，大有长进。

由于颜真卿饱读经史，“腹有诗书气自华”，也就为他的书法梦插上了翱翔的翅膀，拓展了无限的空间。魏晋以来书法的演进，汉唐以来气象的熏陶，使他在临帖和创作中屡屡产生莫名的冲动。观摩羲之献之父子的书法精品，揣度近人褚遂良、虞世南的上乘佳作，在啧啧乐道的同时，总感到有一种意犹未尽的缺憾。他思考，他尝试，在历经反复的煎熬和阵痛之后，终于痛下决心：冲破前人的缚囿，直抒胸臆，率性而为，闯出一番别样的天地。为此，他借鉴并博采篆、隶、行、楷、草在结构、笔法、形态等方面的各家之长，融糅提炼，探寻尽情表述自己心迹意气的书法样式。在字体结构上，他尝试正面取势，使左右竖笔略带外拓弧形，横轻竖重，给人以大气雍容、敦厚稳健之感；在笔法运用上，他注重指腕并用，不仅善于藏锋和中锋的巧妙运用，还强调笔的提按、顿挫，使笔画极富弹力，从而在字的整体形态上释放一种豪迈奔放的气势，给人以极富弹性张力和雄浑苍劲的视觉美感。步入知天命之年，颜真卿迎来了书法创作的鼎盛期，其楷书《麻姑仙坛记》、行书《祭侄文稿》堪称其代表作，这表明刚健雄浑、遒劲磅礴的颜氏风格已经成型。而至古稀之年，其书法代表作《颜勤礼碑》刚柔有度、张弛相宜，一种自然之美、雍容之美宣告着颜氏书法已进入炉火纯青的境界。

颜真卿的书法变革当时并不为主流书界所接受和认同。鉴于王羲之书法流传甚广，时人对书法的评判标准正如杜甫所言：“书贵硬瘦方通神”（《李潮八分小篆歌》），以书风硬瘦为美、为上、为精品。而颜体刚一问世，不少人便谑之为“墨猪”，因其笔画粗壮而斥其为下品。真正的艺术品是经得住时间的考验的，及至北宋，人们才真正领略到颜体书法的神韵，认识到它的稀世价值。北宋著名的书法理论家朱长文在其《续书断》中，将颜真卿书法列为唐代神品之首，认定“自羲、献以来，未有如公者”。大文豪兼书法家苏轼更是断言：“诗至于杜子美，文至于韩退之，书至于颜鲁公，画至于吴道子，而古今之变天下之能事者毕矣。”（吴道子画《跋》）他们都对颜真卿在书法界革故鼎新、自成一体予以高度赞誉。此后，颜氏书法日渐风靡，受到书界和世人经久日盛的赞赏和推崇。

出身于官宦世家的颜真卿时常自诩：书法写字仅为业余爱好，他的本业乃是从政做官。

唐玄宗开元二十二年（734 年），颜真卿进士及第后步入政坛，从校书郎起步，虽然多经变迁，倒也风光顺当，先后转任礼泉、长安县尉，又四次授任监察御史乃至殿中侍御史。其间与诗友高适、杜甫经常游历宴饮，吟诗作赋，书生意气常出抨击朝政之语。时任宰相杨国忠因此对其怀恨在心，以精择能吏为名，于天宝十一年（752 年）将颜真卿逐出长安，贬任两千里外的平原郡（今山东德州）太守。

在平原，颜真卿恪尽职守，勤政爱民，废苛政、黜奸诡、进忠良，百姓喜得安居乐业。诗人高适颇为赞赏他造福一方的政绩：“自承到官后，高枕扬清风。豪富已低首，逋逃还力农。”（《奉寄平原颜太守》）然树欲静而风不止。平原郡隶属于三镇节度使安禄山的治下。天宝十四年（755 年）安禄山悍然反叛，颜真卿义愤填膺，果断联络其兄、时任常山太守颜杲卿起兵抗敌，由其侄、杲卿之子颜季明奔走呼号附近十七郡结成联盟，推举颜真卿为盟主，合兵 20 万英勇抗敌。安禄山率部围攻常山，激战三天，城内水尽粮绝，杲卿父子被俘，季明惨遭杀害。由于颜真卿率众奋力抵抗，一度滞阻安禄山于潼关之东。事后，颜真卿派人至洛阳、河北等地寻找季明尸骨，仅得头颅，其时悲愤难抑，遂一气呵成千古精品的《祭侄文稿》。

代宗大历元年（766 年），时任刑部侍郎的颜真卿因奏宰相元载阻塞言路，被贬任吉州（今江西吉安）司马，三年后改任抚州刺史。任职五年中，他关心民间疾苦，兴修水利，扶助农桑，并大力倡树表彰遵德守礼的文明之风。针对抚河长期横溢泛滥，他带领民众在河心小岛旁筑起一条石砌长坝，既除水患又灌农田，百姓取名千金陂，还建立祠庙，以示对他的敬仰和怀念。其时社会习俗比较开放，表现在婚姻上为夫可休妻，妻亦可休夫。影响所及，人们注重循德守礼，社会风气也日显和谐。

唐德宗建中三年（782 年），时任吏部尚书的颜真卿常发慷慨正义之声，屡为奸相卢杞所不容。对这位肃宗、代宗以来直言进谏的忠臣代表，卢杞常常恶语相讥。刚烈如火的颜真卿忍无可忍，一次当庭悲愤面斥："安史之乱时，令尊御史中丞卢大人的首级被送到平原郡。我见卢大人满脸是血，想帮他擦拭又怕蹭破脸皮，就用舌头将脸上的血迹舔干净。如今相公对我，怎能如此死死相逼！"其义正词严，朝臣无不击掌，岂料大庭广众之下谈及此事更让卢杞记恨。是年冬，淮宁军节度使李希烈恃仗十四州反叛朝廷，卢杞此时欲借刀杀人，遂向德宗上奏：李希烈恃功自傲，但其年少气刚，需得儒雅重臣前去招抚，颜真卿乃三朝旧臣，名重海内，舍其无二也。消息传出，群臣慧眼如炬，无不看穿卢杞的险恶用心而予以婉劝，颜真卿则大义凛然："君命也，焉避之！"遂以 74 岁高龄之躯，慨然前往。叛逆李希烈贼心膨胀，急欲称王，遂欲转拜颜真卿为相，遭到断然拒绝和严厉怒斥，于是便残忍地将其杀害。颜真卿死后，朝廷追赠司徒，谥"文忠"。德宗亲颁诏文"才优匡国，忠至灭身"，并痛诏废朝八日，举国悼念这位壮怀激烈、为国捐躯的旷世忠臣。

颜真卿鼎新为书，刚直做人，其惊世骇俗之壮举世皆称颂。究其渊源，盖基于其深厚的世族底蕴和幽远的道德传承。

祖籍琅琊的颜氏家族，历史上一直是闻名遐迩的望族。其先祖代代事鲁，从春秋晚期起就成为儒学之家。孔子著名的七十二贤弟子中，就有八名是颜氏子弟，其中孔子最为得意的门生就是颜回。受儒家影响，颜氏一门以诗礼传家，名臣辈出。颜真卿的五世祖颜之推，是北齐著名的文学家、书法家、教育家，著有《颜氏家训》，以弘扬儒家传统思想为修身齐家之道，对后世有着广泛深远的影响。而祖籍同为琅琊的书圣王羲之，同样出身于世敦儒业之家，早在魏晋南北朝时业已功成名就，其书圣的影响在故乡可谓如雷贯耳，童叟皆知。受家族和世风的熏陶影响，为人之魂，书法之根，早已深植于颜真卿的灵魂深处。

自幼成长于这样的氛围中，颜真卿可谓抱负高、起步早，志在高远而自强不息。为自勉同时也为激励他人，早年他就创作出一首至今人们耳熟能详的绝句《劝学》：

三更灯火五更鸡，正是男儿读书时。
黑发不知勤学早，白首方悔读书迟。

后来为官从政，他在率先垂范的同时，为激励将士奋勇杀敌，就以盛唐时期镇守北平、抗击吐蕃被誉为“左金吾大将军”的猛将裴旻为楷模，创作排律《赠裴将军》：“战马若龙虎，腾凌何壮哉。”“剑舞若游电，随风萦且回。”“一射百马倒，再射万夫开。”并以凌厉的气势、如剑的笔锋，书诗为帖，供将士们诵读品味，以激励士气，英勇杀敌。及至晚年，颜真卿积平生经验感受，熔诗情、文理、书法于一炉，书就《与郭仆射书》，其书法气势充沛，劲挺豁达，文辞意蕴精深，发人深省。他谆谆告诫世人：行百里者半九十，言晚节末路之难也。足见浸淫于诗情书理之中的颜真卿，终其一生对传承儒学传统思想，是何等地谙熟于心，力践于行！

做人，刚正耿直；为书，别树新格。集两者于一身的颜真卿，完全是根植于内心的儒学道义使然。如此他做人为官，方能葆其高风亮节、刚正不阿，敢于直言担当，不负百姓苍生，不惜舍生取义。而这些信念操守形之于书法，则庙堂气十足，如神鼎坐堂，彰显一派正大光明的浩然之气。细察其字，静如山、动若电、势尽显、锋深藏，给人以力量和变化，给人以气象和魂魄。这种人格美和书法美的完美结合，使人能清晰地看到他那忧国忧民的身影，征战沙场的雄姿，乃至忠心报国、慷慨就义的英魂；深刻感受他那温良恭谦、磊落巍峨的品质修养，以及陟高不辍、笃实敦厚的圣人模样！

这就是颜真卿。一个泣血报国的唐代忠臣，一个字如其人的热血书家！

京兆华原上的“余庆门第”

《易经》有言：“积善之家，必有余庆。”这条对于宇宙因果报应的经典注释，几千年来宛如源头活水，不仅在人们的认知交流中鲜活涌动汩汩不息，而且在实际生活中一如涸逢甘霖，因其德泽后世的亘久魅力，更饱受世人的赞赏和推崇。

在古代中晚唐时期，令人倾慕不已、啧啧乐道的“余庆门第”，莫过于京兆华原（今陕西耀州）上的“河东柳氏”了。这“河东柳氏”，乃远古先贤柳下惠的后裔。隋初，有两系由晋入陕，迁入京兆长安的，代表人物是柳宗元；迁入京兆华原的，以公绰、公权兄弟声名居显。

柳宗元乃中唐古文运动的领军人物，顺宗时“永贞革新”的得力干将，颇有影响。但那场政治变革失败后，柳宗元外贬柳州，47 岁时便客死他乡，京兆长安的柳氏由此便一蹶不振。而京兆华原的柳氏人家，则是久盛不衰大放异彩。弟弟柳公权先后在七朝做官，做过三任皇帝的书法老师，而他创立的柳体书法，世称“颜筋柳骨”，荣列四大楷书名家。时传“凡朝中重臣，其碑志不得柳书，人以为不孝；外国使节纳贡，必设专款敬请柳书”，可见其声名之显赫。

然而鲜为人知的是，时在当朝，其兄柳公绰早已声名盖弟，是位功勋彪炳的朝中大伽。其本人的功德伟业，其家族的兴旺，更使人难以望其项背。这里，不妨对这京兆华原柳公绰的“余庆门第”，做一番窥视探析。

好一系名门望族

迁居京兆华原的柳氏，历经隋唐数百年，有数十人沉浮宦海，扬名于世。其中尤为著者，当数诞生于唐代宗年间，横跨六朝的柳公绰（765—832年）。柳公绰的祖父柳正礼，玄宗天宝年间进士及第，授任邠州士曹参军，兢兢于小吏职守，熬过安史之乱，年届70时解甲归田。其父柳子温，制举登第后仕途平顺，授任丹州刺史，官至正六品退休。柳公绰出生第三日，其伯父、世称颇具知人之明的柳子华细作端详，深情地嘱咐其弟：“兴吾门者，此儿也。”遂为柳公绰命乳名“起之”。

柳公绰自幼聪颖过人，勤奋好学，成年后三年间两次高中制举，先后授任秘书省校书郎、渭南县尉。他为人庄重知礼，严于律己，很快朝廷晋其为殿中侍御史，又被举荐为平州刺史，再续迁吏部员外郎。宪宗即位后，他忧及朝政，直言讽谏：“元气运用不闲，裂隙漏洞不在大小。”此言深受宪宗赏识，立为座右铭，遂官授御史中丞。他才略过人，以国事为己任，在削藩平乱中挂帅领军，连传捷报而官授京兆尹、刑部尚书。乃至年过耳顺，仍以衰老之躯，出任河东节度使，率重兵镇守边塞，直至患病回朝，授任兵部尚书。病逝后朝廷追赠其太子太保，谥号“元”。纵观柳公绰一生，功勋卓著，德高望重，尤以两任京兆尹、三任尚书、五任方镇节度使的传奇经历，博得朝臣和世人的尊崇。

柳公绰寄予厚望的儿子柳仲郢，青出于蓝。受家庭氛围的熏陶，柳仲郢少年时就熟读经书，工于辞赋，成年后著有《尚书二十四司箴》，受到大文豪韩愈赞赏，由此声名鹊起。宪宗元和末年进士及第，授任秘书郎乃至吏部郎中。武宗时因行事果敢，敢直言进谏，升迁谏议大夫。擢为京兆尹后，坚持依法治理，严明政令，当众杖杀违法的神策军小将，杀一儆百而威名远扬，致使京城东西两市繁荣火爆，大街小巷秩序井然。在其后两任河南尹期间，坚持惠养为本，救贫济寒，留得青史美名。此后转任剑南东川、山南西道节度使，因治军有方，政绩卓著，迁任刑部、兵部尚书。史传，由于柳仲郢官职频频擢升，每次升迁前，其长安街头宅院门前树枝上鸟雀聚集，多日不散，成为都市一景。

更教柳公绰喜出望外的是，他的三个孙儿亦饱读经史，登第入仕。特别是季孙柳玭，更为其所钟爱。这柳玭，爱诗文，善思考，屡发奇异新声。虽说时处晚唐，时局诡谲多变，仕途坎坷多舛，但他靠着胆识与智慧，临危不惧，竭思报国，官职做到御史大夫、尚书右仆射。尤其值得称道的是，柳玭得家教之累积，人生之经验，著有《诫子弟书》《柳氏叙训》，使世传《柳氏家训》更为系统完整。而《柳氏叙训》被誉为封建社会最后一部士族家书，其蕴深意邃，荫蔽后世，影响深远，功德无量。

好一派高风亮节

常言道：山青而水秀，地灵而人杰。世敦儒业的华原柳氏，备受世人赞赏的，是他们专其独有的精神模样、别具一格的行头做派。刚正立身，干净做人，尽责为官，情怀奉世，是他们共同的品格美德；格物致知，随物造境，心由境生，殚精竭思，则又形成他们各自有别的鲜明个性。

那功高位尊的柳公绰，浑身散发着凛然无畏、刚柔相济的浩然正气。宪宗元和八年（813 年），时任鄂岳观察使、鄂州刺史的柳公绰，接到朝廷讨伐淮西藩镇的诏书，令其调拨五千精兵，听从安州刺史、名将李听调遣。柳公绰意识到朝廷认为自己“儒生不能领兵”，遂肃令急疏宪宗表明心迹，决心以身报国率部出征。诏令同意后，柳公绰率部会合李听，坦言相告：我自为帅，你若不服可不参与，若服从可合力抗敌。李听欣然同意后，柳公绰对他信赖有加，命其为中军先锋，拨精兵六千听其调遣。这柳公绰平时治军，法纪严明而又仁爱体恤，遇有将士休假，他都要求代他对同乡的行营将士进行慰问；若有生病或家丧，一定派专人前去抚慰；发现居家的将士妻子与人通奸，必命人前去处理或将恶妻投于江河。因而将士们感激涕零：大人替我等治家，我等须全力效命。所以他的部队，始终保持着高昂的士气和斗志，这次征讨自然是捷报连连。

元和十一年（816 年），柳公绰晋升京兆尹。举行入城仪式时，骄横成性的神策军横冲直撞，有一小将径直撞倒了仪仗队的先导卫兵。一怒之下，柳公绰喝令将小将乱棍打死。事后，北司宦官恨得咬牙切齿，状告宪宗欲治他擅杀之罪。柳公绰于大堂直言相怼：“京兆府乃皇朝的象征，应为天下做表率，维护陛下至高无上的权威，乃是京兆尹当仁不让的天职！”其凛然正气，直冲云天，赢得朝臣一片点赞。

而其子柳仲郢在继承其父阳刚之气的同时，更多的是悲悯情怀。踏上仕途不久，时任宣武节度使的牛僧孺，有感于他的学识和名声，征召他到幕府任职，因此，柳仲郢与牛僧孺结下了深厚的个人情谊。作风干练，行事利落，为人正气，身带父风，牛僧孺对他大加赞赏：“非积习名教，安能及此！”遂向朝廷荐其为监察御史。

多年后在侍御史任上，围绕淮南一案，柳仲郢冒着被贬的风险，据事论理，急疏切谏，深得时任宰相李德裕的赏识，荐其迁任京兆尹。履职前柳仲郢到宰相府谢恩，竟口出正直之词：“我一定会像当年在宣武幕府一样去努力，以报答丞相的厚德。”在当时牛李党争甚烈的风口，其纯厚正直的憨态，简直叫人替他捏一把冷汗。

实际上，柳仲郢对李德裕的知遇之恩，一直铭记于心。多年后他任剑南东川节度使时，常与幕府掌书记、诗人李商隐谈及此事，久久不能释怀。二人怀远深思，对李德裕初任宰相时，冒死苦谏，舍身挽救牛党要人杨嗣复免于一死之事，深为赞赏。对后来宣宗将他逐出京城，贬为潮州司马，又再贬崖州司户，处地远得不能再远，官职低得不能再低，深表惋惜。当闻知李德裕病逝于崖州时，柳仲郢立马决定，让李商隐直赴江陵，护送李公灵柩回洛阳安葬，以表达他的悼思抚慰之心。后来他升迁兵部侍郎兼盐铁转运使，仍念及李家无人入仕，生活困顿潦倒，遂征召李德裕侄儿充任推官，好有一份俸禄养家。其悲悯情怀，苍天可鉴，感人至深。

好一匣镇宅之宝

华原柳氏这余庆门第，风靡数代，世所称颂。试问何故如此？究其根源，盖基于其拥有世代敬畏而又须臾不离的镇宅之宝——人人奉若神明，时时身体力行的《柳氏家训》。这远古先贤柳下惠遗存下来的宝典，历经数代先祖的修订补充，已成为历代景仰的鼎族大法。它承载着“诗书传家”的文化传统，涵盖修身治学、齐家教子、为官处世等方方面面，尤以重视家学、家教、家法著称，享有“言家法者，世称柳氏”之誉。时至中唐，柳公绰的清正廉明，柳公权的刚毅正直，柳仲郢的持礼重义，为家训增添了鲜活的内容。后人柳玭对这些美德，加以概括提升，在循礼、勤学、尚俭、行孝、诚慎、谨职、恤贫、守家各方面，为家人提供了持之有典、行之有据的范本。正是这样的《柳氏家训》，成为世代柳氏家人居家出仕、律己笃行的准绳和不息前行的动力。

柳家自古就传有重视家训、学以致用、点滴养成的浓厚氛围。从孩童时抓起，由长者进行严格的指教训导，每日清晨的问安礼，入寝前的昏定礼，一丝不苟。诵读研习经书，更是全神贯注，间或长幼一起畅谈议论，并穿插讲述一些未来立身治家、居仕为官的道理。为鞭策孩子们晚间读书，长者常用苦参、黄连、熊胆做成药丸，供其服用，以苦其心志，提神醒脑。幼年打下的基础，使孩子们长大后受益无穷。柳公绰一生养成了手不释卷、退必读书、不读非圣贤之书的习惯。柳仲郢尤喜经史，对《史记》《汉书》等经典，不仅熟读，还手抄30多篇，辑为《柳氏自备》，供自己和家人随时参阅。他家有藏书万卷，每遇经典好书，每书必买三册，一册为收藏，一册为自读，另册荐于学童。柳玭更是在诵读经史的同时，工于著述，成绩斐然，世间传为佳话。

多年来，对家训躬亲践行，以身作则，已成为柳氏人家的终身自觉。柳公绰祖父、父亲退休后，居家专心训导子孙，以凿壁刺股、牛角挂书等逸事启发孩子们苦心攻读，以一茶一饭当思来之不易、一针一线皆须珍惜培养孩子们节俭纯朴的美德。未完成学业则不许吃肉，有顽皮劣行则必得受罚，从小给孩子们刻下难忘的烙印。柳公绰任渭南县尉时，赶上年荒，每饭只食一碗，以醒己不忘灾民之苦；任河东节度使期间，"遭岁恶，撙节用度，辍宴饮，衣食与士卒钧"。儿子柳仲郢来幕府探亲，嘱其三里前下马步行，见到同僚均视为长辈施礼。柳仲郢善于行政，恩威有别，任京兆尹时，坚持京畿之地弹压为先，以雷霆手段严厉整治，以致京城社会和谐秩序井然；任河南尹时，坚持郡邑之治惠养为本，慈悲宽仁济贫恤寒；遇到灾年，主动给穷人优惠贷款，免除所欠赋税，深受百姓拥戴，青史流芳！

呜呼！余庆门第，缘于积善；家之积善，德泽后世，荫蔽不息，功莫大焉！

柳公权：一代书法名家的睿智与坚韧

位列中国楷书四大家的柳公权，以其刚健清丽的书法风格，千百年来赢得书界和世人经久不息的赞赏推崇。

此外，柳公权横跨大唐代宗至懿宗十朝，从宪宗时起七朝为官计52载，仕途平顺，享年88岁。如此丰盈而耀眼的阅历，不仅古代无人能出其右，当今更为世人所感叹与倾慕！

如此高寿而又功德圆满，秘诀在哪儿呢？

书法，修身养性的炼狱洗礼

生于唐代宗大历年间的柳公权（778—865年），字诚悬，京兆华原（今陕西铜川）人。唐宪宗元和三年（808年）状元及第，授任秘书省校书郎，其后几乎一直在朝廷做官，曾任三朝皇帝侍书，官至中书舍人，太子太师，封河东郡公。柳公权之所以长期居官于皇室中央，一定程度上赖其看家本领：写得一手好字。

同其他书香子弟一样，柳公权从小就喜好诵读经书，12 岁时便通史明经，工于辞赋，深受父母褒扬。只是他有个致命的短板，字写得又慢又丑，没少受呵斥责罚。为此他深下凿壁刺股之功，临帖苦练，日积月累，喜见起色，以至于手持“会写飞凤家，敢在人前夸”的字幅，张扬于伙伴和村人。后来受到长者的批评和指引，他去京城拜会并震惊于一位无手书者的精彩表演，受到书者“写尽八缸水，砚染涝池黑；博取百家长，始得龙凤飞”的训导，心灵受到强烈震撼，茅塞为之顿开，从而矢志学书，以敢下炼狱的勇气，苦行修炼，在书法上标帜异起，有所建树。

此后，他狠下苦功，从王羲之行楷书法临帖起步，一招一式，一点一撇，凝神聚精，丝毫不敢马虎懈怠。在初步掌握要领的同时，又转而揣度近人欧阳询、颜真卿的书法，尤其对后者更寄予极大的关注和兴趣。他决然排除心绪的烦躁和外界的纷扰，耐得住清苦寂寞，专心致志，兼收并蓄，集人之长，添己所得，孜孜以求于对新的书体境界的探寻求索。

在临帖研习中，柳公权慢慢悟出，王羲之所处的晋代，崇尚道行，其书法亦深受影响，追求神韵，注重内在美，散发着自由洒脱、飘逸自如的中和之气，其字可秀可险、可正可欹，使人品读不尽的是意蕴内含。颜真卿深受汉唐气象的熏陶，其字尽显庙堂大气，如神鼎威坐，巍然挺立，展示一派刚健雄浑之风。而柳公权自幼明经通史，腹藏诗书，在对王、颜书体的揣度品味中，或脑映正襟危坐的严峻，或闪现忽发奇想的顽皮，专注的思绪中，不时泛起波涛汹涌的暗流，敲打着，冲击着，使他总感到有一种难言的缺憾和莫名的冲动，总觉得自己应该增添点什么融注点什么。真是功夫不负有心人。年复一年地苦练冥思，柳公权终于眼前一亮：为王体注入法度结构的严谨，为颜体嵌进瘦硬疏朗的筋骨，不正是自己苦苦以求的理想新境嘛！终于，他凝神静气，果断运笔，使新体在结构、用笔及整体形态上，有别于王、颜而又隐具其特点；在气势风格上，兼融王体的劲媚与颜体的雄浑，尽显一派刚健而挺拔、疏朗而清丽的神采。

令人意想不到的是，柳公权糅融众长的新体，甫一问世便大红大紫起来。书界同人欣喜若狂，奔走相告，一时间赞誉张扬者、求赠索要者趋之若鹜，使他红遍朝野，成为炙手可热的人物。时下世人皆以谈论和持有柳书为风雅。民间自不多说，即便朝中大臣，厅堂不悬柳字，自以为羞；碑志不得柳书，人以为不孝。就连外国使节入朝进贡，大多设专款求购柳书。书文、赠予、写字、练笔，柳公权每每都是全神贯注，以心为之。长此以往，外化的是赏心悦目的字体和引人入胜的视觉美感，倾注的却是自身的心血历练和气质养成。无形中视野不断得以拓展，胸襟不断得以开阔，心性不断得以舒润，得到的乃是提升气度、强心健体的正果。

学识，应付裕如的睿智之根

常言道：常在河边走，焉能不湿鞋？更有古语警示：伴君如伴虎！

长期居官于朝廷中央，经常伴身于皇帝左右，柳公权交出的却是截然不同的答卷：以身许朝，以德事君，亢卑有度，龙颜常悦。顺议时善于锦上添花、恭维得体，谏议时直言相陈、肝胆可鉴，即使有伤龙颜却能委婉周旋得以保全。柳公权之所以顺风顺水，除了无人替代的一手好字外，还赖于极富过人的学识与智慧。

出身于书香门第，柳公权自幼便有求学的渴望、良好的习惯和过人的悟性。他的阅读，以孔孟儒学为基本，再辅以经史春秋、庄老佛道，范围极为广泛，兴趣所及无不涉猎。加之天资聪颖，过目不忘，诵悟相长，一般都能得其精髓。同时还得益于家庭独有的浓厚氛围，其父、兄、侄都有共同的嗜好，也都学富五车，后来都高中进士，各自担任着朝中重臣或地方大吏。当年大家一起切磋交流，互鉴中长见识，思辨中得真谛，积以时日，柳公权不仅学识丰厚，而且在修身立业、为人处世诸方面也获益良多。

书法属爱好，居官为本业。对早年的柳公权而言，书法高手的美誉深深淹没了官居一隅的声名。京畿之地，碑志、塔文多由其书写，佛寺、庙观皆见其墨迹。一次，时任夏州幕府掌书记的柳公权进京奏事，受到穆宗皇帝的召见。唐代自太宗以来，皇帝大都重诗能诗爱书，穆宗也不例外。堂堂一国之君，见到书名显赫的小吏，竟语含恭敬："朕早在寺庙就看到你的墨迹，很早就想见见你。"一番交流之后，即诏任柳公权为右拾遗、翰林学士，后又升为右补阙、司封员外郎。这穆宗，在父皇宪宗驾崩不出月就脱下孝服，沉溺于击球游戏、声色犬马之中，荒淫无度而疏于朝政，对此柳公权早有耳闻，因而并未受宠若惊，依然淡然处之，一味当好行差。一次看到柳公权书写文书，穆宗走来郑重而问："怎样用笔才能写好字？"柳公权则答曰："用笔之道全在于用心，心正则笔正，写出来的字自然会好。"穆宗闻言，意识到此乃以书喻政，且意含讥讽，但柳公权的话中规中矩，不卑不亢，自己心知肚明而又不便发作。

柳公权善为诗文，后来又深得文宗皇帝的宠爱。一次春上，文宗带他与众嫔妃去未央宫花园游玩。下马后文宗高兴地告知他："朕一改过去久拖不决的弊端，今年二月里早早就把边军的服装发放到位，众将士甚为高兴。"柳公权随即上前恭贺。文宗却说："不必道贺，朕要你吟诗一首。"只见柳公权略为沉思，便脱口而出："去岁虽无战，今年未得归。皇恩何以报，春日得春衣。"(《应制贺边军支春衣》文宗高兴，众嫔妃亦是一片叫好。文宗扭过头来："可为她们歌吟？"只见柳公权拱手而笑："不分前时忤主恩，已甘寂寞守长门。今朝却得君王顾，重入椒房拭泪痕。"(《应制为宫嫔咏》又博得一片掌声。文宗甚为兴奋："昔闻曹子建七步为诗，而卿仅需三步，真乃奇才也。"

文宗宠爱柳公权从此一发不可收拾。朝政之余，文宗经常召见翰林学士们一起谈天说地，吟诗作赋。一次君臣集句为诗，自然是文宗先出首联："人皆苦炎热，我爱夏日长。"众学士争先恐后应集，有的据典逢迎，有的华丽工对，文宗却无动于衷。只见柳公权娓娓道来："熏风自南来，殿阁生微凉。"文宗一下子喜形于色，啧啧称道，赞其辞美意深。文宗还经常与柳公权长谈，形式不拘，地点不限。有时在浴堂谈论兴致正酣，蜡烛燃完了顾不上换，让侍女们用灯纸蘸上蜡油也不愿打断谈兴。试想，这样的臣子，皇帝怎么会舍弃呢？

气度，理性坦然的心态屏障

古代士族之家，大都有家训相传，《颜氏家训》就是久负盛名的一部经典。而与之相比，《柳氏家训》也毫不逊色，其特别重视家教与家法，享有"言家法者，世称柳氏"之誉。柳公权正是在对家训的学习践行中，事业有成，终身受益。

秉持家训意识，柳公权无论诵读经书、研习书法，还是修身养性、陶冶情趣，都坚持以家训为统领，进行严格反复的审视扬弃，取其精髓为我所有，为自己的人生定位和价值取向打下坚实的基础。基本面仍是倚重学习践行儒家经典，同时不忘从佛、法、道中吸取精华营养，以求心态的平和与老到。书法的火热，朝政的繁忙，应酬的无法承受之重，这些外在的荣耀始终难掩内心的苦闷，正是这种家训指导下的学习与思考，使他得以实现内心的平衡与互补，既有法教的敬畏与约束，又有佛老的慰藉与超脱，内心始终处于理性与坦然的境界，气度、襟怀，亦不断得以提升和拓展，为自己打造出百病不侵的心理屏障。

唐文宗庸庸碌碌，鲜有政绩，却不乏自矜自夸。一次论及国是，谈到汉文帝节俭的美德时，举起自己的袍袖："朕这件衣物已洗过三次了。"在座的中书舍人、翰林学士纷纷热评点赞，唯独柳公权默不作声。文宗问其何故。柳公权面色庄重，口无遮拦："陛下贵为天子，富有四海，应该关注的是引进贤才，采纳忠言，辞退庸吏，赏罚严明，如此国必富庶稳定！那些细枝末节何足挂齿。"言毕四座皆惊，群臣俱怯鸦雀无声。只见文宗心中不悦，面显愠色，言道："爱卿贵为中书舍人，但却具有谏臣的风采，那就委屈一下吧。"柳公权贬任谏议大夫后，依然故我，其做派、业绩屡受赞许，三年后又升任工部侍郎。一次文宗遇见他主动发问："可知对朕有何议论？"他直言相告："坊间都在热传，有人送两个女子入宫，陛下就委以重任。"文宗笑而解释："说的是左金吾大将军郭旼就任节度使吧？平调罢了。他乃尚父郭子仪之侄，送两个女儿入宫探望太皇太后的，正常的亲情往来却怎能掀起轩然大波？"柳公权则正色规劝："陛下不闻'瓜田不纳履，李下不整冠'吗？"文宗恍然大悟竖起拇指："真乃忠臣矣！"

柳公权屡经升迁，已官至学士承旨，即翰林院的总管，是能与皇帝耳语的近臣。唐武宗即位后，朝纲大变，柳公权被免去学士官职，任为右散骑常侍一类闲职。但他丝毫不为所动，坦然如故。他的书法依旧火热，求书者来者不拒，坦荡大方，所收的贵重珍宝器物，几乎为管家、奴仆所偷窃，他付之一笑漠然置之。他精通音律，能填词谱曲，但从不奏乐，以为"闻乐令人骄怠故也"，依然兢兢业业于操守旧务，因而赞声日高。宰相崔珙举荐他迁任集贤殿学士、判院事，但遭到同他关系甚密的大宰相李德裕的嫉妒与迁怒，反降为太子詹事、太子宾客等更为闲散的职位。由于柳公权问心无愧，坦然相待，不卑不怯，守职如故，数年后官职一再升迁，至宣宗末年已升任左常侍，乃至工部尚书，封邑二千户，封为河东郡开国公，在三品、二品的官位上长达 30 年之久。

唐宣宗大中十二年（858 年）正月初一举行元旦朝会，年届八十的柳公权作为群臣之首向皇帝称颂祝贺。因年迈口拙，将本应为宣宗恭献尊号

“圣敬文思和武光孝皇帝”误称为“光武和孝”，遭御史台弹劾，也引发一些群臣老而不退的幽怨。德高望重的柳公权此时自醒有知，主动请辞退休。直到懿宗咸通六年（865年）去世，获赠太子太师。

为赞其一生，好友白居易曾赋诗唱和：“向此高吟谁得意，偶来闲客独多情。佳时莫起兴亡恨，游乐今逢四海清。”（《和柳公权登齐云楼》）以此概括柳公权倜傥坦荡、饱满圆顺的一生，应当是再妥帖不过的了。

李商隐之于韩偓：诗情伴着亲情生

十岁裁诗走马成，冷灰残烛动离情。
桐花万里丹山路，雏凤清于老凤声。

不错，以上是李商隐的一首诗，耳熟能详。不过你可曾知道，这首诗的神妙之处，却在诗外：不仅使他年仅15岁的外甥韩偓，因之头戴“神童”的光环，最终成为唐末“一代诗宗”，还催生出一个新的成语“雏凤清声”，流传至今。

那是在晚唐大中十年（856年）初春，时任东川节度使的柳仲郢奉调回京，同在幕府任掌书记的李商隐也随之回到长安。阔别五载，昼思夜想，李商隐恨不能飞到亲人身边。五年前，爱妻早逝，为着谋生，他只身前往东川幕府，一儿一女两个年幼的孩子就留给妻姐家照管了。妻姐自不必说，姐夫韩瞻，更是情同手足。他们不仅“同年”，于开成二年同一批进士及第，而且“连襟”，况且还是韩瞻牵线搭桥，使妻子的妹妹王晏媄与李商隐配了鸳鸯。李商隐曾赋诗戏赠韩瞻：“一名我漫居先甲，千骑君翻在上头。”是说科考登榜我排名在你的前头，但妻娶同门，你却跑到了我的前头。可见两人之间的关系是多么的亲密无间。此次团圆，兴奋感激之情，自然无以言表。

酒宴是早已备好的。在与孩子们的密语抚爱中，李商隐明显地感到，外甥小冬郎，时隔五年越发地令人刮目了。亲昵中透着矜持，热情淳朴而又潜匿城府，其行为举止得体，谦礼有度，慎口谨言，竟有几分语若珠玑了。这不禁使他想起五年前赴川时的饯行宴。正是在那次酒席上，10岁的小冬郎怀着对姨夫依依难舍的心情，激动得有点口吃，但略顿沉思，便吟出一首七绝来。吟毕叩首，举座皆惊，诗中一句“连宵侍坐徘徊久”，至今使人记忆犹新。忆及此情此景，李商隐顿时诗情荡漾，随口吟出开篇这首七绝来，盛赞小冬郎思路敏捷诗风老成，加以历练，必将前程无量，青出于蓝而胜于蓝。

这冬郎乃韩偓的小名。晚唐诗人韩偓，字致尧，京兆万年（今陕西西安）人。出身于书香门第，早年学有所成。头顶“神童”的桂冠，其诗尤其是五言诗，早已扬名朝野。只是仕途不顺，步入中年方进士及第，初在幕府，后入朝历任谏议大夫、翰林学士，昭宗时深得宠爱，擢任中书舍人、兵部侍郎。由于大唐已步入晚年，宦官专权，藩镇割据，中央大权旁落，宦官集团与方镇及各种利益集团之间的争斗博弈愈演愈烈，致使藩镇朱全忠挟持乃至诛弑昭宗，将韩偓连贬为濮州、邓州司马，乃至威逼南逃，浪迹于江西、福建一带。嗣后韩偓自谑“已约病身抛印绶，不嫌门巷似渔樵”，过起隐居生活。直至82岁时病逝于福建南安。

较李商隐年幼30岁的韩偓，自小就受到姨夫的百般宠爱与关照。而从孩提时起，他就对这位姨夫备感亲近，信赖有加，乃至尊崇备至。早年，李商隐与其父韩瞻情同手足，一同登朝办公，一同吟诗作赋，一同游宴娱乐，小韩偓时而参与其间，备感其乐融融。在李商隐任职秘书省的近10年间，父亲时常携他去姨夫办公的地方和家中探视，姨夫有空也常来与他们欢聚，密切互动，情感交流，相濡以沫，在他幼小的心灵里植下了亲情无价的种子。随着自己钟爱词赋的情窦渐开，他对姨夫的诗文佳作和情感世界倍感兴趣，时常咀嚼反刍，追要析里，直到自以为悟得真谛而谨记于心。尤其对姨夫忧患时政和情思抒怀之类的诗篇，更是奉为至宝，久久不能释怀，进而作为自己的标配，崇尚、欣赏、模仿乃至出神入化。

是种子迟早要发芽生长、开花结果。虽然仕途坎坷，但韩偓的诗文创作却是根深叶茂，硕果累累。终其一生，有《韩内翰别集》一卷，《香奁集》三卷，收入《全唐诗》的佳作竟达280多篇。仕途得意时，多以艳词丽句为诗，格调亮丽清新，充溢缠绵浪漫的色彩。贬逐长安后，目击乱世，患国忧民，尽倾胸中悲愤之情。尤其是晚年入闽，宦意尽退，安享渔樵，咏尽安逸闲适、清空悠远的心灵之歌。总的来看，现实主义仍是主流，其数量之巨，影响之大，可谓唐末诗坛独擎。但若要寻根溯源，探究其诗风格调、神韵意境，乃至构思谋篇、语言表达等，都可从中嗅到李商隐那熟悉的气息，窥到韩偓亦步亦趋、刻意遵循的踪迹以及李商隐音容宛在、气声犹存的影子。

韩偓在唐末诗坛的一个重要贡献，在于对五言诗的再创新格。其诗集中收录的五言绝句竟达一半以上。古代文学史上，五言诗在南朝乐府民歌中，堪称辉煌。诗体内容大都以咏藕歌莲为主，藕喻“偶”莲喻“怜”，尽抒亭阁闺怨。到唐代，则以人称“专攻五言小诗，篇篇乐府遗意”的盛唐诗人崔国辅为代表，将其推上了高潮。韩偓的起步，五言成其专攻的一个方向，抓手就是从效仿崔国辅切入，潜心致力，终见成效，尤以五言“四首”为著。且看其四：

罗幕生春寒，绣窗愁未眠。
南湖一夜雨，应湿采莲船。

语言朴素明丽，风格清新自然，在愁思怜念中透出一种纯朴淳厚、健康乐观的气息。诗作重点观照的是“采莲船”，虽是效仿崔国辅含蓄婉曲的一面，却又将这种风格全方位地上推了一大步。长期以来在诗创实践中，无论得意时的弄花吟月，失之放形；还是失意时的穷愁潦倒，忧心如焚，他都倾尽真情，诉之笔端。在《香奁集》序中他坦言：“余溺于章句，信有年矣”“不能忘情，天所赋也”“粗得捧心之态，幸无折齿之惭”。是如此的坦舒悠远，自信满满！诚然，衡量一个诗人的诗韵风格，断不能离开时代背景、世间百态及个人的境遇生平。时下就有人讥讽《香奁集》为艳体，但正人君子、主流诗人多有好评。清代著名学者冯浩在《王溪生诗集笺注》中称：“余尝读韩致尧《香奁集》，当以贾生忧国、阮籍途穷之志读之……壮志文心，皆难发露，于是托为艳体，以消无聊之况。”还有许多名流学者如震钧、赵衡等，也都赞同这一看法：“至于托事言衷，缠绵凄楚，一而已矣。义山诗法，冬郎幼必师承,《香奁》寄恨，仿佛《无题》，皆楚骚之苗裔也。”一矢中的，不言自明。

又一个重要贡献，是韩偓的感时长诗。他喜欢用七律的形式畅抒胸臆，将纪事与抒怀相融合，即景生情，悲而能婉，柔中有刚，着意像李商隐那样寄情深远，蕴意悠长。他与姨夫一样命运多舛，但悲不失志，苦不丧骨，俨如斗士一般直面厄运的挑战。这在他的一系列七言诗中得以淋漓尽致地展现，试看《三月》：

辛夷才谢小桃发，蹋青过后寒食前。
四时最好是三月，一生不回唯少年。
吴国地遥江接海，汉陵魂断草连天。
新愁旧恨真无奈，须就邻家瓮底眠。

好一幅动乱寥落之地的春景感伤图！你看，生机勃勃的早春三月，却会使人联想到易逝的青春年华。浩瀚的江淮大地，却布满汉陵魂断的萧瑟败落。叹春光易逝，叹青春不再，更叹国运败落颓势难挽！强烈的映衬对比，无伤而倍感忧伤；浓烈的气氛烘托，不言愁而愁已不言自明，诗作的思想性和感染力足以撼人魂魄！还有诸如“死恨物情难会处，莲花不肯嫁春风”（《寄恨》），“梅花不肯傍春光，自向深冬著艳阳”（《梅花》），“曾向天涯怀此恨，见君呜咽更凄凉”（《见离别者因赠之》），“渔翁醉著无人唤，过午醒来雪满船”（《醉著》）等等，或托物言志，寄情深远，或直面现实，一矢中的，以精湛过人的艺术功力尽现患国忧民的博大胸襟。宋人王安石喜好李商隐，认为“唐人知学老杜而得其藩篱者，惟义山一人而已。每诵其‘雪岭未归天外使，松州犹驻殿前军’‘永忆江湖归白发，欲回天地入扁舟’之类，虽老杜无以过也”。清人纪昀亦对李商隐予以高度评价：“千锤百炼，出以自然，杜亦不过如此。”将李商隐知学杜甫沉雄顿挫的浑厚诗风，说得明明白白。同样如上所述，一脉相承，源流同归，品味韩偓的诗作风格、神韵，说他师承李商隐并得其精髓真谛，应该也是名副其实。

韩偓终其一生师承李商隐，还产生了自己意想不到的外溢效应。他倾其一生，探究体学李商隐的诗境立意和表现手法，在自己的诗作中力求微词达意，细腻贴切，令人在可视可触可感中产生幽深静美的审美愉悦，毫无疑问，这确是值得肯定和赞颂的。但出乎始料所及，无形中他却触到了一个契合点，促成了诗境转化为词境的无缝对接，表现为他与宋人李清照诗词上的师承蜕变。且看韩偓的《懒起》：

昨夜三更雨，今朝一阵寒。
海棠花在否，侧卧卷帘看。

将人的心态描绘得惟妙惟肖，灵现如生。而这种诗境恰恰吻合了李清照的心境，她灵机一动，一阕词便跃然纸上：

昨夜雨疏风骤，浓睡不消残酒。试问卷帘人，却道海棠依旧。知否，知否？应是绿肥红瘦。

你看，几乎无须雕琢，添上人物，妙用断句，作品的意境、韵味，便有了新的跃升。还如《偶见》与李清照那阕《点绛唇》等等，同样如出一辙。可见，无心插柳柳成荫，韩偓专致于师承姨夫李商隐，一定程度上却成了婉约派宋词的源头。

行文至此，耳边骤然响起诗坛先辈的诫言：“文章憎命达”“诗人多薄命”。李商隐与外甥韩偓，命运多舛，喋血为诗，于晚唐和唐末诗坛树起了别人难以企及的高峰。而韩偓的脱颖而出终获成功，除了本人的天赋和努力，一个重要的方面，无疑是亲情相伴、诗承经典、相生相长的结果。

一生与金榜无缘的罗隐

晚唐文学家、诗人罗隐，原名罗横，字昭谏，杭州新城（今浙江杭州富阳新登）人。虽谈不上像白居易、李商隐那样诗名盖世，却也因其个性鲜明而举世瞩目。他擅长散文小品，文笔犀利，锋芒所向一剑封喉。鲁迅先生曾赞其“几乎全部是抗争和愤激之谈……正是一塌糊涂的泥塘里的光彩和锋芒”。其诗作颇具乐天之风，言浅意切，素负盛名，《全唐诗》收录其诗作470首，世间流传甚广。清代诗人、文学评论家袁枚赞其“三生金榜无名字，一卷唐诗殿本朝”，足见罗隐真真是唐末文坛特色独具的“这一个”。

罗隐出身于一个败落的官僚之家。先祖和祖父都是朝廷命官，父亲却没混个一官半职，他降生时家境已经相当窘迫了。好在罗隐天资聪颖，勤奋好学，7岁便可为文，稍长其文采已传颂千里。史载“（罗隐）少英敏，善属文，诗笔尤俊拔”，处处显露出非凡的才气。而困顿的家境和亲眼所见满目疮痍的社会现实，使他自幼养成了恃才傲物、愤世嫉俗的习性。文从心出，耳闻目睹大唐晚年君王的昏聩，朝政的腐败，社会动乱的频仍，芸芸众生生存的举步维艰，他都情不自禁地诉诸笔端，予以无情的抨击和揭露，其小品文在文坛引起了强烈的反应乃至轰动。他在《风雨对》《投知书》中阐述天道变化后，一针见血地指出，问题的要害是掌权执事者都是昏庸无能之辈，根源是大道而旁出，大政不问下！此言一出，足令世人惊愕。他身处江浙，直面朝政，叩问苍天，呵斥不公，极力为西施翻案，他在《西施》中云：

家国兴亡自有时，吴人何苦怨西施。

西施若解倾吴国，越国亡来又是谁？

如此独辟蹊径的立论，反对把亡国之罪归于"女祸"，矛头直指上层统治阶级，其锋芒所向使得走向衰亡的李唐王朝如芒在背。罗隐的诗文另类发声，鹤立鸡群，赢得了文坛和世人的喝彩。自然，他亦被统治阶层掌权执事者紧紧盯住，屡屡列入黑名单。

久怀入仕报国之志的罗隐深知，家境败落，自己既无荫护入仕的背景，又无幕府举荐的人脉，欲达此目标，只有"华山一条路"——应试科考了。宣宗大中十三年（859 年），踌躇满志的罗隐从江南赴京，信心满满地参加进士第的科考应试。试题自然是以诗赋应答为主，这对于罗隐来说乃是小菜一碟。只见他稍加浏览，匆匆就笔，第一个交卷，气宇轩昂地信步离场。待到放榜当日，稳操胜券的他望眼欲穿却怎么也寻不见自己的名字。落榜了，没关系，胜败乃兵家常事，再看来年，罗隐如此自我劝解。此后，他并没有如同其他举子一样继续发愤备考，而是没事儿人一般游历京城和中原大地。此后连续两年应试，依然落榜不第。此时别的暂且不谈，困厄长安三年，早已囊中羞涩，加上身染病患，四顾茫然，百感交集，他只有耿耿结怨于世不我遇，《春风》诗曰：

也知有意吹嘘切，争奈人间善恶分。
但是秕糠微细物，等闲抬举到青云。

他以“不识好歹”的春风作为鞭挞的喻体，对朝政和考官予以辛辣的讥讽。一些秕籽劣糠、酒囊饭袋竟被你们推举直上青云，而我这般足堪大任之士却被屡屡打入冷宫。这是什么世道！倾尽凄凉悲愤之余，罗隐依然如昨：一边对科试和考官谴责有加，一边对应试而求仕执着不移。

直至懿宗咸通八年（867 年），罗隐已经七试不第了，而自己已迈入 35 岁这个尴尬的年龄。残酷的现实终于使他认清了真相：世不我遇原来是世不我容！此时他格外地理性和沉静：一不做二不休，索性将自己多年来的小品诗文编辑成册，将真实的自我完整地展示于世。“好言人之恶，谓之谗”，遂取名《谗书》，终成五卷。书成后，罗隐遂向多名官员投了干谒书，随附《谗书》，一鸣而惊天下。书中一词一句如同利刃，足令当权者心生忌惮。而又言辞犀利，文采斐然，嬉笑怒骂皆为上乘，涉笔成趣发人深省，一时朝野哗然。《谗书》的问世，又为上层权贵愈加憎恶，罗隐随后几年的断续应试，自然是泥牛入海了。无奈世传“谗书虽胜一名休”，罗隐亦自称“十二三年就试期”，终于无果而终。抚今追昔，感慨万端。此时他万念俱灰，只有聊以《自遣》道：

得即高歌失即休，多愁多恨亦悠悠。
今朝有酒今朝醉，明日愁来明日愁。

这种看似超然的调侃，这种出离悲愤的冷漠，完全是罗隐内心落魄绝望的写照。咸通十二年（871 年）罗隐礼部春试失利后，剪发明志，断然决定将名字罗横改为罗隐。此地不留爷，爷归江湖山林去！从此横下一条心，与前世挥别，隐于天地万物混沌自由中，重塑一个全新的自我。

罗隐在应试求仕、困居长安的十来年间，经历了万千世相，受到了血泪交加的多重洗礼。他顽强地跋涉在风急雨骤的泥径上，受尽屈辱而不坠青云之志，屡遭扼杀而不移铮铮铁骨。在跌宕起伏的岁月里，他醒悟，他求新，他奋争，始终诗情喷发诗意盎然。历经数载，浴火中来，激情依旧，人却从一个文弱稚嫩的书生，终于成长、蜕变为一个成熟清醒、无所畏惧的斗士。

来到长安开初几年，身临其境，耳闻目睹官场的黑暗和腐败，人心的不古和龌龊，世间的丑恶和不公，使罗隐在触目惊心的同时倍感忧伤，心绪黯然，有时甚至止不住临风惆怅、感物伤泪。看到瑞雪纷飞，心中却哀叹“尽道丰年瑞，丰年事若何。长安有贫者，为瑞不宜多”。看到璀璨的杏花，一阵悲叹尘世多舛、人生莫测的伤感又袭上心头：“暖气潜催次第春，梅花已谢杏花新。半开半落闲园里，何异荣枯世上人。”如此多愁善感，罗隐愈益感到自己使命的庄严，不禁频频向往自己入仕居官后大展拳脚弃旧图新的模样。孰料几年科考下来，屡遭不第，坠入冰窟，使他一时置身矛盾死结之中。怨恨、自责、悲叹、伤感，深陷五味杂陈的渊薮而难以自拔。在度日如年中煎熬，在失望落寞中挣扎，罗隐仍在苦苦寻求渺然中一线仅存的生机，他在《投所思》中说道：

憔悴长安何所为，旅魂穷命自相疑。
满川碧嶂无归日，一榻红尘有泪时。
雕琢只应劳郢匠，膏肓终恐误秦医。
浮生七十今三十，从此凄惶未可知。

在长安应试期间，罗隐在内心深处，在情感世界里也蒙受着多重折磨乃至摧残。这对他锤炼意志、完善自我乃至破茧重生，都有着积极的催化作用。咸通五年（864 年），他已是第五次应试不第了。连续落榜，心中郁闷至极，愤懑至极，无奈他外出游历以求解脱。途中却接到家函告知，他年仅 29 岁的发妻，因病不治，未能见他一面而撒手人寰。这无异于晴天霹雳，在他备受煎熬的心口又割开了一道血淋淋的伤口。在居家治丧的日子里，他内心一刻也难以平静，想到爱妻的辛劳持家，想到她渴望夫君功成名就的殷殷眼神，他终于铁下心来再求一搏："病想医门渴望梅，十年心地仅成灰""谷畔气浓高蔽日，蛰边声暖乍闻雷"。料理完丧事后，罗隐便匆匆北上了。

其间许多学子变故离京，无疑又为罗隐脆弱的情感，平添了无限的伤痕。几年下来，一些求仕学子，因为家庭变故、经济拮据、积劳成疾等，先后离京而去，这在与之同病相怜、患难与共的罗隐心头，无疑又掀起了一阵怅然伤别的波澜。结下深厚情谊的寒门学子顾云，经年不第，家庭不堪重负而告退，使罗隐顿生兔死狐悲之痛。在频频举杯饯别中他不禁潸然泪下："年深旅舍衣裳敝，潮打村田活计贫。百岁都来多几日，不堪相别又伤春。"一次清明节游览曲江时，罗隐与友人田苏不禁想起了两年前壮志未酬而逝去的一位江陵密友，更是波澜骤起心中久久难以平静。不仅使他体味到患难见真情的珍贵，更铁定了他继承友人遗愿金榜题名的决心，有诗《清明日曲江怀友》曰：

君与田苏即旧游，我于交分亦绸缪。
二年隔绝黄泉下，尽日悲凉曲水头。
鸥鸟似能齐物理，杏花疑欲伴人愁。
寡妻稚子应寒食，遥望江陵一泪流。

科举取士的制度，在摇摇欲坠的晚唐时期，已经被严重地扭曲败坏了。许多具有真才实学、规规矩矩的学子被视如敝屣，一些弄虚作假、靠行卷送礼的钻营者往往被奉为至宝，造成这种状况的根本原因，在于政治的黑暗和官场考场的腐败。罗隐对此屡见不鲜。他不屑，他气愤，但基于功名和生计他又不得不就范，明知希望渺茫但一线希望尚存他又不得不争取。这就是罗隐科考屡屡落榜、屡败屡战的实情。以他的才气学识，真考也就是小儿科。所以在间歇的日子，他都尽情放松自己，游历山水，察访古迹，一方面为拓展视野，澄澈心扉；一方面蓄能造势，使自身不断得以丰羽提升。

拜谒了仲舒墓和望思台，他对汉朝独尊儒术成就一代伟业而深感敬佩，又为时代变迁雄风不再而不禁唏嘘："可怜高祖清平业，留与闲人作是非。"在始皇陵和焚书坑前，更是感慨万千。当年焚书坑儒那么惨烈的一幕，史越千年，却见"千载遗踪一窖尘，路傍耕者亦伤神"；而作为彪炳显赫的千古一帝，临终更是走向虚妄，乞求长寿，倒毙在寻仙炼丹途中。世事竟是如此的荒诞不经，"六国英雄漫多事，到头徐福是男儿"。站在马嵬坡头，怅望西蜀，回顾长安，更让他思潮难平："佛屋前头野草春，贵妃轻骨此为尘。从来绝色知难得，不破中原未是人！"重色误国本是前朝君王的罪孽，而今的君王骄奢淫逸，皇权旁落，不思国治，距亡国又能有几步之遥？

经事长见识。居京的十多年间，罗隐伤痕累累，感慨满满。他气愤过，伤心过，又在焦灼、挣扎着。他深知自己的悲哀，不仅在于看清了事物的真相，更在于看清真相之后甘于就范，而丝毫没有改变的勇气和力量。现在终于得以下定决心，抬头挺胸，步履坚定，冲破迷茫，走向新生。他要彻底告别这如同亘古黄河一样的泥沙俱下、混沌污浊不堪的朝廷官场和科举考场，有诗《黄河》为证：

莫把阿胶向此倾，此中天意固难明。
解通银汉应须曲，才出昆仑便不清。
高祖誓功衣带小，仙人占斗客槎轻。

三千年后知谁在？何必劳君报太平！

退隐江湖决心已定，罗隐头不往回地逃离京城。他向旧友、时任湖南观察使于瑰的幕府求职，得益于他的才气名声，得到一个衡阳主簿的职位。这主簿属文职又是虚职，罗隐好不欢喜。有官俸供着，自己却得闲游山玩水，怡情弄性，是他有生以来从未享用过的快乐时光。京城求仕的经历不堪回首，而今衣食无忧蓄势待发前景可期，罗隐的心境终于得以安稳平和，心态也坦然淡泊了许多。

咸通十三年（872 年）年初，罗隐在回乡东归途中，于钟陵（今南昌）遇到了旧时相识的名妓云英。说也凑巧，当年初次赴京赶考，罗隐就在此与云英相识。这云英，虽谈不上姿色妖冶，在当地却小有名声，她暖心快语，在与罗隐茶酒相敬、歌诗酬唱中，互有好感，结下情谊。见到十多年前的老朋友，云英依然快言快语：“罗公子，还未脱白啊？”罗隐并不尴尬，笑道：“彼此彼此，你不也单着嘛。”谈笑间赠诗一首。在那个年代，罗隐将读书人与妓女相提并论，虽说有点不合世俗，也反映出他的开明，折射出他的无奈。这段趣事后来衍生出一个“云英未嫁”的成语，不胫而走，《赠妓云英》曰：

钟陵醉别十余春，重见云英掌上身。
我未成名卿未嫁，可能俱是不如人。

星移斗转，时光如梭。此后经年，罗隐随友人四处游历隐居于大梁、夏口、池州等地。其间经不住友人劝解和官场诱惑，罗隐断断续续又应考了几次，均无果而终。时至 55 岁，已过知天命之年，诗名盖世，而求一个进士头衔终不可得，这该是多么辛辣的讽刺！

僖宗乾符六年（879 年），随着黄巢起义动乱骤起，罗隐与友人一同隐居池州九华山。洞中静观风云变幻，横眉诡谲时局，倒也格外有趣。时义军破城入京，僖宗遂上演先祖玄宗那一幕，仓皇西逃入川。只是可恨可笑的是，随行中除朝臣、嫔妃外，还带着一个耍猴的，供随时开心取乐。后来皇上一高兴，竟命弄猴儿列班上朝，赐官五品“孙（狲）供奉”。罗隐奋而挥笔：“十二三年就试期，五湖烟月奈相违。何如买取胡孙弄，一笑君王便著绯。”你不给我进士，不让我居官，我才羞于与你们为伍呢。

隐居九华山数年间，罗隐一行朝饮遗露夕赏月，释老相伴润我心，究风云，穷物理，极壮观，养正气，岁月悠悠分外舒心。“黄尘初起此留连，火耨刀耕六七年。雨夜老农伤水旱，雪晴渔父共舟船。”后来外出云游，不亦快哉。他们游历扬州，目睹故都美景而大发感慨：“广陵大醉不解闷，韦曲旧游堪拊膺”“至竟不如隋炀帝，破家犹得到扬州”。遨游楚地诸城，缅怀先贤，更是不禁唏嘘：“废宫荒苑莫闲愁，成败终须要彻头”“欲招屈宋当时魄，兰败荷枯不可寻！”怅望浩瀚的江水，不禁感慨时光无情，年华不再。“野水无情去不回，水边花好为谁开。只知事逐眼前去，不觉老从头上来。”如此放眼展望，敞开胸襟，与江河山川对话，悟天地宇宙玄机，一晃又是数年。

值得一提的是，其间罗隐与李商隐曾有“密接”。四川有一处古迹，是诸葛亮当年北伐时驻军筹谋的地方，名曰“筹笔驿”。李商隐晚年从梓州幕府东归时，途经此驿留下笔墨：“管乐有才真不忝，关张无命欲何如？他年锦里经祠庙，梁父吟成恨有余。”数十年后罗隐西游入川，经过此驿时同样赋诗一首：“抛掷南阳为主忧，北征东讨尽良筹。时来天地皆同力，运去英雄不自由。”商隐罗隐自然无缘相见，但二隐这两首同为歌吟诸葛亮命运的同名诗《筹笔驿》，其高下短长，却令后世诗坛仁智相较，千百年来锤音难定。自然，这同时也为罗隐增色不少。

多年的游历隐居生涯，使得罗隐兼纳并蓄，心宇旷阔。虽然气定神闲，但常常伴随目光如炬而耐不住心扬海波。动辄神情激荡，或自问“如今赢得将衰老，闲看人间得意人”；或狂飙“不将不侯何计是，钓鱼船上泪阑干！”僖宗光启三年（887 年），罗隐仗言“一个祢衡容不得，思量黄祖谩英雄”，回归乡里，投书杭州刺史钱镠。终逢知音受重用，遂任钱塘令，拜著作郎。多年后钱镠任镇海节度使，又任罗隐为节度判官、掌书记。哀帝天祐五年（908 年）朱温篡政立后梁，唐亡。罗隐曾动议钱镠讨梁，后来又力阻钱镠臣服后梁，其英烈气节使钱镠深为敬佩。嗣后钱镠表授罗隐为吴越国给事中，三年后逝于任上，终年七十又七。事遂人愿，罗隐终生虽未能戴上进士金冠，却也过了一把居官入朝之瘾。

虽然一生金榜无名，但始终无碍他演绎波澜壮阔的人生活剧。“一恸旁人莫相笑，知音衰尽路行难。”史实表明，罗隐，实乃唐末一位“名齐温（庭筠）李（商隐）”的大诗人，一位义薄云天的真汉子。

劳燕分飞三公子

春节刚过，李商隐便背起行囊，匆匆上路了。

他 10 岁时父亲病逝，全靠母亲支撑着一家人的生计，养育他和弟弟，生活困顿，苦无出路。为寻求功名，顶着寒风，十六七岁的他便只身前往汴州（今河南开封），欲向太尉令狐楚投师行卷。到得汴州，两眼一抹黑，打探无着，眼见黄昏了，饥肠辘辘，食宿尚无着落。在这焦虑无解之际，有人在他肩头轻拍了一下，由此便结识了同为学子的太原少年温庭筠（字飞卿）。

相同的青春浪漫憧憬，相同的科举求仕追求，素昧平生的李商隐和温庭筠他乡相识，瞬间便抹平了陌路生疏之感。基于温庭筠的坦诚与热情，李商隐便投宿于他寄住的客栈，食宿、诵读、宴饮、游历，两人形影不离。原来，年幼一岁的温庭筠，既是向令狐楚成功行卷的门生，又是来往于汴州的常客。他谙熟此间的潜规则，看到李商隐焦急难忍，他并未多言："你尽管寻访打探，我静心诵读休闲。"待到李商隐连日来四处碰壁返回住处时，他才不愠不火地道来："哥哥，行卷的学子千千万，而大师仅此一人，奈何！”观见李商隐一脸的惶惑无奈，接着又说：“玄妙之事当然自有‘由头’，哥哥听我安排可好？”这个放荡公子温庭筠，真让李商隐哭笑不得。没想到他一语破的：“大师的二公子令狐绹与我乃密友，以他为桥，保准无虞！”于是，在温庭筠安排的饭局上李商隐与令狐绹结识。相互交谈中得知，李商隐祖上与唐高祖同族，温庭筠乃唐初宰相温彦博之后，三人均出自名门显贵，顿显其情融融。遂自纵情欢颜，把盏相敬，吟诗共赏，胸襟互见。年长十来岁的令狐绹对李商隐的才情和诗文大为赞赏，答应将他备好的《圣论》《才论》及相关诗作转呈父亲，以作试探。这一下，李商隐久悬的心，总算落了地。

不久，令狐府上传佳音。李商隐来到府上，施礼、跪拜、倾谈，大师盛赞少年学子的英雄气概，李商隐则折服于大师的渊博与大度。未几，大师唤出自家绪、绹、纶三个儿子，待四人施礼互见后，手指李商隐坦言：“义山呀，老夫看你的学识才情，均在三犬子之上。我一只羊是养，一群羊也是养，你若不嫌，就搬来府上住读。你四人兄弟互称，切磋与共，互勉相长。”这真是李商隐梦寐以求的幸事！此后，他不仅与三位公子同窗，还能随时聆听大师的教诲，而同为门生的温庭筠自然也成了府上的常客。大家一起研习诵读、作诗填词、饮宴娱乐，李商隐不仅诗文见长，与令狐绹、温庭筠三人间的关系也日见亲密。

一日，三人相约酒肆畅叙。酒酣，令狐绹一改往日缄默少言，竟口出滔滔，言说当年初唐三杰王之涣、王昌龄、高适，于天寒微雪之日在酒亭小饮，忽见梨园伶官率一群艺伎登楼会宴之事。那三人围着火炉看热闹，一时心血来潮约定：咱三人诗名不相上下，今日可看她们歌吟，以吟唱诗作多者为上。言毕，断续有艺伎吟唱高适一首、王昌龄二首，两人不禁雀跃起来。只见王之涣双手一按：且慢，你二人看清，艺伎中间那位年岁稍长而又最漂亮的，必是头牌。她若开口未唱我的诗，此后我绝不与尔等争雄！未等二人首肯，一句“黄河远上白云间”便从那位靓伎口中夜莺般地飘飞过来。讲到这里，李商隐凝神静思，温庭筠倒是难耐冲动：“呵呵，英雄相惜呀！比起三杰来，我等三人各显千秋。绹哥为文天下第一，义山作诗世间称雄，至于词嘛，头筹自然归我！我等三人砥砺共进，并驾齐驱，日后定会各领风骚，为世瞩目！”

自古华山一条路。唐代若要求取功名，唯有科考及第取士为官，而对仕途门槛外跃跃欲试的万千学子而言，理想浪漫而丰满，现实却是十分骨感而惨烈。

且看三公子吧。

令狐绹出身名门，古体今文闻名遐迩，加上有其父令狐楚的威名与人脉，但仍初试不中，直至太和四年（830年）35岁时才进士及第，历授任弘文馆校书郎、左拾遗乃至右司郎中。唐宣宗即位后，一日问及宰相：“昔日父皇宪宗入葬景陵时，突遇大雨，唯见一多髯老臣，攀扶灵舆，风雨不避。此系何人？府内可有朝臣？”承先父令狐楚的恩泽，令狐绹从此官阶直上，乃至当朝宰相，侍奉宣宗达10年之久。

温庭筠却极为不妙。他聪颖过人，才思敏捷，但自恃祖业丰厚，放荡不羁。对仕途他既向往又鄙夷，逢人便说“官场无真情，青楼有知音”。还自嘲：我字飞卿，是公卿也早飞了。这些调谑戏言，坊间早有流传，亦为考官所熟知。尽管每试他都是文采飞扬，一气呵成，但考官虑及他的恶言劣行不予录取，或初录后为主考官一笔勾销。不仅如此，他还善于捉刀代笔，往往他帮助过的人累累及第而自己仍两手空空。一次，他替京兆尹之子吏部应试假手作赋，事发后被逐出京城，至此他成为当朝史上科试次数最多、能力最强而又终未及第的“霉饽饽”。因而他此后余生，除少数时段外，大都于京城之外辗转奔波，或供职于幕府，或栖身于亲朋。一生坎坷，终生潦倒。

李商隐则更惨。他善为诗文，天下闻名，耳畔褒声使涉世未深的幼稚平添了盲目自信；他是令狐楚的得意门生，人所共知，在党争日盛的当朝成于斯亦败于斯。随着令狐楚的升迁谪贬，他的命运也犹如浪中行舟，科考求仕自然是屡试不中。直到令狐楚谪贬兴元节度使后给已为左拾遗的绹儿致信，令狐绹对主考官宴请礼贿，方使苦熬十年、年已26岁的李商隐中了进士。谁知此后受泾原节度使王茂元的邀请，李商隐到其幕府供职并与其女儿成婚，终将自己置于政治斗争的风口浪尖。令狐楚与王茂元分别为牛李党争中两派各自的中坚，身为令狐楚的得意门生又成为王茂元的乘龙快婿，使得李商隐在两派营垒中有口难辩。他自持中立，效法杜甫“致君尧舜上，再使风俗淳”，立志“我愿为此事，君前剖心肝”，但两边均不买账，不选边反倒把两边都得罪了。党争夹缝中求生挣扎，使他在京城无法安身，只能在外地幕府求职，四处漂泊。年届不惑时，迫于生计，无奈参加吏部释褐试，却被授予一个小小的县尉，官阶反比10年前低得不能再低。日复一日无休止的奔波与操劳、困顿与苦难、忧虑与煎熬，使李商隐心力交瘁，油尽灯枯，46岁时便在呼天唤地中愤然辞世。

常言道：时势造英雄，命运捉弄人。当年把酒当歌的三公子走向社会后，随着人生活剧的陆续展开，也都逐渐步入了诡谲多变、艰险莫测的渊薮。

自幼成长于相府的令狐绹为官后，循规蹈矩，自是常态。对温庭筠的玩世不恭，也由过去的无视与宽容，转变为鄙夷、不满乃至严厉斥责其有辱相门的名声。温庭筠则宠辱不惊，旧情难忘，照例来往于令狐府上叙旧游玩。一次，唐宣宗拟就一首诗稿，询问令狐绹“金步摇”应以什么巧对时，适逢温庭筠进来，开口便答“玉兔脱”，金质首饰对玉料臂佩，宣宗一边转身一边连连称妙。令狐绹询问典出何处，温庭筠脱口而出：“《南华经》呀，通俗读物，难道丞相没有读过？”不经意间的一句话，却深深刺痛了听者的心。事后温庭筠又在朋友间戏言“中书省内坐将军”，将当朝宰相笑谑为一介武夫，传到令狐绹耳中更不是滋味。为讨好皇上，令狐绹放下身段，请求温庭筠将其拿手的《菩萨蛮》20首，由他转献宣宗，并连嘱严格保密。孰料温庭筠一次酒后失言，道破了天机，使令狐绹的老脸无处安放。旧怨新仇一起算。当宣宗欲起用温庭筠向令狐绹征询意见时，令狐绹直言“华而不实，徒有虚名，不堪重用”，一句话便把温庭筠打入冷宫。

令狐绹与李商隐的梁子愈结愈深，则缘于两件事。其父令狐楚兴元病危时，李商隐未能及时探望，谓之“忘恩负义”；娶王茂元之女为妻，谓之“认贼作父”。事实是李商隐心忧体虚，一直在老家养病，闻讯后即带病赶往兴元，到后连日跪拜、求安，还受恩师之托，代笔向皇上进表。令狐楚临终时对老夫人及众儿深嘱：吾爱义山，当如亲子；你们兄弟当以同胞相待。不知令狐绹由此结怨，缘由何来？至于“认贼作父”，未免将亲情政治化了。李商隐单纯善良，并已用言行再三表白，夫妻归亲情，至于政治立场，他恪守中立，忠义不渝，令狐绹对此心知肚明却仍由此将儿女情思擢升为家国仇恨，政治化的后果是，官场上对李商隐的诬陷、排挤接踵不止。李商隐势单力薄，自然身陷深渊而无力自拔。

上帝为人们关上一扇门，自然就会打开一扇窗。令狐绹自幼心窄性缓，谨小慎微，当上宰相后对宣宗言之诺诺唯命是从，致使其为相十载庸庸碌碌政绩平平。而身居官场，为利益为自保，他也曾出过阴招，不惜置朋友于死地；也曾利用权势，使家族子嗣未试而官，还随募滥扩本姓家族，以与当朝崔、卢两大势力抗衡。天理无欺，他如此作为自然为世难容。唐宣宗逝后，令狐绹立马遭贬外放了。相形之下，处于社会底层、与命运顽强抗争的昔日好友，李商隐和温庭筠则初心不改，矢志不渝。他们面对厄运，从不低头，相互慰藉，喋血前行。在同命运博弈的同时，倾情于钟爱的奉为神圣的诗词创作。苦难的经历成为创作不竭的动力源泉，辛酸的血泪化作撼天动地的神韵情思，为世人献上一首首绝世精品。

李商隐的诗作，题材广阔，意境幽深，诗风瑰丽清新，语言深情优美，不仅诸体皆备，更以绝律见长。不仅留下了诸如“夕阳无限好，只是近黄昏”“身无彩凤双飞翼，心有灵犀一点通”等千古名句，还独创意念为诗，呈现出系列咏物抒情诗、爱情诗、无题诗等绝世佳作，造就个人比肩李白、杜甫的人生顶峰，留下了文学史上为世待解的千古之谜。温庭筠生性乐观，率真由心，他看似玩世不恭，实则除心性使然外，更主要的是对社会现状的不满、对命运不公的抗争以及对久久压抑的悲苦情思的宣泄。他对诗词的创作及贡献成就斐然，独树一帜。他锐意为词，题材多样而又侧重风情，词风婉丽、舒朗通俗、明快而又情致饱蕴，是古代文学史上致力于“倚声填词”的首位文人，亦是将民间词转化为文人词的集大成者，其成就和风格使之世尊“花间词派”的鼻祖，继而成为宋词婉约派的源头。他诗词皆工，诗歌创作同样声名盖世；仅《商山早行》中一句“鸡声茅店月，人迹板桥霜”，不仅《艺概》赞之“精妙绝人”，还令宋代大文豪欧阳修赞慕不已。相传欧公吟此玩味不尽，反复推敲而自吟“鸟声茅店雨，野色板桥春”，又摇头苦笑自叹不如，足显其诗作的绝世魅力！

曾几何时，不可一世的令狐绹，早已淹没于茫茫的宦海之中，而同为苦难兄弟的李商隐、温庭筠因其纯美的人格和文学史上卓绝的建树，流芳千古。

“休问梁园旧宾客，茂陵秋雨病相如”（李商隐《寄令狐郎中》），显赫一时的晚唐三公子分道扬镳了，但留给后世的印记及引发世人的思索，至今依然悠悠没有穷期。

历史终究要回归正义

1958年，在阅读《新唐书·刘蕡传》时，毛泽东深为中唐俊伟刘蕡慨然于澄清天下之志、浩然于急切救世之愿的壮举所打动，在当年刘蕡应试贤良方正科考时的《策论》旁批注“起特奇”。阅后，毛泽东沉思良久，凛然提笔书就一首《七绝·刘蕡》(引自中国共产党新闻网)：

千载长天起大云，中唐俊伟有刘蕡。
孤燕铩羽悲鸣镝，万马齐喑叫一声。

被柳亚子誉为“推翻历史三千载，自铸雄奇瑰丽诗”的史论伟人毛泽东，从风华正茂的学子时起就喜欢对我国历史上的重大事件和人物纵横捭阖，指点评说。他以其辽阔的视野、博大的胸襟、通古贯今博驭百科的丰富知识，对历史予以鞭辟入里、精到准确的评述，其结论往往令人耳目一新而又由衷折服。那么，面对苍茫浩渺的史海，一位中唐时期位卑身微的小吏刘蕡，怎么能引起日理万机、披冗品读的毛泽东的兴趣，并倾注极大的热情予以批注、诗赞呢？

事情要追溯到唐代中叶太和年间。唐文宗李昂登基以来，日子过得很不清爽。想自己自幼生长于宫中，耳闻目睹了皇位更迭的诡谲风云和宦官集团瞒天过海的无边法力，特别是其父穆宗、其兄敬宗在位六七年间，朝政大事完全受制于宦官，导致自身最终被废或被害于宦官之手。这血雨腥风、刀光剑影的一幕幕，几年来不时浮现眼前，使他食不甘味夜不安寝。好在经过这几年痛定思痛，他逐步理清了思路，立志作为一国之君，应当重振朝纲，有所作为。

文宗太和三年（829 年），即位第三个年头的三月二十五日，唐文宗亲自在殿前主持了名为“贤良方正”的制举御前考试。参试人员有及第进士、在职官员和其他有识之士，命题是为重振朝纲、中兴大唐而广开言路、直言极谏。考前还诏示，对于成绩优异者，可直接授官晋阶。正是在这次科考中，于文宗即位当年进士及第的年轻人刘蕡，燃爆了一枚重型炸弹。

刘蕡，字去华，幽州昌平（今北京昌平）人，自幼敏思好学，习五典，读春秋，通晓天下兴亡之道。元和末年以来，宦官势力不断兴起日趋强势，其践踏朝纲，作威作福，直至贬臣弑君，拥立天子，弄得满朝君臣瞠目，却无人敢言，对此国之恶瘤，刘蕡尤其积愤于心，疾恶如仇。应诏参加此次制举，正好为他赢得了一次尽情宣泄、一吐为快的难得良机，他的积怨如同火山爆发。刘蕡在《策论》应对中立意高远，势如破竹。他首先从国君最为关注的四项大事起笔，即宫闱将变、社稷将危、天下将倾、四海将乱，这无疑紧扣此次制举的初衷，为他拔得了制胜的头筹，接着他一针见血地指出当今朝政最大的弊端，乃宦官专权。在历数宦官的种种恶行、恶果的基础上，开宗明义，点明皇上乃铲除弑君篡位的根源，要想重振国之中兴，就必须自身正直，远离万恶的宦官，阻断其参政，剥夺其兵权，约束其骄横之心；同时拨乱反正，彻底还政于朝，将朝廷大权交于宰相，将兵权交于将帅，以求国运大势的逐步好转。刘蕡的策对洋洋六千言，国运系之，义薄云天；切中时弊，针针见血；建言献策，字字珠玑，道尽天下士人之心，士子们无不拍手称快，群臣们也齐声叫好。然而对于文宗皇帝来说，这无疑是接过了一个烫手山芋。

及至次月九日发榜，录取贤良方正二十三人，此前呼声甚高的刘蕡却榜上无名。对此，群臣反应强烈，士子们更是炸开了锅。时被录取并授予河南府参军的进士李郃更是愤声疾呼："刘蕡不第，我辈登科，实厚颜矣！"并提出将自己所授官职让于刘蕡。但朝廷始终没有回应，士子们联袂上疏文宗，亦是泥牛入海。

细作思量，如此结局实乃必然。宦官集团大权独揽，横行朝野，虎视眈眈，满朝文武百官噤若寒蝉，在此情势下，刘蕡虽独树一帜，但果真官场相见时，不仅孤掌难鸣，还自寻死路。面对刘蕡的策论，文宗虽然心有共鸣，但丝毫不能表露。他深知自己是如何上台的，更明白处置不当会是什么后果，加之他自幼成长于宫中温室，缺乏帝王的筋骨历练和担当大气，思来想去还是不敢任用刘蕡。文宗如此轻率而行的后果便是养虎为患，宦官集团从此更加肆无忌惮，不把皇上放在眼里，直接导致后来甘露事变发生，正直的宰相大臣尽遭杀戮，文宗被彻底架空，变成了宦官首领颐指气使的傀儡，从此一蹶不振，不久便忧郁而崩。刘蕡一心为国运、为朝廷着想，早把个人仕途乃至生死置之度外，不灰心，不气馁，依然昂首挺胸，以自己的方式慨然前行。宦官的风刀霜剑激励着他斗争到底的决心，士子朋友们的抚慰更增添奋发抗争的力量。他参与集会、演讲，朗读宣示自己的策论檄文；他四处游走，揭露控诉宦官专权的弊端和罪行。有良知的人们深为他的苦心和毅力所感动，连连发问：上苍有眼吗？天道在哪里？！

7年后，前任宰相、封疆大吏令狐楚调任山南西道节度使，有感于刘蕡的政见、气节和名声，毅然延请他到幕府任判官，并力谏朝廷授其秘书郎。令狐楚调离时，又荐刘蕡到其师友牛僧孺的幕府任职。二人均将刘蕡尊为上宾，待为师友。刘蕡更感庆幸的是，在令狐幕府结识了从此引为知己的诗人李商隐。二人相濡以沫中气声相通，情同手足，成为肝胆相照的血盟之友。

60年后，时光定格在唐昭宗李晔的天祐年间。积前朝几辈人的努力，至此基本廓清了祸国乱政的宦官势力，剪除了宦官为非作歹的枝枝蔓蔓。在一次朝议这项历史伟业时，拾遗官谏言："今之盛况，盖源于刘蕡当年舍身报国的义举，应感佩其根除阉党祸乱的胆识勇气和超群卓见，为其昭雪并加封以告慰天下。"缅怀前朝忠臣的历史功绩，朝廷遂追授刘蕡为右谏议大夫，封昌平侯，同时昭告天下，勉慰九泉之下的英灵。

壮哉，英雄刘蕡！

偶然的背后是必然

历史往往有着惊人的相似之处，同过往的朝代一样，大唐中晚期的历史上，也堆砌着许多举世瞩目而又令人费解的偶然事件。如何透过现象看本质，拂去灰尘而找到珍珠？事实证明：拘泥于了解表象而沾沾自喜，局限于人云亦云而浅尝辄止，势必会坠入云里雾中而难以寻得真相，只有不被表象所迷惑，不为偏见所误导，执着于客观历史的研究、分析并为之付出大量艰苦的努力，才有可能寻得事物的真相，进而把握其发展的内在规律。正所谓凡事可能有其偶然的凑巧，但实质和结果都是一如宿命的必然。

不妨看看中晚唐历史上这三笔往事。

第一笔：王叔文最大的命运不济——母丧

王叔文可是唐顺宗贞元年间叱咤风云的显赫人物。作为辅佐太子 18 年的东宫智囊集团的头号功臣，太子李诵即位后，王叔文擢任翰林学士。

当时的翰林院在权力上替代了宰相府，王叔文可谓权倾朝野。时有其盟友刘禹锡，想在御史大夫武元衡兼任的山陵仪仗使那里谋个兼职而不得，王叔文亲自求情亦是热脸贴了个冷屁股。这王叔文何等人物，一气之下将武元衡贬为闲职太子左庶子，哪儿凉快哪儿待着去！李诵即位前就身患中风不语，登基后只能隔帘施政，全靠宦官李忠信和宠妃牛昭容陪同实施。其施政链条是：王叔文决策，由其盟友通报给李忠信，继而转报牛昭容，牛妃呈于顺宗而成诏，再交于宰相府执行。由此可见王叔文居中起着至关重要的作用。

由于朝廷里翰林院越过了中书省，替代了宰相府，加之王叔文多有决策失误，以及其资历、名望、实力的不足，很快就激起了新老朝臣和宦官集团的不满，并发展为四面树敌，对方急欲将之扳倒而后快。就在两军对垒、生死决战的关键时刻，王叔文得到一个天大的噩耗：母亲病故。按唐代官员的惯例，他必须辞官归乡，服丧丁忧，而他这一重要时刻的缺席，直接导致他代表的集团的溃败，他自己也落了个外贬途中为新皇赐死的悲惨下场。

时人认为，是母丧这个偶然因素导致了王叔文政治命运的彻底毁灭。果真如此吗？

风起于青萍之末，势成于细事之端。事实上，王叔文的垮台与毁灭是宿命使然，是他政治生涯发展的必然结果。李诵 19 岁时被册为太子，在其后的 20 多年中为保储位，长期处于惊恐忧虑的压抑状态，最终在贞元二十年（804 年）九月突患中风不语。而次年正月，其父德宗驾崩，李诵遂即位，是为顺宗，改年号永贞。基于过去长期与其智囊团厮混的缘故，李诵与王叔文一干人等在情感、政见上早已情同胶漆，其中王叔文的智慧与远见尤为他所赞赏。

登基伊始，顺宗就支持王叔文等人发起政治变革，史称“永贞革新”。其主要内容是：抑制宦官，取缔扰市害民的宫市和“五坊小儿”，进而收缴宦官的兵权，以消除宦官专权；抑制方镇，收缴地方财权、人权，以强化中央集权；抑制陈旧势力，抑制苛政，治理贪腐，以获得民心；等等。这些举措事关国运，却击中了宦官集团和朝中利益集团的痛处，而王叔文起用的新人大都缺乏施政经验，头脑膨胀，手段强势，这就引起了普遍的不满。反对派慢慢结成联盟，虎视眈眈，以待时机。唐顺宗即位后身体每况愈下，册立太子一事屡被提上日程。尽管顺宗本人和宰相们都很热络，但手握重权的王叔文却因虑及分权及前程不保而力主反对。这使他与皇帝产生了分歧，以致被疏远而失去了关键的支撑。在宦官的游说和宰相群臣的支持下，顺宗毅然决定册立长子李纯为太子，并于当年七月下旬下诏：国政事务全部由太子监国。6天后的八月初顺宗再次下诏：太子继位，自己改称太上皇。第二天李诵便移居兴庆宫，次年正月驾崩。可见在宦官集团的重压和太子一党的威逼下，皇帝李诵一一就范，而这自然陷王叔文集团于万劫不复之地。处于宦官集团、朝中利益集团和太子新皇一党的重重围剿之中，失去皇帝支持的王叔文独木难支，全面溃败大局已定，王叔文母丧这一偶发因素，只不过是提前和加速了这种溃败的进程罢了。可见，世上没有偶然，一切偶然的背后，都稳稳地盘踞着必然。

第二笔：韩愈命运之转圜——侥幸

唐穆宗长庆二年（822年）年初，年过半百的兵部侍郎韩愈在履行镇州宣抚平叛的使命中，携孤胆英雄、“勇夺三军之帅”的胆识与智慧，奏凯回朝。皇上大喜，亲迎于殿前，晋其为京兆尹。这边韩愈欣然地接受了新的任命，那厢却惹得宰相李逢吉如坐针毡。这李逢吉原是穆宗当太子时的侍书老师，但为人却鸡肠小肚，权欲极重。当上宰相后，更见不得别人的进步与腾达。他看到韩愈近年来官运频频，在朝廷几个重要部门任职流转，又喜获皇上赠予的金紫腰带，现在还当上了京城的“卫戍司令”，这让他情何以堪？除此之外，令李逢吉忧心忡忡的还有一件棘手事：他早年在翰林院的老对手、“悯农诗人”李绅也已入朝，皇帝正考虑授任其新职，这还了得？

老谋深算的李逢吉眉头一皱，计上心来。经他游说操弄，朝廷下诏：任京兆尹韩愈兼御史大夫，名义上的御史台老大；任李绅为御史中丞，虽居次席却主持御史台工作。按唐朝吏制惯例，京兆尹履职，必先参拜御史台，秉性刚毅的韩愈心想：公务繁忙，我乃御史台老大，免了吧。而同样耿直倔强的李绅则一直在静等京兆尹拜访而不得，遂火暴性起。两府互致公文，由相互指责发展到唇枪舌剑，闹得不可开交，弄得朝廷之上乱哄哄犹如八公山上。这时，宰相李逢吉一本正经地启奏圣上：两位重臣互掐，有失风范，应予惩戒。皇帝当即决定，将韩愈退贬兵部侍郎，李绅外放江西观察使。两位就这样稀里糊涂地挨了一闷棍。

韩愈在受贬履新前面圣谢恩时，对韩愈素怀敬慕之心的穆宗见面就问他：“爱卿何以至此？”韩愈理直气壮：“京兆尹肩负着维持京城治安、维护吾皇权威的重责，臣乃一心尽忠，无暇顾及其他的繁文缛节！”穆宗闻之大喜，随即任命韩愈赴更重要的吏部任职。

消息传来，一片惊愕。有人更是冷言冷语：“竖子命好，侥幸赶在皇上的兴头上。”

事实上这样的转圜变化，绝非侥幸。碍于那时的情势和场合，穆宗认为有必要对爱臣敲打敲打降降温，当时的处置是必要的，但对于韩愈的人品秉性，尤其是他对朝廷的忠诚，穆宗也是了然于心的。元和十四年（819 年）韩愈那份《论佛骨表》，心系国运，冒死苦谏，表现了他极大的勇气和忠诚。随后他不计个人恩怨，顶着风雪严寒，怀着“欲为圣明除弊事，肯将衰朽惜残年”的虔诚，带着途中痛失爱女的悲痛，毅然奔赴八千里外的潮州。他以国民生计为念，在潮州兴修水利、奖劝农桑、兴文重教、移风易俗，使边远荒蛮之地改天换地，获得“不虚南谪八千里，赢得江山都姓韩”的世间盛赞。

更让穆宗刻骨难忘的，是韩愈外贬归朝之际，恰逢镇州（今河北正定）发生了叛乱，当地割据势力杀了朝廷命官，迫使朝廷任命当地兵马使王庭凑为镇州节度使，还悍然击退了前去平叛的政府军，并扣押部分官兵以要挟。无奈之中朝廷不得不下达了任命，但同时也急需派宣抚使前去整治乱局。此时，作为兵部侍郎的韩愈当仁不让，挺身受命。虑及情况危急，时任宰相的元稹劝他三思慎行，穆宗念他年近半百嘱其审势量力，韩愈可是义无反顾，坦言“止，君之仁；死，臣之义”，视死如归，慨然前行。到达镇州后，他独闯敌营，大义凛然，先是晓以情理，平抚了士兵，又晓以利弊，恩威并施，使新任节度使王庭凑心悦诚服，当即表示效忠朝廷，立马释放了被押官兵，令这次宣抚之行取得了圆满成功。令人印象深刻的是，当初韩愈日夜兼程赶往镇州途中，还不忘赋诗明志：“衔命山东抚乱师，日驰三百自嫌迟。风霜满面无人识，何处如今更有诗。”此诗将其不辱使命的赤胆忠心，表述得淋漓尽致。

这样的忠臣良将，哪个皇帝不宠爱不喜欢呢？而对韩愈来说，没有一种成功是倚靠侥幸，在通往成功的路上满洒的是一腔热血和汗水。

第三笔：仇士良马失前蹄，不该言退

宦官专权是唐朝中晚期患上的脑瘤顽疾。若问宦官集团中盘踞时间最长、官位最显、手段最毒、罪孽最大者，非仇士良莫属。这仇士良本乃宦官左监门卫将军仇文晟之子，于顺宗朝净身入宫，作为太子李纯的贴身侍从。李纯即位后，授任仇士良内给事，他从此正式开启自己的政治生涯，服务于宪宗、穆宗、武宗祖孙三代五皇达20多年。凭着熟知内宫秘籍而又聪明乖滑，仇士良善于投机逢迎，利用皇帝的废立更迭、藩镇与中央的掣肘纠结、朝中重臣的朋党之争等矛盾与机遇，羽翼渐丰，地位日显，直至文宗朝“甘露事变”后，囚禁、挟持皇上，权倾朝野，呼风唤雨，独步天下。

但令仇士良始料不及的是，他煞费苦心拥立上位的唐武宗，对宰相李德裕宠信有加，而日渐疏远、冷落了他这位仇大拿。于是他心生嫉妒，恶意离间，在神策军中广布谣言：宰相与皇上商议，要趁天下大赦之机，削减神策军的编制、经费及待遇，并鼓动大家大赦当天整军严阵去丹凤楼前示威抗议。闻讯后武宗大怒，派贴身宦官去神策军中传达口谕：绝无此事！闹事必惩！老奸巨猾的仇士良自感大势已去，困兽犹斗，遂又心生一计，以退为攻。一次朝会中，仇士良假惺惺地哀告武宗：“年高体弱，请求退休。”自作聪明的仇士良心想皇上必予挽留，谁知听到的是冷面无情的铿锵之声：“准予退休！多请自重！”退休一年后，仇士良郁郁而终，时年 63 岁。

仇士良没有料到这样的结果，宦官集团和神策军中的亲信也大惊失色。他们对此多有怨言：仇士良这次马失前蹄，自己不说退休不就没事嘛！

古语曰：多行不义必自毙。还云：时机一到，善恶必报！这运用在仇士良身上，再妥帖不过了。

仇士良心机歹毒，手段残酷，在官场久负恶名。由于善于钻营，他从政后，很快升任藩镇监军，携宦官专权之威，视朝臣如草芥。文宗太和九年（835 年），“甘露事变”中仇士良杀害了王涯、李训等四位宰相，并让时任宰相牛僧孺拟文将其罪恶昭告天下。牛僧孺深知王涯等人蒙冤，故虚与委蛇，仇士良一气之下立即将牛僧孺罢相外贬。这次事变，相关的朝臣及其家属亲眷被屠杀过千，此皆为仇士良一手导演的惨烈悲剧。

仇士良在用尸骨鲜血铺就的通道中登上人生巅峰的同时，又置自身命运于悬崖边上。随着宪宗李纯的即位，当年侍奉太子的小宦仇士良，摇身一变为朝中显贵。外任藩镇监军时，他颐指气使，内任五坊宫苑使（主管狩猎）时，他更是恶招频出，迎合穆宗、敬宗耽于狩猎游玩的嗜好，投其所爱。同时他还在宦官集团内部争斗中赢得胜利，荣任左神策军中尉，步入宦官“四贵”之列。“甘露事变”后，他借势携威，升任观军容使兼统左右神策军（即所有禁军）和知内寺省事（统管所有宦官），成为宦官集团有史以来最呼风唤雨、独一无二的人物。文宗逝后，仇士良置正位太子陈王李成美于不顾，凭威势强行推出文宗的弟弟颖王李炎为皇。为泄当年欲除宦官的积愤，文宗逝后十天他阻挠不予入殓。尽管仇士良参与谋杀宪宗、敬宗，逼死文宗，双手流淌着三位皇帝的鲜血，但鉴于拥立新皇有功，武宗又晋其为骠骑大将军，封楚国公，与开国功臣别无二致，使其登上了人生巅峰。可是，毕竟武宗血管里流淌的是李唐龙脉的血液，怎能容忍一个家奴驾驭天下！在帝位稳当后，武宗遂与贤相李德裕谋划“政归中书”的宏图及对仇士良宦官集团实行“内实嫌之，阳示尊宠”的策略。在还政于中书省、宰相府的同时，名义上高授仇士良“义同三司”、内侍监主持宦官府的总管工作，暗地里却剥夺了其兵权。仇士良分明已觉察到自己处于悬崖边上的险境，却仍作困兽一斗，自作聪明，以退为攻，结果正中武宗所思，顺坡下驴，轻而易举地解决了爷、父、兄数朝未能彻底解决的棘手难题。

仇士良死后，因其政敌举报，朝廷在其家宅中查获铠甲、武器数千件，遂以图谋不轨罪追削官爵，籍没家产，举家后人沦为奴婢（男为奴，女为婢），落得个财誉俱损、身败名裂的下场。由此可见，人生有拐点，仿佛事出偶然，其实这种拐点或者偶然，都是化了装的、戴了面具的必然，是一种循其固有的发展逻辑、终成“正果”的必然。

第四辑　社会底色一瞥

陨落末端的一束亮光

中唐末叶会昌六年（846 年）三月二十三日，时年 33 岁的唐武宗李炎病逝。3 天后，长他 4 岁的皇太叔李忱登基，是为宣宗。即位伊始，李忱便一改过去留在朝臣和世人眼中胆小怕事的形象，霹雳般地亮出一套撼天动地的组合拳，弄得群臣头晕，举世瞠目。

四月一日，李忱主持朝政，尽显叱咤风云的帝王锐气。一天后，一纸诏令便将前朝几乎横贯始终的宰相李德裕拉下马来，贬其为检校司徒、荆南节度使，一举逐出京城长安，李氏周围的党羽、重臣尽遭罢贬，一场暴风雨骤然而至。同时，将被武宗奉为座上宾的御用道人赵归真乱棒致死，将同样被誉为神人的罗浮山人轩辕集流放岭南荒蛮之地。看来，他是要与先帝武宗彻底决裂，重开一方天地了。

是的，李忱毫不隐讳，他大声疾呼："朕系太宗子孙，乃宪宗嫡子，继承先皇的衣钵，朕要在这个千疮百孔的国土上，再度恢复盛唐气象！"为此，在礼制上，他大力彰显太宗、宪宗诸皇的圣德伟业，淡化和贬低穆宗、敬宗、文宗、武宗四朝的存在；在政治上逢武必反，尽黜会昌之政；

在宗教上恢复扶持佛教，大反武宗的灭佛之道。他向往贞观之治，他要依仗先皇的光环来树立和强化自己的中央权威，强力推出新政，开创自己的一代伟业。

一日，李忱询问时任宰相、白居易的堂弟白敏中："当年父皇宪宗灵柩下葬时突降大雨，朝臣嫔妃尽皆避雨散去，唯见一长髯老臣紧扶灵柩号哭不止，此为何人？可有子嗣？"经白敏中举荐，昔日宰相令狐楚的次子、时任随州刺史的令狐绹即被任命为考功郎中兼知制诰，不久后擢升为翰林学士，乃至宰相。与卑微谦恭、通儒达理的令狐绹相处，李忱大有久遇知音之感，朝政之余，二人经常谈经论道，思古喻今。特别是李忱常让令狐绹诵读太宗所著的《金镜》，当读到"至乱未尝不任不肖，至治未尝不任忠贤"时，他感慨万分，情绪激奋，反复诵读品味后不禁脱口而出："追求太平盛世，朕首先得记住这句话。"此后，他命人将《贞观政要》书写到屏风上，一有时间就对着屏风仔细诵读，直至烂熟于心，力践于行。

李忱历数并思考前朝的缺失教训，深感尽管自己为宦官所立，但对于宦官专权必须严加限制和防范，以免其搅乱朝纲。对此，他严厉地画出红线，绝不允许宦官将手伸出宫外。宦官马元贽是拥其上位的大功臣，李忱特赐上下贯通的犀牛角腰带以表谢意。但不久马元贽便将其转送给了宰相马植，而马植竟堂而皇之系带上朝了。李忱一眼就看穿了官宦勾结的内幕，怒不可遏，立即将马植罢相逐出京城，并从此疏远马元贽，使其逐渐退出了权力中心圈。

对于武宗的前朝重臣，李忱坚持一概不用，而是重新起用元和时期的重臣及其子弟。同时，他另辟蹊径，重视和发现新人。平日，在打猎和巡视途中偶遇樵夫农人，或寺庙或广场看到聚堆人群，他都要询问他们来自哪里、县令是谁、表现如何。听后他不动声色，待到回宫后他会将所询得的名条贴在寝宫的柱子上，日后待有空缺便予以直接任用。像泾阳县令李行言升为海州刺史、礼泉县令李君奭升为怀州刺史，都是这样操作的，由于事前密不透风，弄得一班宰相惊诧不已。各级官吏更是深有感触：既然皇上对官员的善事如此了解，那么其恶行肯定也难逃法眼吧！一时人心震慑，谨言慎行遂成风气。为便于掌控全局，李忱要求宰相将全国五品以上官员的情况编成《具员御览》，供其细察；要求翰林院广为搜集各地风土特色、世情民风及经济社会现状，编成《处分语》，供其事前做足功课，以便官员进宫汇报或皇室巡视考察时备用，增强钦点御评的针对性和实效性。

面对边境屡遭外族侵扰和藩镇势力割据叛乱，李忱仍沿用宪宗时期武力震慑与和平赎买相结合的政策，很快就收到了成效。登基第三年，趁吐蕃内乱，他收复了被占近百年的河湟地区，完成了先皇代宗、宪宗舍尽全力而求之不得的未竟伟业。不久，西川战区传捷报，维州收复；山南西道又报喜，扶州归顺……这些先皇的夙愿，都在李忱治下一一化为现实。

李忱志得意满，其重诗能诗的习性也得以广泛传播。大文豪白居易病逝后，他倾情力作《吊白居易》在全国广为流传。“缀玉联珠六十年，谁教冥路作诗仙”“童子解吟长恨曲，胡儿能唱琵琶篇”，将白居易呕心沥血 60 年的诗坛耕耘及其深远影响广植民间，反响极为强烈。他称帝前后创作不少诗篇，影响较广的，如与僧人合联的七绝《瀑布联句》：“溪涧岂能留得住，终归大海作波涛。”以高岩倾泻的瀑水，隐喻自己不甘寂寞、思有所为的磅礴心境。如《题泾县水西寺》：“长安若问江南事，说道风光在水西。”身在皇室，念念不忘锦绣江南的旖旎风光。他的诗在民间风靡一时，推动了文化的活跃与繁荣。与此同时，李忱还将诗歌创作作为任用干部的一条标准。一次宰相令狐绹举荐熟人李远，拟任杭州刺史，李忱稍作沉思而反问，就是吟得“青山不厌三杯酒，长日惟消一局棋”的那个李远吗？其钟诗爱贤的超强记忆，使得令狐绹当场瞠目结舌。

纵观李忱当政 13 年，似乎不乏亮点。对此《新唐书》赞曰：“宣宗精于听断，以察为明。”《资治通鉴》更是溢美不止：“大中之政，讫于唐亡，人思咏之，谓之小太宗。”

但事实果真如此吗？且慢，窃以为不必借助聚光灯、显微镜，只需对宣宗的前世今生稍作条分缕析，便可端倪尽显。

自古今来，我国就有祖荫后辈、子贵母荣的传习，这在古代，在皇族表现得尤为显眼。而这，恰恰是李忱自幼以来盘踞心头的梦魇和阴影。登基前他身为光王李怡，是宪宗李纯的第十三子。其母郑氏出身贫贱，原为镇海节度使李锜的小妾，李锜反叛兵败后郑氏被俘入宫，成为皇后郭贵妃的侍女。机缘巧合，宪宗与郑氏生下了李怡，而小李怡自然被身世显赫的众皇兄皇弟视若草芥。为母委曲求全，为子忍气吞声，构成李怡幼年生活的全部。虽然后来他被其兄唐穆宗封为光王，但却始终在惊惧中度日如年，忍让，装傻，被大家视为痴呆、脑残。一次，他梦见自己驭龙升天，其母得知后大惊失色，严诫他三缄其口，免招杀身之祸。他的侄儿机警的武宗后来识破了这位叔王的伪装，命人将其囚于暗室，像肉粽一样弃之臭厕，乃至责令直接毙命绝后，只是由于办事的宦官多了个心眼，将其偷送出宫藏匿民间，他才得以幸免。

武宗李炎驾崩后，其子尚年幼，光王李怡因其“脑残”、“低能”、没有背景却资格过硬而成为傀儡之皇的首选，被无利不起早的宦官集团推上了皇位。正是由于深受前朝的压抑迫害，自己又苦无政治支撑，势单力薄，因此更名李忱登基后，他才采取了一系列断然举措。效仿太宗可视之为政治作秀，淡化贬低穆宗父子四朝才是他的本意，而逢武必反则成为其政治首选。他要维护自身皇位的合法性，即位后在借助太宗、宪宗自我标榜的同时，不惜重手抹杀穆宗父子四帝 28 年的存在，借口落实祖传九庙制度，竟欲将敬、文、武侄辈三帝合为一室；不惜疏远、冷漠乃至仇恨太皇太后郭贵妃，以泄生母郑氏之宿怨。太皇太后横跨八朝，此时年届古稀，相继送别了丈夫宪宗、儿子穆宗和孙子三帝，白发人送黑发人的屡屡苦痛使她心如死灰，大中二年（848 年）五月间登勤政楼观景，老人怆然回望，悲痛难抑，欲跳楼了此一生。李忱得知后勃然大怒，当晚太皇太后即于兴庆宫告别人寰。

长期在压抑岁月中历经苦难，李忱养成了猜忌多疑的心性。他多次宣称，除母亲外他谁都不相信，包括妻子和儿子。对群臣，关系再亲近，他也始终心存戒心，在怀疑中使用，在使用中怀疑。除前期宰相白敏中任职数年和令狐绹长期为相外，几乎所有重臣都在走马灯似的更换，稍有不满便遭罢贬。即便对于唯唯诺诺、言听计从的令狐绹，他也不时予以敲打警告。宣宗曾定下规矩，官员履任新职前必须进宫面圣。一次，令狐绹一个朋友平调到相邻的州府任职，他就对朋友说，小事一桩，免了吧。后来看到奏折，宣宗问令狐绹怎么回事，听后脸色一沉："朕定的规矩就是要考察甄别干部，谁给你宰相这么大的权力？"批得令狐绹心惊肉跳。令狐绹还多次对亲近的朋友讲，每逢上朝，他都把心提到嗓子眼上，生怕说错话办错事，即便是冬天，退朝后也都是手捏一把汗，背后汗湿袍。

尽管因推行新政，大中前几年在发展经济、扶持佛教、抚边平叛中李忱确实取得了一些政绩，但由于他心理阴暗，猜忌多疑，很快就滑入唯我独尊、刚愎自用的渊薮，最终仍难逃脱前朝诸帝殊途同归的厄运。他深知皇位来之不易，唯恐遭人算计而大权旁落，因而在整个大中年间，都不册立太子。宰相、群臣与其面谈，册立太子便是免谈首选。有的老臣忧于社稷，苦谏册立太子，刚一开口，便被罢免逐出长安。大中十一年（857 年）间，为求长寿，他一改初衷，把自己当年逐出长安流放岭南的神人轩辕集又请了回来，邀其讲经传道，设坛于殿上，炼丹于宫中，整日与丹药为伴。直至大中十三年八月，宣宗重金属严重中毒，身上大疮溃烂，日夜睡在寝殿，宰相、朝臣被隔绝于外，致使朝政流于荒废。在生命弥留之际，可怕的厄运逆袭而来：他一直喜欢并欲立三子夔王李滋为帝，却被宦官篡改拥立了长子郓王李温；他一直期盼道人葆其长寿，最后还是被丹药葬送腐烂了他的龙体之躯。

中国有句古语：尽人事听天命。就是说凡成大事者，须遵循事物的客观发展规律，审时度势，为之殚精竭虑、倾尽心力，至于能否如愿，听其自然罢了。

总的来看，宣宗主政以来，意欲图新但浅尝辄止，知难而退以至归于平庸，德不配位，心力未尽，最终导致厄运难逃，势之使然。他本欲效法太宗，祈求贞观再现，但事前他一直在保全中苟且，并未悉心筹谋而蓄势历练，缺乏为君治国的准备，以致亲政后一片茫然，仅凭感觉就事论事，触动的仅是皮毛。他缺乏太宗宏伟远大的治国方略，执政起来且看且行，处处被动；他缺乏太宗的博大胸襟和从谏如流之风，身边自然不会有如魏徵般的群贤簇拥；他缺乏太宗的胆识谋略和灭此朝食的气概，在面对宦官专权、藩镇割据等棘手问题时总是回避退让，鲜有作为。仅拿宦官专权来说，历经数朝体制上均设枢密使，使宦官享有决策权；设神策军中尉，使宦官掌有兵权；在节度使和府衙设有监军，为宦官赋予监督权，如此就从制度上将其固化而合法了，如不动大手术，仅仅惩治个别宦官，无异于隔靴搔痒。对于诸如此类关乎王朝命运的大事，宣宗无动于衷、漠然置之，其后果自然不言而喻。所以，治国理政十三载，旧的主要矛盾尚未得到有效缓解，反而催生官吏腐败、藩镇分立、土地兼并等新的问题，以致社会动乱频发，小型农民起义此起彼伏，大唐王朝大厦的倾覆，行将进入倒计时。

质言之，积疴沉疾，渐入膏肓，奈何宣宗朝政，终究难挽 200 多年王朝的颓落大势。宣宗李忱令人称颂的些许功绩，充其量只是星球陨落末端的一束亮光，只是大唐王朝毙命前回光返照的一瞬！

唐朝皇帝多奇葩

翻阅唐书，沉湎于对史实的思考，脑际却闪现出张爱玲《天才梦》中那句名言，不禁狡黠一笑，自鸣得意地套改于兹：历史犹如一袭华美的长袍，里面却爬满了虱子。

毋庸讳言，说古代中国，必称汉唐。而将唐代历史喻为一件华美的长袍，也实不为过。这唐王朝，隔世越代达 289 年，历经 21 任皇帝，其间隐藏着多少神秘诡谲，无人尽知其详。那空前广袤的帝国版图，百业兴旺时的繁荣盛景，直冲云天的大唐气象，在我国古代实为翘楚，在当时世界上也堪称独秀。仅这京城长安，城池面积就约为 87 平方千米，与同代世界名城相比，是罗马古城的 6 倍多，比拜占庭帝国都城君士坦丁堡大 7 倍多，确乃当之无愧的世界第一城，同时又是世界第一个人口超百万的国际大都市。随着丝绸之路的成功开创，来自各国的使者商家、高僧学者、艺术家、留学生，争相来此侨居相聚。既有宗教文化、思想观念的碰撞对接，又有价值取向、生活方式的融会贯通，共襄盛举，在促成商业经济空前繁荣的同时，也造就了广博深邃、灿烂辉煌的大唐文化。

一个耀眼的标志就是，唐朝成了一个诗的国度。现有文字记载的《全唐诗》就达 900 卷，收录诗作 48900 多首，涵盖诗人 2200 多人。究其唐诗兴旺繁荣的原因，除社会经济的发展助推、文学内在规律的酝酿促成、文人骚客的辛勤耕耘之外，还有一个重要方面，就是历代皇帝的亲力亲为和标榜推崇。

在唐代，皇帝大多爱诗、重诗、能为诗。想那极富雄才大略的太宗李世民，戎马倥偬，亦不辍以诗言志。年轻时率军十万《经破薛举战地》，但见"心随朗日高，志与秋霜洁。移锋惊电起，转战长河决"；功成名就之后，仍久铭君臣之义，一脉情深《望送魏徵葬》："望望情何极，浪浪泪空泫。无复昔时人，芳春共谁遣。"而开创开元盛世的玄宗李隆基，更是文韬武略，气势了得。《早度蒲津关》诗云："春来津树合，月落戍楼空。马色分朝景，鸡声逐晓风。"待到 83 岁的太子宾客贺知章告老还乡，他仍畅抒衷肠以诗赠别："岂不惜贤达，其如高尚心。""独有青门饯，群僚怅别深。"应当说太宗、玄宗二皇的诗作，意境恢宏，描写工致，一扫过往帝王浮靡绮丽之气。如果说太宗诗作稍存纤弱习气，而玄宗的诗作则更显宽宏优容，颇具风骨，彰显的是盛唐气象的宏放。

及至中唐德宗李适，虽爱诗能诗却有点飘飘然了。德宗绝嗜为诗，精工雅正，屡有如"松院静苔色，竹房深磬声。境幽真虑恬，道胜外物轻"（《七月十五日题章敬寺》）等名句流传于世。他还自号"排公"，常将自己的诗作标为评定优劣的准尺，并将优秀诗作的诗人破格封官晋爵。诗人韩翃因其诗作"春城无处不飞花，寒食东风御柳斜"（《寒食》），受到德宗的高度赞赏，便特例擢升其为驾部郎中知制诰。在德宗的倡导推崇下，诗坛日显活跃，形成了"尚荡"的大历诗风，进而开启和迎来诗坛百花争艳的元和盛景。

而御制诗且功绩卓著者，莫过于晚唐的宣宗李忱了。李忱自幼就十分喜爱和推崇诗人白居易，白居易病逝后，宣宗倍感痛惜，深情悼念这位心中的诗仙。“缀玉联珠六十年，谁教冥路作诗仙。”“童子解吟长恨曲，胡儿能唱琵琶篇。”这首《吊白居易》，被誉为概括白居易为诗一生及其艺术成就的经典之作。江南年轻诗人赵嘏，早年游历长安时曾因诗句“残星几点雁横塞，长笛一声人倚楼”（《长安晚秋》）风靡全国，被誉为“赵倚楼”，宣宗对此人也颇为赞赏。待到后来赵嘏进士及第授任渭南县尉，宣宗因问宰相：“此君好官否？可取诗尔。”只是翻阅《赵嘏诗集》首页，感到政见相左，才就此作罢。称帝前后，宣宗一直笔耕不辍，不断有佳作流传于世，影响较大的，诸如“溪涧岂能留得住，终归大海作波涛”（《瀑布联句》）；“长安若问江南事，说道风光在水西”（《题泾县水西寺》），都在民间广为流传，推动了社会文化的活跃与繁荣。

长袍的华美赫然于世，不谈也罢；而爬满虱子的内里，却值得细作探究。

如同其他封建王朝一样，唐王朝除具有封建社会所共有的统治阶级专制腐朽、阶级矛盾严重对立、百姓生活艰苦困顿等基本特征外，其独有的藩镇割据、宦官专政、朝廷党争等恶瘤顽疾，还使得上层统治集团的营构运行、权力争斗，包括皇位的更迭、朝纲的改弦易辙、宫廷的冷暖骤变等等，都被涂上诡谲迷离而又鲜为人知的神秘色彩。

先从储君太子说起吧。立为太子是步上皇位的第一步。嫡长而立，虽是历代皇朝传下来的世袭之规，但实际上因功、因宠、因母等因素都可能得以无情改变，这在唐代尤为明显。从太宗时起，这个规矩就破了例。太宗共有 14 子，后来却立第九子李治为太子；玄宗有 30 个儿子，长子狩猎时受伤破相，遂立次子为太子，时隔 22 年后因宠妃谗言，又将太子贬为庶人并处死，次年改立第三子李亨为太子；德宗在位 26 年，太子李诵默默苦熬，常邀“闲人”讲经论道、下棋玩乐以障人耳目，为保地位，整天提心吊胆度日如年。可见唐代太子的地位十分不稳，有的太子一脚踏进东宫，另一脚就迈上了断头台。整个唐代，被册立为太子的计有 29 位，仅有 16 位成功接班继位，约占五成半，其余的不是出了事就是丧了命。甘露事变后，唐文宗完全受制于宦官，以致郁郁而终，足见太子地位争斗之惨烈，骇人听闻。

地位难保，帝位尤甚。安史之乱爆发后，太子李亨遂于灵武即位，是为肃宗，并在郭子仪等名将鼎力辅佐下，平定了安史之乱。但这场浩劫使肃宗胆战心惊，后怕不已。前车之鉴使他不再信任武将，而将掌管禁军的权力交于宦官，从此埋下了宦官乱政的祸根。德宗建中四年（783 年），经长安赴前线的部队突发兵变，德宗在宦官的保护下仓皇出逃，才保住了性命，这一断崖式经历使他痛下决心，将身边禁军的两个司令官，即左、右神策军中尉，直接授任宦官充任。这一后患无穷的决定，使皇帝身边的家奴跃身变为手握重兵、能决定皇帝生死的大将军。此后大半个唐朝的皇帝，从其拥立上位、权力运行到生老病死，一切均被宦官玩弄于股掌之中。唐顺宗李诵登基后推行“永贞革新”，触犯了宦官集团的利益，皇位没坐热就被宦官赶下台来，成为当太子时间最长、在位时间最短的窝囊皇帝。唐文宗深知宦官弑帝弄权的恶行，欲予剪除，但由于谋略不足，用人不当，酿成甘露事变，朝臣尽遭杀戮，将宦官专权推上了顶峰。此后皇帝的决策、诏书皆由宦官代行，有时在朝廷之上，宦官头领仇士良竟当面篡改文宗意旨，甚至当面训斥文宗，满朝君臣却噤若寒蝉。安史之乱以来，自代宗始，12 位皇帝的上位、引退均有宦官染指，直接或间接死于宦官之手的不下半数。

历数唐朝皇帝的家长里短，最为奇葩的，莫过于唐中宗李显和唐宪宗及其三个皇帝儿子了。

唐中宗李显是高宗李治的第七子，武则天的第三子，弘道元年即位，一年后即为其母武则天所废，由其弟睿宗李旦继任。武则天逝后，李显得以复位，两届任期五年半。后来李显去世，其第四子李重茂即位刚一个月，就被李隆基拉下皇位，拥父睿宗李旦复位。两年后李旦病逝，李隆基直接上位，是为玄宗。洪荒天地间，目睹众皇亲：这皇室方寸之地，中宗李显及其父、母、子、弟、侄，恍惚30年间足足6位帝皇。这其中又隐藏着多少血雨腥风，刀光剑影！可见唐室皇位的诡谲多变，一斑尽显！

而最大的闹剧莫过于唐穆宗及敬宗、文宗、武宗一父三子连续为皇。这穆宗乃宪宗李纯第三子李恒，于元和七年（812年）被册立为太子，八年后宪宗暴崩，为宦官拥立上位。李恒胸无大志，疏于朝政，父皇逝后不出月就脱下孝服，沉溺于声色犬马游宴娱乐，很快就将宪宗开创的元和中兴势头葬送殆尽。在位4年病逝后由长子敬宗李湛、次子文宗李昂、第五子武宗李炎渐次继任。此三兄弟为皇乏善可陈，却劣迹彰显。李湛16岁登基而顽童本性不改，痴迷于狩猎击球骑马摔跤，弄得太监嫔妃一班人又累又气，人见人烦，一日酒醉后为宦官所杀。文宗当政怯懦无为，听任宦官专权到了极致。武宗推行的灭佛运动，急令天下4600多所寺院限期拆除，对50万寺院役人予以释放，26万多僧尼急令还俗，很多人无处可去，路途上病死饿毙者不计其数，可谓惨不忍睹。纵观这四朝有个共同特点：都是宦官拥立，都是短命皇帝。穆宗、文宗、武宗都是刚过30岁而殒命，而敬宗在位两年，死时18岁，创下唐朝皇帝任期最短、寿命最短的历史。

父子皇帝为政至此，仍意犹未尽。武宗吞食丹药病逝后，宦官集团又将穆宗的兄弟、宪宗第十三子李忱拥立上位。这李忱，因其生母出身贫贱，本人“智障”“低能”，没有强力背景，作为傀儡之材的首选而入了宦官的法眼。孰料甫一登基便令朝野震惊！原来“智障”“低能”是装出来的，上台后宣宗面目狰狞“逢武必反”：前朝重臣一概不用，李党尽贬，牛党翻盘；灭佛政策被彻底纠正，在扶持佛教的同时，将武宗奉为座上宾的道士赵归真乱捧打死，将“神人”罗浮山人轩辕集乱棒逐出，流放岭南荒蛮之地；同时极力标榜自己是宪宗的嫡传正位，要效仿太宗、宪宗开创一代伟业。奈何其修为不够，缺乏历练，为皇的后劲严重不足，折腾几年后宣宗感到黔驴技穷，事业茫然，心绪烦躁，身体也每况愈下。无奈之中，原本要割断宦官与朝政的联系，自己却又与宦官热络起来；原本要将方士道人赶尽杀绝，如今又盛装厚礼，将罗浮山人轩辕集请回宫中。由于久服丹药，重金属严重中毒，遍体大疮，难以躺卧，更无法临朝，在生命弥留之际，本欲册立与自己性格相似的第三子夔王李滋为太子，却被握有兵权的宦官王宗实迎来了长子郓王李漼。最终导致皇位因宦官梗阻而王业难继，龙体因吞食丹药而化为西烟。真是机关算尽太聪明，却仍难逃过往先皇的宿命。

呜呼！德不配位，必有灾殃。在铁律面前，纵使天王老子，也只能徒唤奈何！

唐朝，“牛李党争”那些事儿

唐天宝十四年（755 年）腊月，旷野回响着阵阵人嘶马叫，头顶着凛凛朔风寒气，太子李亨仓皇出逃长安。行至马嵬驿后北上，在身边宦官和朔方诸将拥立下，于灵武登基，是为肃宗。安禄山兵变使肃宗惊魂难定，断崖式经历使他猛然醒悟：不能再信任武将了！从此他将掌管中央禁军的权力交于宦官，在建制上设“观军容使”，专以宦官充任，作为朝廷监督出征将帅的最高军职。这一手非同寻常，深深地埋下了尔后后患无穷的宦官专权的祸根。

历时 8 年的安史之乱极大地损耗了大唐的军力、财力，严重地动摇了盛唐大厦的根基，也从另一面昭告藩镇诸将：原来节度使还可以这样玩！此后藩镇们心照不宣，一味韬光养晦，暗扩兵力，壮大实力，在等待时机的同时，不断给朝廷使绊子出难题。藩镇割据就成了朝廷惹不起、割不掉，最终祸害全身的毒瘤。

毋庸讳言，宦官、藩镇这番操弄，均是无利不起早，毕竟有皇上压着，倒不如重臣大吏直接参政来得痛快。于是，宦官、藩镇们都在挖空心思、变着法儿地寻找朝中代理人。与此同时，朝臣们也在千方百计寻找各自的靠山和支撑，两厢一拍即合。只因利益导向各异，朝臣中自然就产生出不同的派别，后来逐渐发展演变为以宰相牛僧孺、李德裕为各自首领的“牛李朋党”。堂堂朝廷之上，乱哄哄地你方唱罢我登场，在位一任，权倾一方，成王败寇，恶斗不歇，不仅朝臣中营垒分明，有时还造成中央政令梗塞，甚至中央与地方严重对立。这种互唱反调、相互掣肘的乱政瘫政局面，萌发于宪宗元和初年，横贯宪宗至宣宗六朝达 40 年之久。对于朝中重臣的明争暗斗，皇帝有时心知肚明却无可奈何。唐文宗曾多次发出“去河北藩镇易，去朝中党争难”的感慨。这种无休止的朝臣党争，犹如心病缠身，严重折磨和摧残着大唐王朝偌大而虚弱的躯体，步履蹒跚，行之将倾。

安史之乱以后，唐朝的政治、军事及社会发展格局，都发生了深刻巨大的变化。宦官专权屡屡得手，藩镇割据愈演愈烈。经过动荡的社会经济得到缓慢发展，尤其是简单商品经济不断得以繁荣兴旺。一方面皇室中央对官僚的控制不断削弱，甚至严重失控；另一方面，商品经济又无孔不入地渗透到社会政治生活的方方面面，使人们包括官员的价值取向、志趣追求、行为准则等都受到严重冲击，甚至扭曲。社会生活包括官场的政治生态，都发生了前所未有的巨变。

唐宪宗元和三年（808 年）年初，为广招贤才，皇帝亲自主持“选拔贤良公正直言进谏人才”的策对考试。时任县尉的年轻官员牛僧孺、李宗闵、皇甫湜三人脱颖而出，其抨击时政鞭辟入里，得到主考官的赞赏和宪宗的认可，已诏令中书省着手予以提拔。而时任宰相李吉甫（李德裕之父）对别人指点其施政极为反感，尤其不能容忍年轻官员信口说三道四。经他细查，得知考生皇甫湜是复试主考官王涯的外甥，遂向宪宗举报王涯的偏袒营私之罪，结果初试、复试主考官，一竿子全被撂倒，降的降贬的贬，无一幸免。而牛僧孺等三人因官职低微不能再贬，付出的代价是长期不得入朝升迁。谁知此事引起朝野大哗，争相为牛僧孺等人鸣冤叫屈，纷纷谴责李吉甫嫉贤妒能，压力之下宪宗只好将李吉甫罢相外贬，由此双方结怨，就成为后来牛李党争的源头。尽管牛僧孺、李德裕尚未入朝为官，但此事却为尔后二人之间的朝廷争斗埋下了伏笔。

祸根总要发芽，复仇之心一直暗流涌动。尽管多年后李吉甫病逝，但受到压制迫害的年轻官员牛僧孺、李宗闵却对此耿耿于怀，而李德裕对于先父的政敌更是怀恨在心，一场恶战的大幕迟早会拉开。及至穆宗长庆元年（821 年）的一次文官考试，蓄谋已久的全武行恶斗终于爆发。此时受穆宗皇帝赏识，李宗闵已荣升中书舍人、知制诰，牛僧孺迁居御史中丞，而李德裕同元稹、李绅已官居中枢翰林院，风光奕奕，人称“翰林三俊”。此次考试，登榜者必得高升，尤为世所瞩目。考试由礼部侍郎、牛党要人钱徽、杨汝士主持。因事关重大，考前封疆大吏段文昌、学士李绅都为自己的关系人递了条子。结果放榜出来，段、李的关系人名落孙山，李宗闵的女婿却赫然在列。段文昌就直接参本穆宗，大喊有猫腻；穆宗征询“翰林三俊”，李德裕三人齐呼不公。穆宗一怒之下，将两位主考官逐出长安，宰相李宗闵亦遭罢相贬为开县县令。明眼人一看便知，李宗闵是李德裕先父的死敌，与元稹在中枢一直矛盾重重，李绅本就是局中人，这分明是一起典型的挟私报复案。从此，牛李两党撕下面皮，公开对阵起来。

穆宗即位后，昔日的太子太师李逢吉擢升为首位宰相。按照当时的名望，牛僧孺、李德裕都有可能进入宰相班子。依据个人喜好及情谊，李逢吉倾向于牛僧孺，但碍于当时的官场氛围又不便明荐。巧逢当时前朝司徒韩弘逝后遗产纷争案事发，穆宗在亲自审理中发现一本账册，里边记载着当年韩府向朝中重臣行贿一事。牛僧孺名下的居然是“某月日，送千金，拒收”。穆宗眼前一亮：这样的廉吏哪儿找去！当下牛僧孺就成了宰相的不二人选。一山不容二虎，李德裕随即被外派为浙西观察使。随着李逢吉、牛僧孺的操弄运作，不久，元稹亦被罢相贬为同州刺史，后任户部侍郎的李绅更被贬为端州司马。敬宗、文宗渐次登基后，伴随各种政治势力的博弈，牛李两党始终争斗不息，不时翻盘运转，互有沉浮得失。只是武宗时择李德裕为相，李党占尽全盘优势；宣宗时“逢武必反”，牛党要员白居易的堂弟白敏中、令狐楚的次子令狐绹为相，则对李党全面施压。李德裕连续五次谪贬，最终客死于崖州。随着牛僧孺、李德裕的先后逝去，祸害大唐40余年的牛李党争，终于画上了句号。

这里人们不禁要问，牛李两党人物均为朝廷重臣，两党争斗旷日持久，争来斗去是为什么？中晚唐时期，国运日下，灾难频发，大事如麻，庙堂上哪容得他们如此这般地争斗不休？且慢，这正是症结之所在，且听仔细来一番条分缕析。

唐朝的仕途之路有三条：第一条是科举取士，通过一年一度的试举和皇帝不定期单设的专题制举来广招贤才；第二条是门荫取士，专指世袭的门阀显贵人家，因祖上功荫晚辈享有入仕为官的优待；第三条是少量地通过幕府就职向朝廷举荐为官。牛僧孺、李宗闵他们虽然出身于官宦人家，但都是通过个人努力，中了进士举人而踏入仕途的。李德裕则不然，其祖父李栖筠，代宗朝任工部侍郎、给事中，其父李吉甫宪宗朝两次拜相，有“元和名相”之称，祖辈勤奋好学的基因遗传给李德裕，他不屑于也不参加科考，以其门荫补仕为秘书省校书郎，后因多才博学而入了翰林中枢。不同的人生道路决定了不同的信奉追求，牛僧孺、李宗闵代表的是地主阶级新兴势力积极面世有所作为的一面，李德裕则体现了传统的门阀士族稳健务实的一面。如对官员的选拔，牛党热衷于科考，人性张扬，诗赋取胜；李党并不倚重于科考，而是注重于明察务实的政见阐述和施政举措。对藩镇割据，牛党一般主张维持现状，以静制动；李党则力主主动出击，削藩平叛。对宦官的态度，两党都是务实取舍，都主张抑制又都需要依靠仰仗，因时因事而别。这下复杂了，两党争来斗去，都为的是国运大事，都是冠冕堂皇，振振有词，如何断得是非曲直？其实撕去这些大旗和幌子，去伪存真，由表趋里，其再复杂纷繁的表象都掩盖不了一党之私。

以党画线，顺昌逆亡。平时在主张上两党的政见、方略似有不同，但在实际操作中却全然不顾反正里外，凡是己党的一概绿灯，对方的一律拍死。你支持则我反对，你推行则我拆台，平时一团和气，遇事则势不两立，你死我活。看起来风平浪静，但一方官运亨通，另一方肯定郁郁寡欢，暗地却孕育着新的风暴。宪宗元和末年，农家子弟李固言状元及第，其为人质朴，才华横溢，很受李宗闵赏识推崇，文宗太和四年（830 年）李宗闵拜相，即提拔李固言为给事中，后相继擢任工部侍郎、尚书左丞。太和八年（834 年）李德裕拜相后，二话不说，就将李固言逐出京城，贬为华州刺史。孰料同年十月，李宗闵又入朝为相，随即晋升李固言为吏部侍郎、御史大夫。同一个李固言，岁月更迭，命运却起起落落大相径庭，足见两党争斗之残酷惨烈！

朋党利益实际凌驾于国是大局之上。文宗初年李宗闵拜相后，引荐牛僧孺进入班子，将李党官员尽贬出朝。李德裕在浙西 8 年，回朝不到 10 天，即被贬任成都尹兼剑南西川节度使。李德裕到任后，一手抓改善民生，一手抓整顿边防，局面日渐改观。当时吐蕃维州（今四川理县）守城副使悉怛谋慑于大唐皇威，亲自率众而降，并将维州防务交于唐军。维州是吐蕃的门户，朝廷多年用兵而不得，如今天降馅饼，李德裕大喜过望，急疏文宗，欲以三千羌兵为先锋，直取吐蕃。朝议时，牛僧孺率先发声：“10 年前两国有约，各守边境互不侵犯；而今兵戎相见而爽约，会因小失大。”牛僧孺嘴上这样说，实际上是担心李德裕此举成功，会厥功至伟而危及自身。结果在李德裕眼皮底下，悉怛谋及三百降将被遣回吐蕃后，尽被处死。李德裕恨得牙齿咬得咯咯响，发誓与牛党绝无和解的一天。

为一党私利，不惜与宦官沆瀣一气。宦官集团弑帝乱政，早为朝臣国人所愤恨，两党对此都避而远之，但具体对个别宦官而言，其态度却又大相径庭。王守澄为首的宦官谋杀了宪宗而拥立穆宗，而牛僧孺的先辈李逢吉作为穆宗的太子太师，因亲近、巴结王守澄而一跃成为首位宰相。之后牛僧孺、李宗闵先后拜相，其背后都有宦官扶持。李德裕任西川节度使期间，与宦官监军王践言搭档，打得火热，情同知己。不久王践言回朝出任知枢密，这是与皇帝能够经常耳语的角色，时常为李德裕美言，矛头直指牛僧孺。一次朝会上，文宗冷面相对以牛僧孺为首的一班宰相曰："何时能实现天下太平？"牛对曰："而今蛮夷不侵扰，百姓不流离，虽称不上盛世，也可算作太平吧。"见文宗神情漠然，牛僧孺自知已经失宠了。不久他即被罢相贬任淮南节度使，而几乎与此同时，李德裕则入朝任兵部尚书，未几官拜宰相。武宗即位后，对欲立陈王李成美为皇的牛党大开杀戒，正是当年在淮西节度使任上，与李德裕搭档的宦官监军杨钦义当上了枢密使，极力荐保李德裕为相长达6年，由此创造了李德裕为相执政的辉煌时代。

朝中党争不断，严重地毒化了政治生态及社会风气。不仅朝野群臣为着生存发展，无不投机钻营选边站，就连一些正直的官员尤其是诗人名家，秉持正义恪守中立而不得，反而会遭受无休止的排斥、诬陷和打击，难有立足之地，甚至蒙受灭顶之灾。

且看"诗魔"白居易。早年因一首《赋得古原草送别》而红遍京城，入仕后以震撼京华的《长恨歌》感动得宪宗皇帝将一个九品县尉火箭式地擢为朝廷中枢翰林院，白居易可谓占尽风光。孰料甫一踏进朝廷，他就遭逢党争的风刀霜剑。元和初年宪宗主持的那场策对案，白居易同时担任复试官，将内情看得清清楚楚。作为左拾遗，他上疏《论制科人状》，对牛僧孺等三人力谏不贬，由此建立了与牛僧孺的师生之谊，也使李德裕父子对他怀有刻骨之恨。基于诗人高洁的人格，白居易对党争这类政治不介入，不选边，严守中立，即使被动卷入，也保持着底线，坚持与两方修好。他与牛僧孺一直保持着良好密切的情谊。文宗太和六年（832年），时任河南尹的白居易，在洛阳遇见罢相外贬途中的牛僧孺，酒宴席上把酒相慰："何须身自得，将相是门生。"意思是说我不一定要上高位，我的门生当上将相也是一样的，可见两人关系非同一般。晚年两人都定居洛阳，择邻而居，亲如一家。白居易 37 岁时，经杨虞卿介绍而与其堂妹结婚。杨虞卿本就是牛党要人，连同杨嗣复、杨汝士、令狐楚等等，后来都成为白居易的至交好友。李德裕虽然一直对白居易极为仇视和反感，但由于白居易惹不起就躲着走，二人始终没有撕破脸皮。只是后来武宗有感于白居易的诗歌造诣和名声，欲提他为宰相，李德裕直谏力阻："年逾古稀，体弱步缓，难以胜任"，给白居易弱弱地使了个绊子。白居易与李党的其他要人关系也不错。元稹自不必说，"诗到元和体变新"，世称"元白"。与李绅的关系也相当密切，武宗朝李绅因中风辞相后，白居易赠诗相慰："老爱诗书还似我，荣兼将相不如君。"暮年白居易曾写过一首忆旧《编集拙诗成一十五卷因题卷末戏赠元九李二十》诗："一篇长恨有风情，十首秦吟近正声。每被老元偷格律，苦教短李伏歌行。"戏赠就是恶搞，元老即元稹，李绅个儿矮被谑为短李，如果不是铁哥们儿肯定不会开这种玩笑。

杜牧的处境就不同了。父亲杜郁官从六品、祖父杜佑三朝为相的杜牧，自幼就建树起报国从政的勃勃雄心。然而生不逢时，偏偏他的仕途生涯被莫名地绑上了牛李党争这辆战车，颠簸摇晃，东倒西歪，身不由己，被裹挟着直奔悬崖深渊。杜牧自幼饱读诗书经史，不仅诗文词赋极富造诣，而且在军事兵法方面也颇有斩获，世称文武齐全的少年奇才，他给自己也定下了自傲于世、"惟求高绝"的人生目标。杜牧的从政始于武宗朝，李德裕为相的李党全盛时期，进士及第后 31 岁的他，应召职从牛僧孺为节度使的淮南扬州幕府，深受赏识，担当要职掌书记。一厢宠爱有加，一厢知遇感恩，两人情同知己。荐任监察御史后，杜牧回到朝廷。当时李德裕正致力于平叛泽潞藩镇的征讨，为投其所好，杜牧呈上他当年著述的《罪言》《论战》《用兵书》，并献上具体的用兵方略，深受李德裕赏识并在实战中取得一些胜果。但鉴于杜牧与牛僧孺的过往交情，他早已被盖上了牛党的黑戳。活儿干得再漂亮，朝廷也净给封些个虚位、闲职之类的劳什子。实在无趣，到宣宗朝他心灰意冷又转投于令狐绹为相的牛党麾下。牛僧孺病逝后他亲撰墓志铭，极尽歌功颂德之能事，将李党骂了个狗血淋头。即便如此，因有李党的印记，杜牧仍难获得重用，无奈之下，杜牧请求外放湖州，两年后一代英才百端抱憾地郁郁而终。

李商隐的情形则更惨。李商隐幼年丧父，在同母亲相依为命的清贫日子中，全凭勤奋苦学，以至“五岁诵经书，七岁弄笔砚”。弱冠之年为追求功名，“行卷”投师于牛党中坚令狐楚门下，深得赏识，居家诵读，诗赋共长，成为播扬朝野的诗文名家，也成为令狐楚宴友示朋、引为自豪的一张名片。25岁时考取进士，等待授官前夕，恩师令狐楚病逝。之后迫于生计，李商隐应召就职于李党要人、泾原节度使王茂元幕府，深得其赏识关爱并与其女成婚。诗名紫透而政治愚钝的李商隐，甫一踏进爱河就陷入了牛李党争的旋涡。身为令狐楚的得意门生，却成了王茂元的乘龙快婿，李商隐无形中成了风箱中的耗子。牛党称之为“叛徒”，李党视之为“奸细”，在党争日盛的当朝，顶着双重恶名惶惶难以站立。几经波折，一次吏部考试中榜，授官审核期间，朝中要人一纸“此人不堪”的指令使他躺着中枪，从此断送了官运前程。此后经年，朝中再无立足之地，迫于生计，长年辗转奔波于桂州、徐州、梓州诸地幕府求职。在丧母居家百般无奈之际，他提笔向当年学弟、时任右司郎中的令狐绹赋诗求救，表述心迹：“嵩云秦树久离居，双鲤迢迢一纸书。休问梁园旧宾客，茂陵秋雨病相如。”重提昔日的暖暖情谊，难掩今日的凄凄窘境，此信自是泥牛入海。长期深陷于党争夹缝中求生存的苦恼羞辱，浪迹于幕府求职的艰苦奔波，沉湎于对诗文风格意境的苦苦探索，以及长期漂泊流浪对家庭的担忧、苦思与煎熬，几乎掏空了李商隐的身心。而常年别夫居家清贫度日而导致爱妻的早逝，终于成了压倒骆驼的最后一根稻草。风华正茂而又身如泛梗、命若苦蝉的李商隐，46岁时于混沌迷茫中，撒手人寰。

李商隐逝后，他的“九原知己”崔珏以诗哭悼：“虚负凌云万丈才，一生襟抱未曾开。”这当然是对李商隐命运坎坷悲苦一生的深深惋惜和愤愤不平，但又何尝不是对牛李党争祸国殃民、贻害英才的愤怒抗议，以及血泪控诉！

大唐皇权帝制下，宦官专权为何那样强势

“安史之乱”以后，大唐盛世从如日中天逐渐演变为夕阳西下。只见那偌大而虚弱的躯体蹒跚吁吁、踽踽而行，其中一个重要的原因，是受困于令其痛苦万分而又百般无奈的毒瘤——宦官专权。皇帝的拥立与废黜，后宫的冷暖与寒暑，宰相重臣的上位与谪贬，朝纲的张扬与易帜如此等等，都被宦官集团玩弄于股掌之中。浩浩乎大唐天下，未有宦官之染指所未及。如若不信，请细察一二：

察其一：唐贞元二十一年（805 年），当太子苦熬 25 年，当皇上却不到 8 个月，时年 44 岁的唐顺宗李诵被儿子李纯拉下台来，史称“永贞内禅”。所谓“内禅”，实际上就是逼宫、抢班。原因是李诵即位后推行“永贞革新”，主张取缔法外贡奉、宫市、“五坊小儿”，力主收回宦官兵权，深深地触犯了宦官集团的利益，使其对顺宗深恶痛绝，必欲除之而后快。在宦官的幕后导演下，顺宗下台，革新干将死的死、贬的贬，是为“二王八司马”事件。为世所瞠目的是，其子，即唐宪宗李纯即位的次年正月，倍显蹊跷地以皇帝诏书告世“太上皇‘旧恙愆和’”，次日李诵便暴崩于

兴庆宫。更为奇怪的是，他身逝于南内兴庆宫，却发丧于西内太极宫，使人难以一睹太上皇的遗容。究竟顺宗是怎样死的？这千古之谜至今仍是世所诟病的宦官之阴险毒辣的一个重要话题。

察其二：唐宝历二年（826年）腊月八日，年仅18岁、即位仅两年的敬宗李湛，因其顽劣本性未改、荒于朝政而为宦官所杀。九日，当皇后、皇太后与几位宰相商议继嗣事宜时，宦官首领王守澄和神策军中尉魏从简等四人已决定，以军队迎接敬宗的二弟李昂进宫，并于十二日在宦官、军队的簇拥下登基，是为文宗。试看，这阵势、这场面强不强悍？

察其三：为宦官拥立上位的唐文宗，脑际不时闪现出爷爷宪宗、哥哥敬宗为宦官弑杀的刀光剑影，毕竟他身上流淌的是李唐王朝的血液，冷静下来的他决定从解决宦官专权入手，做一位有所作为的皇帝。但深究起来，因形势所限，谋略不足，用人不当，导致功亏一篑，酿成了“甘露事变”，其结果是朝臣尽遭杀戮，皇帝空前孤立，反将宦官专权推上了极致。此后文宗完全受制于宦官：所颁诏文，需经宦官首领仇士良同意方能生效；廷堂议政，君臣须看仇士良眼色行事；仇士良还敢当朝曲解、伪造文宗旨意，甚至当面训斥文宗，满朝君臣噤若寒蝉。一次，完全处于软禁中的文宗问身边大臣：“朕与周赧王、汉献帝相比，若何？”答曰：“陛下比之尧舜，彼二王乃亡国之君。”文宗叹曰：“二王不过是受制于诸侯，朕却为家奴所困，远不及矣！”以后经年郁郁而终。文宗病逝后，仇士良就伪造了立穆宗第五子、颍王李炎为皇太弟的遗嘱，又如法炮制出武宗登基的闹剧。尤为值得提及的是，当朝正位太子、陈王李成美在得知父皇驾崩号啕时，竟被宦官杀死于府邸，足见宦官的冷酷无情。

毋庸赘述，宦官专权的强势可见一斑。从“安史之乱”以来，宦官专权自肃宗朝直至唐王朝覆灭，横贯150年之久。其祸害时间之长、程度之烈、气焰之嚣张、手段之诡秘，以及给国运朝势和国民生计造成的灾难之深重，一时难以穷尽。冰冻三尺非一日之寒，那么究其根源，唐代宦官专权是如何萌发、形成乃至强势起来的呢?

国运日下，皇朝的昏招助推宦官专权得以萌发、形成乃至崛起。唐承隋制，大唐建国初就从编制上设有枢密院，即皇帝的秘书处，其头领枢密使、知枢密全由宦官充任。在极富文韬武略、精明强悍的皇帝面前，枢密院就纯粹是一个办事服务机构。但至唐玄宗后期，因其耽于淫乐，疏于朝政，才将部分朝政事务交于枢密院宦官处理，不过宦官高力士虽系皇帝身边的大红人，那时也只是承据一些代传代收、处理琐碎朝务的职能。“安史之乱”爆发后，太子李亨在宦官的拥立下于灵武登基，是为肃宗。肃宗李亨痛定思痛，后悸难消，想到藩王、武将悍然发动暴乱，而宦官却是随身保驾一片忠心，昏庸无能六神无主的他终于决定不再信任朝臣和武将，而将朝政大权交于宦官，使其权力扩展到包括军事的一切领域。这一昏招深深地埋下了宦官专权的祸根。

但那时皇上如此宠信宦官，也并非完全信任，而仅是迫于无奈，在利用中信任，在警惕中提防，一旦宦官权势过大，威胁到皇权时，还可以轻易地将其铲除。唐代宗时，宦官首领鱼朝恩权倾朝野，头脑膨胀，在肆意打击政敌的同时，甚至威逼朝廷迁都洛阳，代宗就在宰相的辅佐下，果断地将其剪除了。

及至德宗时，一场惊心动魄的事变使形势发生了本质变化。大中四年（850 年）十月，来自泾原的部队奉命前往江南平息叛乱，冒雨雪行至京城长安，因不满朝廷犒劳而突发兵变，直抵皇城门下。仓皇之中唐德宗在宦官的保驾下，逃至奉天（今陕西乾县）避难，奉天城被围，一个月后兵变才被平息。这次兵变不仅使皇室权威丧失殆尽，皇帝颜面扫地，而且使德宗皇帝更加铁了心，把皇室命运牢牢地绑在宦官的战车之上。他果断决定：左右神策军的最高司令官（中尉）、枢密院观军容使这个监督全国将帅的最高监军，全部由宦官直接充任。至此，随着南衙（相府）禁军遭受打击而消亡，北司（内宫）禁军却得以突飞猛进地扩张。除了原有的左右羽林军、左右龙武军之外，肃宗还增设了左右神武军，代宗增设了左右神策军，德宗增设了左右神威军，组成了北司十军。名义上他们仍是天子禁军，但全部为宦官所控制，最高指挥官全部由宦官直接充任。军事大权在握，呼风唤雨，觊觎朝野，谁敢阻挡？宦官的乘势崛起已是势所必然的了。

尽管宦官集团权位显赫，势力强大，但毕竟依附于皇室，有皇上在面上压着，它并不能为所欲为。随着中晚唐藩镇割据的加剧，朝廷重臣朋党之争的恶化，尤其皇位的更迭变化，宦官集团看到了施展拳脚的巨大空间，利用矛盾，借力打力，就成为他们壮大自身、施展淫威的主要手段。

唐顺宗即位后，以东宫智囊王叔文为首的改革派推行“永贞革新”，触犯了朝中老臣和宦官集团的利益，宦官首领俱文珍联合朝中反对派，将顺宗皇帝赶下台，并不惜置之于死地。唐宪宗晚年，郭贵妃（郭子仪孙女）为使自己的亲生儿子上位，联合宦官害死了当朝太子李永及其生母王皇后，直至在宦官首领王守澄主导下将其丈夫宪宗残忍地弑杀。后来穆宗、敬宗、文宗朝，宰相重臣走马灯似的被废立擢贬，其背后都与宦官直接相关，都是其直接操弄的结果。尤其值得一提的是，唐文宗试图剪除宦官集团不慎酿成“甘露事变”，反倒给以仇士良为首的宦官们提供了报复朝廷、直逼皇上的机会。是时朝中大臣尽被杀戮，宦官、禁军杀人杀红了眼，逢官必杀，见人就砍，血洗相府不算，就连数十里的朱雀大街也横尸成堆，血流成河，弄得官不能上朝，民不敢出户，十足的血色恐怖！其后慑于其势力和淫威，唐王朝广袤的皇天后土真正成了宦官集团的家天下。

历代的宦官们清楚，他们要想稳住阵脚，必须注重团结，练好内功，把基础做扎实，靠内聚做实做强。尽管随着皇帝的更迭和太子的上位，宦官队伍势必有的失宠、有的得宠，矛盾摩擦总会不断发生，但依附于皇室内宫这个整体背景下，这都算不得什么。他们向外界展示的总是铁板一块，尤其在对待朝臣方面，一直保持着高度的团结和一致。宪宗元和年间，新兴政治力量的代表、监察御史元稹在查处案件返京途中夜宿驿站时，因先来住进了上厢房，却被深夜投宿的宦官仇士良、刘士元揪出来辱骂毒打。尽管平时仇、刘素有旧怨，但对待朝中官员却是高度的一致。官司闹到朝廷，一帮老宦官竟然一致怒斥其“轻树威，失宪臣体”，反将含羞受辱的元稹外贬为江陵士曹参军。

平时宦官队伍管理严格，有着严明的纪律。尽管服务对象各有不同，有皇上、皇后以及嫔妃，但其内容要求却是基本相通的，都是迎其所爱、投其所好，在周到服侍中赢得主子的欢心。皇上历经更迭，宦官首领也是一茬换一茬，他们在平时交流和履职交接时，都把驾驭之术作为经验交流和事后强调的重点。经历过祖孙三代五任皇帝的宦官首领仇士良在传授“驭王”之术时有句名言：“天子不可令其闲暇！”就是说千万不能让皇帝闲着，皇帝一有空便会观经史知兴亡，会臣儒纳计谏，智深虑远忙于朝政而疏远宦官，只有整天琢磨并迎合皇帝的心思嗜好——若喜游乐，就专心陪他游山玩水、狩猎击球；若贪酒色，便不辞辛苦遍访天下美女佳酿；若求长寿，则邀方士道人炼服丹药，如此才能使皇帝围着宦官转，实现宦官利益的最大化。唐文宗嗜好并提倡雅乐，认为雅乐崇尚尊王，可以调和身心，倡树正气，极力推崇乐官尉迟章创作并演奏《霓裳羽衣曲》，畅扬盛唐的辉煌浩气。但这与宦官集团惯以靡靡之音麻醉君王、朝臣是格格不入的，故在拥立武宗新皇的第二天，仇士良就杀害了尉迟章，并残忍地屠灭了他的全家。

有史以来，宦官队伍本来就人数众多，加上他们之间相互联姻，裙带成风，共同利益再添亲缘之情，使其变得结构严密，日益强大。源于权欲贪欲，宦官各级首领们兴起了收养义子、义女之风，并以其势力荫护泽被，使之滚雪球般地扩张，极大地壮大了宦官家族的实力。他们还利用权势地位，不仅沿袭和巩固其北司禁事首领由宦官子弟世袭的传统，而且贪婪地染指中央禁军之外的其他军政职位。唐宣宗时有个十几岁的乔姓小伙，投奔时任内常侍的大宦官杨玄价为义子，改名杨复光。宣宗病逝后，杨玄价因拥立新帝懿宗有功而权倾朝野，杨复光请求并担任了地方监军，僖宗登基后杨复光羽翼已丰执掌了兵权，被朝廷加封为天下兵马都监，监督全国各路将帅及其军事行为。正是这个杨复光，一生收养了守亮、守宗、守信等守字号义子数十人，又分别授其为节度使、防御使等牧守将帅。唐代末期宦官队伍的繁衍壮大，由此可见一斑。

天下大势浩浩荡荡，腐朽没落的事物终必衰亡，曾几何时不可一世的专权宦官之路也终于走到了尽头。时到末位皇帝唐僖宗时，虽然杨复光的堂兄、宦官杨复恭等人真正做到了为所欲为、大权独揽，但此时的大唐肌体已被宦官们蚕食殆尽，藩镇的强势崛起将唐王朝分割得支离破碎奄奄一息，这班阉党不久便被后梁王朱全忠一网打尽。随着唐朝大厦的倾覆，这个祸害王朝长达一个半世纪的恶瘤毒根，被彻底埋进了历史的垃圾堆。

唐代女性如此开放，你可知晓？

大唐王朝建立以来，随着国家稳定、政治开明、经济发展和文化事业的繁荣昌盛，各领域均呈现出千帆竞发、蓬勃向上的良好势头，社会风尚、人的精神面貌也发生了前所未有的巨大变化，好一派万象更新、生机勃勃的盛世大观！尤其是女性，她们追求自由自主自强，渴望出人头地，力主人性张扬，显得格外活跃与强势，为当时的社会百态增添了令人艳羡的迷人色彩。杜甫轻吟“三月三日气象新，长安水边多丽人”，是对绰约女子的惊慕；李白醉歌“秀色掩古今，荷花羞玉颜”，是对丽人近影的特写；李商隐揭秘“巧笑知堪敌万几，倾城最在著戎衣”，是对女性渴望建功立业的讴歌；王韫秀探寻“相国已随麟阁贵，家风第一右丞诗”，则是对女性巨变根源的审视剖析。其中的万千景象，真值得我们细细探究一番。

与其他过往朝代不同，大唐立国实行开放、包容的基本国策。而随之呈现出的相对自由宽松的环境氛围，为唤醒人及其主体意识，带来了前所未有的巨大影响。个性张扬，追求自由、时尚、新潮，成为人心思变的主流。尤其是对处于社会底层的妇女，这影响犹如阵阵唤雨的春风，汩汩喷涌的清泉，从萌动、觉醒到振作、奋发，不断催生出摒弃窠臼、追求新潮、彰显个性的社会时尚。从少数女性精英到普通大众，从宫廷贵族到社会底层，一阵阵一拨拨女性张扬开放的神奇幻景，弄得世人头晕目眩，惊叹不已。

首先是推崇开放大胆的服饰。现代人只说唐代女性以胖为美，殊不知以胖为美，美在以别样的服饰来装扮和提升。当时流行的襦裙服领口开低，低胸露乳，以展露雪白肌肤为美；散幅裙则用活络的多幅纱绢遮蔽下体，婀娜多姿，以展现人体的曲线美。这种以“薄、露、透”为特色的女性新潮服饰，一般都是由宫廷女性推出，借助歌伎舞女传播流行，以至遍及普通百姓。晚唐诗人李群玉《同郑相并歌姬小饮戏赠》诗云：“胸前瑞雪灯斜照，眼底桃花酒半醺”，写的是沉溺于歌女新潮服饰的视觉观感；而诗人周渍的《邻家女》写道：“日高邻女笑相逢，慢束罗裙半露胸。莫向秋池照绿水，参差羞杀白芙蓉”，则是惊艳于坊间普通女性的着装有感而发。由此可见无论是“粉胸丰露疑晴雪”的低胸装，还是“绮罗纤缕见肌肤”的透视装，这种前卫、新潮之风在贵族女性、公知精英的带动下，已经蔚然成风，变为广大女性的普遍所爱和追求。

其次是追求相对自主的爱情婚姻。伴随相对宽松包容的社会氛围，家庭管束也日渐放松和开明。对女性而言，自主的爱情婚姻，成为她们的首选目标。自秦汉以来，女性为从父、从夫、从子三大礼教绳索所禁锢，几乎丧失了人生自由的空间。而唐代，从法典到践行，女性都是终身从父，这无疑释放出了巨大的空间。女性享有婚前部分追求爱情以及离嫁择偶的自由，甚至出现了婚前试婚的现象。唐代诗歌“人面桃花相映红”“道是无晴却有晴”，以及唐代传奇《莺莺传》《霍小玉传》等，描写的都是年轻女性对爱情婚姻的渴望与追求，而社会对此也取赞许包容的态度。同时，唐代妇女婚后离异和再嫁的阻力比较小，夫可休妻，妻亦可休夫，妇女离异或丧偶后，无论再嫁还是守节，取决于自己，有的妇女甚至以不守节为荣。有些夫妻友好协议分手时还有“一别两宽、各生欢喜”的美好祝愿。当然，婚姻约束得相对宽松也滋生出婚姻中乱伦、异性交往中乱性等问题，不过这些依旧遮不住这项重大的社会进步所绽放出的前所未有的绚丽色彩。

最后，积极参与社会活动，奠定一定社会地位，发挥不可替代的重要作用。毫无疑义，一代女皇武则天的辅政、参政犹如平地一声惊雷，极大地激发起唐代女性的觉醒。武皇时选用大量女侍人、女秘书、女官员，不仅任用皇族直系中的女性，而且其他女性精英乃至普通官员的家眷亲族也直接参与其中。这无疑极大地提振了女性的锐气，具有强烈的示范、提领作用。随着社会经济的发展繁荣，尤其是农业副业的深耕细作及简单商品经济的兴起发达，妇女也获得了接受教育、参与社会活动的巨大空间，逐渐在家庭和经济实体中获得了一定独立的地位，彰显出在劳务操作、经营管理及运筹协调中不可替代的重要作用。与普通劳动女性相比，广大知识女性和贵族精英尤显活跃，在参政议政、学术研究、诗词创作及社交结游等领域，无不闪现着她们紧张繁忙而光彩照人的身影。仅拿诗歌创作而言，唐代涌现出的杰出女诗人多达200多人，其中最为杰出的代表当数薛涛、李冶、鱼玄机、刘采春这“巾帼四杰”，她们不仅诗作成果丰硕，而且本身的气质修养、个性风格都具有鲜明的特点。薛涛是中唐时期的重要诗人，自幼就受到良好教育，8岁时即通晓音律，吟诗作赋，工于书法，14岁父亲病逝后迫于生计，以歌伎身份出入幕府官邸，因其才华出众，相貌艳美，在官场和文坛广受赞誉。诗人王建赞其“扫眉才子知多少，管领春风总不如”。宪宗元和年间，薛涛与监察御史元稹相遇，一见倾情，热恋缠绵，时有诗作“双栖绿池上，朝暮共飞还”（《池上双鸟》），记述了这段美好时光，在世间传为佳话。晚唐诗人鱼玄机则出身于平民家庭，自幼勤奋刻苦诵读诗书，13岁时诗名已盖及乡里。时有诗词大家温庭筠闻其诗名，欲考教一番，便以“江边柳”为题要其赋诗一首，温庭筠深感鱼玄机就是一块蒙尘的明珠，遂招为弟子，悉心调教。从此鱼玄机的学识和诗才大有长进，成果累累，仅收入《全唐诗》的诗作就有 50 多篇。坊间流传着诗作《鱼玄机集》往往“售者坚持千金不易”，足显其非凡的价值和魅力。

助推社会的发展进步，盛唐气象的酝酿生成，尤其是唐代女性的幡然巨变，其原因要素是多方面的，值得从政治历史、宗教文化、民族地理等全方位多视角，予以审视探析。

一是民族大融合，注入了新鲜而充满活力的血液。大唐建立伊始，太宗李世民就宣告：“自古皆贵中华，贱夷狄，朕独爱之如一。”这种犹如空谷梵音的强势宣言，将大唐王朝胸怀天下、视天下为一族、力主民族大融合的国策昭告于天下，为大汉民族与少数民族的融合、平等、共同发展提供了可能与可行之途。

事实上，李唐皇族的祖先起自北部边陲，本身就有少数民族的血统。李世民的祖母、母亲、妻子都出身于鲜卑高门，他们长期与北方少数民族混居，发迹于鲜卑族建立的北魏，文化习俗上又沿袭于北朝体系，北方少数民族的生活方式、处世风格以及人的秉性内涵均已融进其血液，铸进其思维。这种世风带进大唐，高屋建瓴，势必对汉民族小农经济中的“农耕模式”、人际关系中“男女授受不亲”、家族管理模式中“男主外女主内”等形成强大的冲击，并使之逐渐融入其中，甚至出现了“汉人胡化”的倾向。女性世界里，少数民族“俗重妇人而轻丈夫”的习俗大行其道，中原大地上历史形成的“男尊女卑”的价值观、“三纲五常”的礼教束缚、“养在深闺人未识”的少女常态等植根于厚土之中的女性观念、女性意识均遭受到摧枯拉朽般的冲击和涤荡。在此情势下，女性的觉醒与开放，既为大势所趋，又在情理之中。

二是文化相融共生，焕发起蓬勃发展的强大动力。唐朝是文化大捭阖相融共生的时代，顺应时代潮流，唐朝果断地将汉代以来“独尊儒术”修正为奉道、儒、佛同为国教。早年，高祖李渊为提高门第，尊老子李耳为祖先，为道教敞开了思想之大门，使“独尊儒术”受到挑战；贞观年间，太宗派玄奘出西域，取回佛典650余部译成汉文，推动了佛教的流传；宪宗元和年间，大兴“迎佛骨祈福寿”之风，武宗会昌年间却掀起“灭佛运动”，转瞬宣宗大中年间又转圜扶持佛教，如此波折反复，更促进了佛教的大普及。在道、儒、佛三教并行的影响下，人的思想观念、价值取向、做人准则、处世风格等等，都在矛盾选择中扬弃，在相融共生中互补，在潜移默化地发生着复杂而深刻的变化。随着丝绸之路的兴盛和深化，又进一步打开了东西方文化交流的大门，大唐与西方文明古国的交往更为密切。作为当时首屈一指的国际大都市，西方诸国大量的使者官员、僧侣学者、文人乐伎及留学生长期聚集于京城长安，促成了西方文化的流入与传播。西方文化及外来宗教中关于人的主体意识、生而平等、命无尊卑等观念，尤对女性造成了新颖而强烈的震撼。

在此情势下，朝廷的施政、颁布的法典、倡导的风尚均随之发生了巨大变化，表现为女性的地位有所提升，对女性的管束趋于宽松，为女性的发展开拓了前所未有的空间。比如《唐令拾遗》记载，大唐法典赋予女性拥有法定继承权，亦可独立为户，同时拥有受教育权、参政议政权。唐《户婚律》则规定：女子征得家长同意，已建立了婚姻关系的，法律予以认可，同时许可女子具有一定的婚姻自主、择配自由。而贞观元年颁布的诏文更为醒目：女子丧偶或离婚后，无论再嫁还是守节，都是受法律保护的。可见这些新律，既宣告大道之行，浩浩荡荡，却又与儒道的传统观念，存在许多抵牾，这就为实施带来了矛盾、纠结及游离的空间。代宗贞元年间，时任临川刺史的颜真卿就遇到这样一桩案子：有儒生杨志坚，勤奋苦学却多次科试不第，家徒四壁生活困顿，其妻不满，多次提出离婚而官府不许。无奈悍妻多次提讼公堂而又持之有据，颜氏无奈，迫于

“为仁向善”的传统观念，准其离婚却又借故庭杖其妻二十大板，并提携杨志坚从军且给予厚遇，颇费周折，方了结了这宗棘手而又“违心”的案件。

三是朝野互助推，形成了不可阻挡的时代潮流。倡导女性文明，推动女性开放，历来是发端于宫廷皇族。早在高祖李渊太原起兵时，作为呼应，其女平阳公主就在户县募军起事，号称“娘子军”，开创了女子参政的先河。太宗李世民当年发动“玄武门之变”，其妻长孙氏亲临现场，对将士进行慰勉奖励，登基后长孙氏经常对太宗进行劝谏、纠错。高宗李治当权，其妻武则天辅政、参政，以致成为手执牛耳的女皇。所有这些，都使举世为之瞠目，更让女性眼界大开。在追求自由、婚姻自主方面，唐代皇家公主出家修道成风，朝廷不惜拨支金银大兴土木，公主在道观住久了，便回京都，在京城待腻了，便云游天下，其自由往来简直就是人间仙子。朝廷贵族女子的爱情婚姻则更为自由。资料显示，唐代皇室公主离婚再嫁者计有 25 人，其中 4 人竟 3 次嫁人。与此衍生的是，唐代上层的乱伦现象也比较普遍。李世民弑兄娶其妃；作为太宗才人的武则天又嫁于其子李治；一代明皇李隆基却将其子寿王之妻杨贵妃据为己有。且不说这些尽人皆知的史实，单就中晚唐期间乱伦绯闻也比比皆是。肃宗李亨的女儿大长公主，论辈分是德宗李适的姑妈，却成了他儿子李诵的岳母。这样李诵与姑妈做了夫妻，李适与姑妈做了儿女亲家。平定安史之乱的功臣郭子仪的孙女，应与顺宗李诵同辈，太子李纯应称其为“表姑母”，但在皇族的安排下，李纯却娶了自己的表姑母做正妻。诸如此类乱伦现象传入民间，使女性的操守及贞节观念大受冲击，进而助长了妇女个性张扬、跃跃欲试、追求自由、攫取功名的胆识与自信。时有歌谣流传：生女勿悲酸，生男勿喜欢；又曰：男不封侯女作妃，看女却为门上楣——说明尽管泥沙俱下，但奔腾的大河终究也为世道平添了不尽的亮丽风景。

显而易见，唐代社会进步进而推动女性开放已成为不争的事实。质言之，是“北方的狼”闯进了中原的农家小院，终于搅得广袤的大唐国土翻天覆地，变化连连；是佛祖的弹指、圣母院的烛光、《神曲》的福音传入东方大地，才进一步唤醒了沉睡，激发了活力。女性，终于成为推动社会文明进步的重要力量。大唐，终于营造出中国乃至世界古代历史上鼎盛辉煌的时代。

而造成这一切的一个重要动因，就是开放。对外的开放，对内的开放，对内对外全方位多层次的开放、交往、接纳、融合，其结果是人的观念得以更新，拓展了视野，开阔了胸襟，提升了气度，激活了思路，从而焕发出革故鼎新、开拓进取的无穷智慧和磅礴力量。

社会学的基本原理告诉人们，历史的成功经验一般都具有普遍意义。开放，是大唐创造历史辉煌的制胜之道。

第五辑　依然令人缅怀

柳丝长，情思苦

微风拂煦，斜阳映照，波光旖旎。我徜徉于护城河旁，觅得一方石凳落座。眼前游人如梭，不时伴以欢声笑语。闹中取静吧，一人独坐，静享年华。不经意间，一只蝴蝶从眼前掠过，逐向近旁的花丛，投入与群蜂的竞舞之中。抬头，柳枝青翠欲滴，随风摇曳，婀娜多姿。远处，霭气氤氲，烟霞雨柳，青葱而朦胧，透着春的景明亮色。

我信手翻阅着怀中的诗集，间或伴以默诵、低吟。蓦地，双手像注铅似的挪移不动，双眼也像通电的磁铁似的被紧紧吸住，细看，再细看：

曾逐东风拂舞筵，乐游春苑断肠天。
如何肯到清秋日，已带斜阳又带蝉。

这是晚唐诗人李商隐的悼亡诗《柳》。是他在安葬爱妻不久，仍未从极度悲痛中解脱出来的喋血之作。

屏息静气，专注于眼前这诗篇，我感觉头脑已涨满，血管将爆喷。

瞬间，一切思考、思索、思维活动宛若凝固了一般。

数日来，我午休过后连续到此阅读，读到的咏柳诗确属不少，最早的当数《诗经·小雅》中“昔我往矣，杨柳依依”那人们熟稔于心的名句。而唐代以来的咏柳名篇更是数不胜数。且不说王摩诘的“客舍青青柳色新”，贺监的“碧玉妆成一树高”，难掩咏春的喜色；诗仙李太白尽管初撩愁思，轻吟“春风知别苦，不遣柳条青”“此夜曲中闻折柳，何人不起故园情”，仍难掩内心咏春的基调。但反观眼前李商隐这首《柳》，却大不尽然。同样是咏柳，但这哪里是吟唱？分明是在悲哭！是无声的号啕，无泪的凝噎，是出离悲愤、极尽肝胆之情、发自肺腑的悼妻绝唱！

李商隐的诗歌作品，一般都源于他现实生活中的亲历所感。其体物之精细周到，情感之真挚浓烈，语言之凝练精工，风格之清新瑰丽，早已为世人所称道。尤其是他的爱情诗、悼亡诗，意蕴幽深缥缈，给人以引奇入胜的享受和难以自抑的联想，被誉为他诗歌创作的最高成就。面对这首《柳》，我默诵、回忆、思索，情不自禁地进入他纯美凄苦的情感世界，感受到了他早年苦恋的痴情和煎熬，尤其是他与爱妻相濡以沫的忠贞与深情。李商隐啊李商隐，你对爱情的追求是那样执着和投入，你为精心营造圣洁而美好的伊甸园所付出的心血和操劳，又是那样令人倾慕和敬仰！

想你早年为求取功名，只身来到汴州，向集达官与名流于一身的令狐楚拜师行卷。在面对黄卷青灯的备考期间，你曾随诗友涉足酒肆青楼，参加令狐府的家宴乐舞，其间认识了身为乐伎的河内同乡柳枝姑娘。初次相识，你便面赤心跳，大有他乡遇故知之感。随着交往，日久生情，乃至情深义重如胶似漆。因事发突然，你回原籍为情同生父的堂叔诊病、治丧，之后又去兖州令狐幕府任职，这几年你几乎无时不在思念常驻心田的柳枝姑娘。而与你失联的这位痴情少女更是焦虑万分，心中情圣秒间蒸发，遍访熟人无果而终，害得她大病一场。病愈后柳枝决定，只身去京城玄云观，为母亲还愿并矢志束发为道。随令狐楚入职京城后，你多次去玄云观探询，均遭冷遇。还是一位年长的道姑见你心诚面善，悄声告知：“柳枝姑娘道名双木子，已随公主去玉阳山修道讲经去了。”面对道观的高墙，面对近前随风飘摇的柳枝，你顿生酸痛，悲情难抑，眼含泪水，低声缓吟：

含烟惹雾每依依，万绪千条拂落晖。
为报行人休尽折，半留相送半迎归。

“每依依”当为思念不断，“拂落晖”隐喻心境悲苦；而“休尽折”，既可对行人而言，又可为柳丝自语，寄意着人们对世间美好的珍重、怀念和对新的美好的憧憬追求。

当然事情远不止于此。多年后你陪母亲去济源静养，令人忧中生喜的是，玉阳山就在济源的远郊。为此，东玉阳山的灵都观，西玉阳山的清都观、西母宫，不知留下你多少次辗转反复、苦寻无果的踪迹。真乃苍天不负苦命人，你的一次造访终于得知：双木子就在清都观帮助住持整理经稿。喜出望外的你，软磨硬泡见到了清都观住持。自报家门后，只见住持低声缓气，嗫嗫嚅嚅：“双木子已去江南云游，归期未知。”瞅其怅然，又道：“双木子行前留言‘吾不识来访者，故拒见；若义山及进士第来访，乃吾兄长’。”闻言，只见你顿时浑身抽搐，热泪纵横，掩面而泣。是日夜晚，你面壁呆坐，始终无语，良久，铺纸蘸墨，挥笔而就：

相见时难别亦难，东风无力百花残。
春蚕到死丝方尽，蜡炬成灰泪始干。
晓镜但愁云鬓改，夜吟应觉月光寒。

蓬山此去无多路，青鸟殷勤为探看。

“东风”者春风也。春风杨柳，但叶落而花残，又是何等悲伤！情义之重，焦虑之深，思念之苦，犹如内心抽空了的春蚕，肉体耗尽了的蜡烛。什么肝胆相照心心相连之类的套语，此时显得那么的苍白无力。

而我此时，想对你奉上深深的怜惜和敬意。尽管夜幕降临，游人尽散，我仍不忍离去。面对这首《柳》，我想对你说的话语，依然很多，很多。

尽管你感情受挫悲痛难抑，但你的淳朴与勤奋使令狐老夫人看在眼里急在心头。正是她老人家牵线搭桥，让你结识了王七妹并与之完婚。七妹是节度使王茂元的幼女，知书达理，举止得体，容貌亦十分娇美可人。婚后你们琴瑟和鸣，恩爱有加，你求仕入职四处奔波，她勤俭持家不辞劳苦。不久，你们又喜得娇子，一家人日子清贫却尽得融融其乐。

孰料你刚步入婚姻的殿堂，却同时陷进了仕途的旋涡。世人皆知，你是令狐楚的得意门生，又是王茂元的乘龙快婿，而这两位恰恰是牛李党争中水火不容的两派各自的中坚。为此你背尽了骂名，受尽了屈辱。尽管你自持清白，形端影直，仍屡遭报复、排挤乃至碾压。京城求仕无门，你便外地四处入府求职。这些年间，七妹不时关照你家乡的老母，时时呵护膝下的娇儿，苦心经营着一家的生计，日月不继，甚至当尽了自己的婚嫁首饰。由于长期过度的操劳、忧虑和煎熬，七妹的身体每况愈下，尽管常常感到腹下疼痛，仍在你面前强作欢颜。终于，在你又将去东川求职前夕，腹痛难忍，汗涌如豆，她依偎在你的怀里远去了。

几天来，你一直恍如隔世，命若游丝。今天你终于躺在乐游原的柳荫里，尽抒衷肠。我知道，你心中有话，不会像白乐天“我有所念人，隔在远远乡。我有所感事，结在深深肠”那样直抒胸臆；也没有李太白“仰天大笑出门去，我辈岂是蓬蒿人”的狂放不羁。你的淡定与幽深，你的情感与表达，自有另一番天地。

我似乎触摸到你诗中的意境和情感，自不想说那些泛泛的溢美之词，只是真切地感到，你匠心独运，心裁别出，辟出的是别样的蹊径。你依然运用了《夜雨寄北》中那种“以哀境思乐景愈显其哀”的时空倒置手法，由当下深秋的柳枝、斜阳、秋蝉联想到当年的杨柳春风、喜筵繁花，比照之中尽显时下境遇的悲苦和内心的忧愤。这种反衬的手法足以撼人心肺，振聋发聩！同时，拟人化的描述更是力透纸背。一个“逐”字，赋予柳丝以生命，尽显春柳的主动与深情；一个“带”字，喻示着岁月的无情及你的无奈与悲凄。此时，七妹的倩影充盈着你的脑海，不时还跃入母亲和柳枝的音容，你思念，焦灼，怎一个苦字了得！而时下，秋风萧瑟，夕阳西下，苦禅哀鸣，这不正是已过不惑之年的你，四处奔波，命运无着，处境凄苦的写照吗！是不是？

我慢慢悟出，你对情感、爱情的专一与执着，与你仕途上屡遭磨难而一如坚韧的品行与追求，实乃殊流同源。想你幼年丧父，家境清贫，仍笃志勤奋苦学，引锥刺股，囊萤映雪，以至“五岁诵经书，七岁弄笔砚”。小小年纪还忙中偷闲“佣书贩舂”，靠为别人抄书、干活补贴家用，以减轻母亲的负累，从而自幼就养成淳朴、正直、隐忍、宽容的心性。早年你雄心勃发，想凭自己的文才与诗名一展身手，科举应试却屡屡不中。身处党争旋涡，你不屈膝不选边，在夹缝中求生存，仍处处遭受打击陷害。甚至年届不惑你无奈应试求官，当时已诗名盖世的你，竟像十年前一样，仍被授任一个小小的县尉，官阶反比十年前降得不能再低。多少年来，你不惧“四海无可归之地，九族无可倚之亲”，崇尚杜工部“致君尧舜上，再使风俗淳”，立志“我愿为此事，君前剖心肝”，关切时运日下，怒斥宦官弄权，力拒党争营私，如此奔波操劳，殚精竭虑，耗尽了你的身心。而在你危难、无助的关头，总是慈母的关爱、柳枝的温存，尤其爱妻七妹的全力担当，助你疗养创伤，舔干血迹，慰藉心灵，重新获得站起来的信心和力量。尽管此时你自叹身如泛梗，命若苦蝉，但我要说，你就是不着铠甲的斗士，是心力无比的巨神！无论躺卧还是站立，你都在用心志和筋骨，书写着一个大写的人字！对不对？

薄暮中，依稀见你穆然垂首，微颔。依然无语。

归去来兮话山魂

庚子初夏的一日，应周至文友钱先生相邀，同游秦岭。虽然之前我已去过几次，但这半年来蜗居在家，鲜与朋友谋面，更少相聚，故老钱的提议也正中我下怀。这不，东方刚露出鱼肚白，我等三人便驱车南出古城，急不可耐地直奔目的地而去。

与老钱用过早餐，从周至县城来到峪口金盆水库时，太阳已经升腾丈高了。大伙怀着久别相聚、兴犹未尽的喜悦，望着南山下薄雾朦胧的远景，看着眼下这泛着粼光的浩瀚湖面，信步悠悠，来到法王塔的脚下。“你们看那儿！”循着老钱的指引，大伙望向水库的南畔，“那儿就是亘古闻名的仙游寺。这法王塔本是寺中之塔，20 世纪末，因兴修水库而迁居于此。”那仙游寺，始建于隋文帝开皇十八年（598 年），原名仙游宫，系皇帝避暑胜地，后与楼观来往频密，便改名“仙游寺”。寺中这法王塔，是国内现今仅存的隋塔。这时，老钱语气顿了顿：“秦岭你们已来过多次了，看风景实际上就是赏心情，趁大伙兴致正浓，咱们就聊聊天吧。”

说仙游寺不得不说白居易，说白居易不得不说《长恨歌》。老钱打开了话匣子。唐宪宗元和元年（806 年），白居易应试才识兼茂明于体用科及第，当年四月赴任周至县尉，年底与朋友相约游览仙游寺。睹物伤情，谈及唐明皇与杨贵妃当年的欢爱情景及悲惨结局时，大家唏嘘不已。午间酒席上，他的挚友、布衣隐士王质夫举杯相激："乐天乃情诗圣手，该不会无动于衷吧！"时隔数日，一部史称情诗绝唱的《长恨歌》便呱呱坠地。诗的前半部依据史料，描述的是贵妃妩媚、君王宠幸、贻误朝政、酿成兵变的真实故事，后半部则结合民间演义及传说，抒发的是化恨为爱、化长恨为永爱的浪漫畅想。这部长诗甫一问世，便引起轰动。世人普遍认为这不仅有赖于题材的传奇经典与作者的精彩描写，还得益于诗作通篇充盈着催人泪下的真情实感和直抵肺腑的心灵撞击！说到这里，老钱加重了语气："我完全倾向于后者，我认为这就是白居易自述的自身真情苦恋史，是他借助一件事体一个平台，抒发自己久居于心的郁积，是他与命运抗争中的哀鸣，是灵魂深处的呐喊！"

白居易 11 岁时为避战乱，随母迁居于父亲任职的安徽符离，与邻家一位小他 4 岁、名叫湘灵的女孩相处得形影不离。19 岁时情窦渐开，他们开始初恋。尽管虑及儿子的仕途和囿于门户观念，白母一开始就坚决反对这桩事，但始终难以阻隔。两人一如既往，卿卿我我，亲密如常，以至情似胶漆，难舍难分。白居易 31 岁进士及第授任校书郎，需迁居长安时，执意要与湘灵完婚，遭到母亲严词坚拒并约法三章：不许再提这桩婚事；不许与湘灵会面、告别；不许以后再提湘灵这个名字！白居易正是怀着这种欲哭无泪、欲怨无声、出离悲愤的心情，离开了滋他养他的幼年福地，告别了与他相恋 12 载、魂牵梦绕的苦命恋人。此后，他独居京城，黑夜中无不在翻阅这些年来他写给湘灵的诗篇，这种对湘灵的思念之情及悲苦心境，日复一日愈演愈烈，有时弄得他甚至神志怪诞、惶惶不可终日。带着这样的心绪他赴任周至，同时也是带着这样的苦痛情思他抒写爱情故事。他写什么，怎样写，明白就里的人一看便知。实际上细究一下，《长恨歌》自始至终充斥着明的暗的、实的虚的两条线索、两种情感流。明面上写的是唐明皇与杨贵杨的爱情故事，实际上随着情节的展开、推进，诗人的伤感忧思，无不渗透其间，与湘灵苦恋的足迹、相思的情怀，亦不时跃入人们的眼帘。正所谓“问世间，情是何物，直教生死相许”，白居易倾真情而为之，择真爱而咏之，也正是《长恨歌》得以流传千古的真谛。

四月赴任周至的白居易，公事之余，常常漫步于市井街巷、田间地头。不久后在麦收中，他目睹百姓劳作之苦，得以成就名篇《观刈麦》：“复有贫妇人，抱子在其旁”“家田输税尽，拾此充饥肠”，活灵活现地展现出在苛捐杂税的重压下，无奈间卖掉田地的农民难以养家、凄惶困顿的悲惨场景，深刻反映出白居易心系百姓、关注民生的悲悯情怀。

因为有感于白居易在诗歌创作中震撼京华的名望，唐宪宗大笔一挥，将来周至不到一年的九品小吏白居易擢拔至朝廷中枢，授任左拾遗。白居易初登仕途的一帆风顺，既赖于个人的非凡造诣，也是秦岭赋予他的天赐机缘。

移步法王塔，大伙登车沿 108 国道，傍着水库的源头——黑河溯流而上。这黑河景色真乃天然一绝，碧绿如染的重峦叠嶂中闪出一湾河水，格外妩媚动人。青山蓝天映衬下，水色透明，蓝中透绿，时有小溪岩边泻下，瀑若白练。国道傍河道，一边风景如画宛如仙境，一边怪石嶙峋狰狞如鬼。在陶醉于风光欣赏中，老钱打破了宁静：“大伙看路旁的水潭，‘黑潭水深黑如墨，传有神龙人不识’，还是白翁体物精细呀。”这时一友人言道：“刚才听老钱一番讲解，真不愧是周至的‘活化石’。我有个提议，咱们这次登山，由北向南，自低趋高，这可视之为经线，经线上的每一个点，可以东伸西延以做纬线。所到之处，凡有绝佳风景或人文传奇，都请老钱不吝赐教。”大伙齐声说“好”。老钱含笑说道：“‘活化石’不敢当啊！不过作为东道主，就恭敬不如从命。这里确实处处美景如江南，你们看，秦岭山下，西有太白峪，东有太平峪、沣峪乃至蓝田辋川等等，向山里延伸都是绝佳的风景。说到这里，我们就聊聊秦岭与王维吧。”

王维师承山水诗鼻祖谢灵运而又有创新，其田园山水诗可谓独树一帜。他自幼就受到良好教育，少年时通音律，能诗文，擅丹青，名盖乡里。21 岁时进士及第，授任大乐丞（即朝廷歌舞团团长），而此时与他同龄的李白正忙于求学游历而不为人知，小他 10 岁的杜甫亦未脱童稚之气，可见王维是何等的出类拔萃。但他虽然早入仕途，却命运多舛，极为坎坷。任大乐丞仅数月，因他人脉宽广，与宁王、岐王、薛王等王胄过往频密而引起玄宗猜忌，便以伶人舞黄狮等莫须有罪名，将他贬为济州（今山东长清）司库参军。这次长达 5 年的外贬极大地挫伤了王维的锐气，此后他先居嵩山，后隐于终南，开始了长达 8 年的布衣隐士生涯，及至好友张九龄拜相，召他回朝廷任右拾遗。3 年后张病逝，受奸相李林甫排斥，王维或外贬或赋闲，从天宝初年起的 15 年间，又在终南太乙与蓝田辋川开始了半官半民的隐居生涯。安史之乱中，王维为叛军俘于洛阳，任伪职给事中，大唐收复失地后，众伪臣皆入狱服刑，唯独王维，因其诗《凝碧池》深受肃宗赏识而免灾，仅仅降职为太子中允，两年后改任尚书右丞，直至 63 岁辞世，也算是好人有善终吧。纵观王维一生，政治上的失意，英年丧母家庭的不幸，壮年丧妻坚持不续 30 年孤居一室，对于常人来说该是何等的穷愁潦倒。然而王维却不然，正是长达 23 年的两次山林隐居生涯，皈依于佛禅，寄情于山水，澄扩了他的胸宇，陶冶了他的心态，使他犹如游弋于深潭中纵情的鱼儿般肆意而为，最终迎来了他人生悠然自得的如意期，开创了盛唐田园山水诗独步艺苑的黄金季。

值得称颂的是，王维隐居终南的诗作《终南山》，于秦岭磅礴的气势中融入了个人的心灵感悟，开创了王氏田园山水诗的先河。“太乙近天都，连山接海隅”，“欲投人处宿，隔水问樵夫”，诗作从多种视角展示了终南山恢宏的气势，既叙写了雄浑寥廓、高耸峻峭的阳刚之美，又描述了妙曼轻柔、富于变幻的阴柔之美。正是这种美妙的山景给了落魄诗人诸多的心灵慰藉和哲理启迪：为人，既要锤炼高山耸天的筋骨豪气，也要锻造行云流水、阴晴变换的智慧之躯，无论顺境逆境，均能保持平静的心态，静蓄能量，伺机而为。可见这终南山水使王维完成了人生境界的升华，扬起了迎逆而上百折不回的风帆。隐居蓝田辋川，自吟及与友人唱和而成的《辋川集》则集中体现了王维诗作风格之集大成，其代表作当数人们耳熟能详的《山居秋暝》了。该诗描写的是诗人在一个秋雨落日之后的所见所闻，所思所感，用生花的妙笔渲染出一幅恬淡、静谧的山村晚景图，使人既能看到赏心悦目的水墨山水，又能悟得妙然成趣的山村风情，自然也就会感受到诗人超然物外、寄情高洁的情怀和对理想境界的追求。可见王维之所以成其为王维，与秦岭密不可分。由于长期隐居秦岭，洞悉宇宙的物理而吮吸其内蕴的精华，使得他的精神世界得以升华蜕变；而秦岭那山水跃动展现出的灵气与神奇，又赋予他诗歌创作取之不竭的源头活水。一句话，秦岭的奇山异水滋养了王维，成就了王维，也滋养成就了他别具一格的盛唐诗画。

汽车依旧在“之”字道、“U”形弯上攀爬，老钱话头一转：“前头不远处可去老县城，既可解决中午用膳，也可领略另一番别样风情。如何？”大伙又是齐声说“好”。车到板房子便拐弯西向，行驶在去厚畛子镇的路上。一小时许，驶进老县城村，停在一户农家乐门前。老钱说：“这就是距西安城最远的那户村民开的农家乐，大伙就在此享用一下吧。”我们吃的是农家饭，喝的是山里茶，主人的招呼显得格外亲切自然。原来，这户人家虽然早已迁于山外新居，但人老恋故土，主人便把老伴和孩子送到山下的新居生活、读书，自己一人回老屋居山独处。谈起过去的苦难生活，主人淡淡一笑：“清末年间有两任县令惨遭山匪杀害，吓得新任县令不敢就任，才把县城外迁山南去了。”县令如此，普通百姓的日子可想而知了。这时老钱接过话头：“饭饱了，品品茶。刚才我说了东边隐居山林的王维，现在我来说说西边苦难奔波的杜甫吧。”

唐肃宗乾元二年（759年），安史之乱的战火尚未完全熄灭，又逢关中大旱，“飞鸟苦热死，池鱼涸其泥。万人尚流冗，举目唯蒿莱”（杜甫《夏日叹》），侥幸逃脱叛军的牢狱、生计无着落的杜甫举家于夏秋之交，投奔位于秦州（今甘肃天水）的族侄。可到得秦州却见满目荒芜，一片苍凉。数月后，一家人生活难以为继，恰好收到故友同谷（今甘肃成县）县宰的热情邀请，便满怀希望，于初冬十月，又辗转奔波于秦州到同谷之间的山间小道。同谷位于秦州之南200余里的秦岭腹地，重峦叠嶂，连绵不断；山高路险，举步维艰；寒气袭人，呵气成冰。在这为期两个来月的艰苦跋涉中，一家人身遭的苦难和心受的折磨，杜甫都记述在始终以地名为题的12首纪行诗中。这场炼狱之苦，撼天地泣鬼神，秦岭的鬼斧神工使他心灵受到前所未有的撞击而产生裂变，与苦难搏斗中产生的浩气壮举使他的灵魂得以反哺慰藉而进一步获得新生。尽管不知何因那位县宰故友始终没有露面，但经过两个月的艰难跋涉和在同谷一个月的独自谋生，杜甫再一次脱胎换骨。他于此再鼓生活的勇气，南下投奔时任彭州刺史的诗人高适，继而转投时任成都司马的表弟，踏上了人生的漂泊之旅。

而这秦州赴同谷的12首纪行诗，真实生动地记述了此行的艰难行程和心路历程，是洞悉秦岭对杜甫的撼动影响使之蜕变的第一手资料。首篇《赤谷》描写的是一家人途经赤谷的坎坷。在深山峡谷中，乱石堆积的山路，只有一条辙道可供车辆勉强通行，一整天山风呼啸，无衣无食，人困马乏，日落西山时孩子饿得嗷嗷叫，前不着村后不着店，死亡的恐惧在首日就袭上一家人的心头。接着艰难行走，相继通过峭壁青黑、精铁矗立的铁堂峡；穿着单衣破衫，在呼啸寒风中，瑟瑟通过呵气成冰的寒峡；斗胆通过怪兽峡角一线天，乱石如雨落下来的青阳峡。诗人惊奇地发现，距同谷县城七十里石龛这个地方，山下的毛竹已被砍个精光，一个个伐竹人只能在悬崖峭壁上，冒着野兽出没的危险，全然不顾地忙碌着，为的是完成官府下派的平定安史之乱的军需任务，他不禁感叹：“奈何渔阳骑，飒飒惊蒸黎。”尽管自己已经山穷水尽了，仍心系黎民之苦和国家危难！此行最艰难的，是翻越距同谷30里的泥功山。一座泥功山，从早到晚把一家人折磨得一塌糊涂：白马在泥水中滚成了黑驹，小儿也变成了泥脸老翁。善攀缘的猴子摔死在山涧，善奔跑的麋鹿累死在泥淖中，但尽管如此，诗作末尾“寄语北来人，后来莫匆匆”，可见他还时时想着别人，尽显宽广的胸襟。最后一首纪行诗是《凤凰台》。距同谷七里的凤凰山，作者自注：“山峻，人不能至其顶。”但仍不忘郑重表述心迹：“安得万丈梯，为君上上头。”“我能剖心出，饮啄慰孤愁。”“再光中兴业，一洗苍生忧。”尽管自己穷愁潦倒，而且早已远离庙堂，但依旧忧国忧民，心系天下苍生。可见，这二百里秦岭腹地的艰难行程，杜甫虽饱尝肉体的苦痛和心灵的折磨，却进而领悟到秦岭山水的壮阔、险峻、奇崛、诡秘以及对自身内心的撞击和震撼，显示出诗人人格的崇高之美和心忧天下的博大襟怀。

驱车返回板房子后继续南上，海拔愈高，坡度愈陡，汽车只能缓缓而行。昏昏欲睡中听到一声“到了”，车子在山顶处停下。这里海拔虽高，但坡势趋缓，说是长江、黄河两大水系的分水岭，却也看不出什么特别之处。一行人下得车来，回头北望，峰峦逶迤，绵延不断；南眺，则坡势缓滑，隐约可见佛坪县城的轮廓；西看，但见一座座山峰，在夕阳映射下泛着亮光。老钱一下子来了精神：“那就是太白主峰，因常年积雪冠头而得名。”说到这里，老钱似有所思，随即说道：“咱们一路上神侃唐代大诗人，竟把头把名牌给落掉了。这就是李白，因秦岭而得名而出名的李太白。”相传唐天宝年间，李白来到长安以求取功名，拿出自己的诗作《蜀道难》求教于朝廷太子宾客贺知章。本系性情中人的贺知章，诗未读完便赞叹不已，连称李白为“谪仙”。李白受宠若惊：“风流贺季真……呼我谪仙人”，一下子鼓起了入朝求官的自信。为进入朝廷核心圈，李白在友人的陪同下来到周至楼观玄宗妹妹玉真公主的住地，得到玉真公主的认可和引荐，终于见到唐玄宗，被授予翰林供奉，成为皇帝身边的文学侍臣。而正是这次求见，恰巧公主云游外出，在等待期间，号称“五岳寻仙不辞远，一生好入名山游”的李白，便饱览了附近的山山水水，尤其在高耸云天的太白主峰，留下了托物言情、畅抒理想的浪漫诗篇。

当然这些诗篇，少不了对开元盛世的歌颂和对玉真公主的赞扬。尤为引人关注的，是那些讴歌秦岭山水辽阔壮美、高耸险峻、感人肺腑的优美篇章。在《望终南山寄紫阁隐者》一诗中，诗人首句化用陶渊明“采菊东篱下，悠然见南山”的诗意，一下子勾起对终南山的美妙想象，接着“秀色难为名，苍翠日在眼。有时白云起，天际自舒卷”，感慨不尽这秀色怜人的终南山，真不知如何形容它的曼妙苍翠的景色。而抬头望去，则是满目升腾一望无际舒展自如的白云，展示的正是诗人酷爱自由、追求腾达的浪漫畅想。还如《登太白峰》：“太白与我语，为我开天关”“举手可近月，前行若无山”；《夜宿山寺》：“危楼高百尺，手可摘星辰。不敢高声语，恐惊天上人。”都极言山之高势之险，连太白金星都与诗人为友为其开道，自己何不借玉真公主之力，实现个人“安社稷”“济苍生”的远大理想！可见饱览秦岭风光，给诗人心中注入了强劲动力，使得信心满满，热情倍增，沉醉于实现自己理想抱负的浪漫畅想之中。

正当老钱神采飞扬意欲再讲时，司机凑过来满脸肃然地说：“不妙啊，据我的观察，半个小时后山中必降大雨。”这时大伙才注意到，太白主峰的周围，似有一拨拨乌云翻滚涌动。不由分说，掉转车头，赶紧下山。约莫 20 分钟后，远处闷声阵阵，不一会儿林涛涌动，狂风呼啸而至，天空骤然变得乌黑。说时迟那时快，阵阵冰雹砸得车顶嘣嘣响，引擎盖上竟是四射乱溅的白白的一层，如盆暴雨随之倾泻而下。一车人心都提到了嗓子眼上，除了提醒司机注意安全，谁也不想说话。当风大雨急，开着大灯也无法行驶时，索性寻得一处安全地带，停车听天由命。农谚曰“白雨过三”，是说暴雨三拨过后就没事了。如此走走停停，三阵雨过后车已行驶到与黑河平行的平缓地带，待行至水库峪口时，却见西天一片绚丽的晚霞，头顶上也是蓝天白云，清澄如洗。如同凤凰涅槃获得新生一样，这时大伙下得车来，虽然满脸疲惫，余悸未消，仍不免感慨万千议论一番。

这是一场舒心之旅。

这又是一场惊心之旅。

在远古典籍和神话传说中，秦岭被誉为华夏文明的龙脉，使之名声大振，其北麓盘踞着横亘数千年的十三朝古都，更让秦岭平添了一层层道不尽的神秘色彩。秦始皇感慨于它的功荫庇护，坦言“秦为天下脊，南山则秦之脊也”，这“脊”不仅是地理标志，更是文化精神的凝聚。而今短短一天的重游，在饱览神奇风光的同时，了解和熟悉了唐代四大著名诗人与秦岭的渊源及其足迹、心迹，聆听和探寻了他们物我共鸣的精彩华章和心灵之光，从而愈益感悟到秦岭底蕴的深邃博远及秦岭文化的辽阔壮美！

秦岭本乃我国南方与北方的自然分界线，其顶端就是长江、黄河两大水系的分水岭，是亚热带与暖温带气候的分界线。从山麓到山巅，其景色包括生物、气候、地质等都丰富多彩、变化万千，它们之间糅融相生综合互动，孕育乃至迸发出令人难以想象的神奇景象。今日所见所感，更是领略到了山之巍峨峥嵘，水之清秀柔美，但怎么也想不到会撞上风和日丽中突现狂风暴雨，这种变化之大之快简直令人瞠目。这种峰峦逶迤延绵不断赋予人的恒久定力与瞬息巨变灭此朝食的雷霆暴发，使人怎么也难以穷尽对这秦岭山脉的敬畏与膜拜！

这场舒心而又惊心之旅，印记直抵内心，笃定终生难忘。它严重动摇乃至几乎颠覆了我对常识和一般规律的认知。但沉静下来，游历秦岭如此，放眼人生展望世界又何尝不是这样！凡事求其成功，唯有信念执一，心怀敬畏，永不满足，随时准备迎接新的挑战，方能立于不败之地，而直抵预期的彼岸。可能正是有鉴于此，法国小说家莫泊桑深情地告诫世人：“我们缺少的不是机会，而是在机会面前将自己重新归零的勇气。”诚哉斯言！

鹂声百啭歌悠悠

一般说来，史界、学界都把“安史之乱”作为划分盛唐与中唐的界点。进入中唐以来，战乱造成的深重灾难及其后续影响，加上政治上的藩镇割据、宦官专权、朝臣党争，大唐王朝逐渐走向衰亡。但文学领域，得益于对战乱的反思与觉醒、日益发展的社会经济文化对人的唤起、佛儒道三教并行对人性的浸润与催发，以及文学内在规律的必然发展，历经迷茫、沉寂、跃动，至宪宗元和年间，终于迎来了唐代诗歌继开元、天宝之后的又一个鼎盛时期。如果以美妙的黄鹂歌声作喻，那就是自“千条弱柳垂青琐，百啭流莺绕建章”（贾至《早朝大明宫呈两省僚友》）的鹊起，经过“莺声诱引来花下，草色句坐留水边”（白居易《春江》）的沉寂、思考、跃动，终于迎来了“杂花飞尽绿阴成，处处黄鹂百啭声”（曾巩《旬休日过仁王寺》）的姹紫嫣红、琴瑟和鸣的满园春色。

此言委实不虚。你看，深受战乱之苦的诗人们，稍显迷茫继而镇定后，立马摒弃了吟花弄草的颓靡之气，经过“气骨顿衰”，对政治和生活的态度又逐渐由冷变热，产生了追求新奇变化的审美趣味。“大历十才子”

涌现后，又冒出了以顾况、韦应物为代表的一大批贞元新秀。如果说大历十才子中的韩翃因其诗作“春城无处不飞花，寒食东风御柳斜”（《寒食》）备受德宗皇帝的赞赏，从而封官晋爵标志着一代清新诗风的彰显，那么以顾况为代表的后继者们，以其傲然于世、疏朗奇崛的诗风，则宣告诗坛已步入诗风“尚荡”的贞元时代，继而为元和年间诗苑百花齐放的繁荣铺了路、架了桥。

随着韩愈振臂高擎“文以载道”的大旗，诗人们倍感振奋，眼界洞开。韩愈与刘禹锡、柳宗元关于文学的哲理思辨与交流，催生出“自古逢秋悲寂寥，我言秋日胜春朝”“沉舟侧畔千帆过，病树前头万木春”等激越亢奋的一代豪迈诗风，诗坛大佬顾况与白居易关于“长安米贵”的逸事在诗界广为流传；而白居易与元稹推动兴起的新乐府运动，则掀开了“诗到元和体变新”的崭新一页。除了这质实文俗的通俗诗派外，又有以韩愈、孟郊、李贺为代表的以气势雄放、意象诡奇见长的怪异诗派，凭借立意奇辟、风格浪漫、语言狂峻搅得世人眼花缭乱。如韩愈诗《赠贾岛》曰：“孟郊死葬北邙山，从此风云得暂闲。天恐文章浑断绝，更生贾岛著人间”，使世人惊魂不定而又喜出望外。在这领异标新、各领风骚的风云中，年轻诗人李商隐以其瑰丽幽深的诗风和独出心裁推出《无题》诗系列，诱引得世人心迷神乱。随之杜牧又大力标榜“不务奇丽、不求涉俗”而独树一帜杀出阵来。“顾白情深”“世称元白”“世称刘白”“小李杜”等流行称谓，既表明中唐以来诗坛名家辈出，流派纷呈，影响深广，又彰显其诗风成就不同凡响，和而不同，争奇斗艳，以各自别样的格调与色彩，装饰得中晚唐诗歌殿堂金碧辉煌。

如此撩拨人心，如此吸人眼球！正如刘禹锡《浪淘沙》所言：“千淘万漉虽辛苦，吹尽狂沙始到金。”我们不妨身临其境，对中晚唐诗苑做一番浏览与探析。

不断推进诗文革新，力求接地气、发民声，为诗歌创作赋予不竭的源头活水和旺盛的生命活力。安史之乱的战火硝烟未尽，遍遭生灵涂炭的百姓怨声载道哭声四起，许多颇具良知而亦欲有所作为的诗人墨客久久不能平静。他们有的扪心自问，有的拍案而起，有的索性树旗易帜，开辟出一方新的天地。反映民间疾苦，伸张百姓心声，追索苦难根源，推进社会变革，便成为当下及一个长时期内诗歌创作的主题。

贞元年间，诗人顾况针对当时流行的回避时政、吟风弄月的诗坛弊病，大声疾呼："信无逃于声教，岂徒文彩之丽耶？"（《悲歌·自序》），尖锐地予以批驳，强调提出必须重视诗的思想内容，力主直面社会现实，关注国运民生，而不能过分地追求形式的完美和文采的华丽。

元和年间，白居易出于对社会现状的感同身受及深度思考，响亮地提出"文章合为时而著，歌诗合为事而作"的著名口号，推动兴起新乐府诗歌革新运动。他主张用通俗易懂的语言，便于流行的形式，反映社会现实和民间疾苦，形成了系统的新诗创作的标准。在他和元稹的合力推动下，新乐府诗人大量涌现，新乐府诗作层出不穷，冲破并荡涤了当时诗坛题材狭窄、格调低下的浮靡之气和"宫律高、文字奇、嘲风月、弄花草"的艳丽之风。

在白居易、李商隐已经诗名盖世之时，大器晚成的杜牧应时而出。他在《答庄充书》中主张诗歌创作"以意为主，以气为辅，以辞彩章句为之兵卫"，强调把思想内容放在首位，坚持形式为内容服务，为事而作，决不无病呻吟。他矢志效法李白、杜甫、韩愈这些大家，立足于关注社会民生而追求题材的广阔多样和风格的奇独变幻。如此等等，这些锐意创新的变革之举，都将这一时期诗歌的创作发展，植根于深土厚壤之中，置之于坚实广泛的基础之上。

题材集中而广阔多样。关乎国运时政、社会民生事无巨细，皆可歌之；百姓心之所系，情之所往，所怨所恨所期所盼皆可动以情理诉诸笔端。试看白居易的《轻肥》，写尽内臣、大夫、将军赴宴的气概及酒食的丰盛，末尾笔锋一转："是岁江南旱，衢州人食人"，投枪直刺当朝统治者的咽喉。还如《观刈麦》，写尽农忙时节，在蒸暑灼炎的酷热天气之下，农家割麦抢收的繁忙景象。而末尾一段细节，确有点睛之效："复有贫妇人，抱子在其旁""家田输税尽，拾此充饥肠"，活灵活现地展现出在苛捐杂税的重压之下，无奈间卖光田地的农民难以养家、穷困潦倒的悲惨生活，锋芒所向，仍是黑暗的社会制度和尖锐的阶级对立。

文字通俗而言简意深。反映社会大众和普通百姓现实生活的作品，首先必须为他们所理解、接受和认可，文字质朴通俗，言浅而意深，就成为新诗对文字、词句的基本要求。"悯农"诗人李绅在此可谓树立了典范。请看《悯农》其二："春播一粒粟，秋收万颗子。四海无闲田，农夫犹饿死。"文字是何等的直白通俗，寓意却又是多么的丰富深刻！同"锄禾日当午"那首相比，感受更为深刻，情感更为浓烈，于同情怜悯中隐含着一种欲忍不能、揭竿而起的意味。这样的诗歌，老百姓自然会心领神会，口口相传而天下尽知。白居易不愧为新诗圣手。他记述与元稹的情谊"所得惟元君，乃知定交难"，"所合在方寸，心源无异端"（《赠元稹》）；他深情的诗句"我有所念人，隔在远远乡。我有所感事，结在深深肠"（《夜雨》），都是明白如话而又寄意深远，使人久久玩味不尽。

呼唤诗人紧密联系实际，深入民间生活。有新意有深度的题材哪里来，鲜活生动的语言何处寻，群众喜闻乐见的艺术形式又在哪里，这都需要诗人事必躬亲，感同身受，才能获得第一手珍贵的资料。尤其是语言的通俗化、口语化，必须从百姓的生活中去悉心获取。时有流传"居易作诗，老妪能解"的佳话，是说白居易常常将自己的新诗念给老年妇女听，不懂就改，直到她们能听懂能理解为止。晚唐大中年间，宣宗李忱在白居易逝后，深情赋诗悼念其"童子解吟长恨曲，胡儿能唱琵琶篇"（《吊白居易》），足见白居易的诗风随世，流传久远。

不断提高和更新审美意识，在诗歌创作中努力塑造情境美、诗意美。

文学作品不同于教科书，要靠艺术的力量征服人心。作为集美、情、真于一体的诗歌，更是要求以入目动人的文字吸人眼球，以优美深邃的意境打动人心，以至真至性的情感感人肺腑。这就要求诗人们具有契合大众而又与时俱进的审美意识，注重迎合并引领世人的审美眼光，指向更美的远处。对此，这一时期的诗人们可谓心领神会，殚精竭虑，革故鼎新，屡推新篇，精心打造出令人赏心悦目、情痴意迷的诗歌百花园。

善于造境，妙用移情，致力于塑造物我共融、主客体和谐统一的审美意境。“登山则情满于山，观海则意溢于海”（《文心雕龙》），这是诗人本身应具的基本意识；“以我观物，故物我皆著我之色彩”（《人间词话》），则阐明的是诗歌抒情中物我共融的基本要求；而“我见青山多妩媚，料青山见我应如是”（辛弃疾《甚矣吾衰矣》），就进一步提出了物我相融自我提升的更高目标。这一点，在中晚唐时期诗人诗作中体现得尤为明显。试看柳宗元《江雪》：

千山鸟飞绝，万径人踪灭。
孤舟蓑笠翁，独钓寒江雪。

全诗完全营造的是一个空寂惨绝的雪的世界。鸟飞绝，人踪灭，因为寒雪所致。而垂钓于江雪中的孤翁，此时该是怎样一种处境，怎样一个心态？熟悉柳宗元人生际遇的人自然对此深有感触。这位 21 岁就进士及第、“永贞革新”的得力干将，却随着顺宗皇帝不足 8 个月的称帝生涯而跌入断崖，瞬间从炙手可热的朝中重臣被外贬为人见人踩的倒霉蛋，先是被贬为邵州刺史，在赴任途中新旨追命而来又降贬为永州司马。这首诗就是在永州时所写的，诗中孤翁的境遇完全是诗人心境的写照，而孤冷凄惨的雪境，更能映衬诗人悲苦至极万念俱灰的内心。再看晚唐诗人赵嘏《江楼感旧》：

独上江楼思渺然，月光如水水如天。
同来望月人何处？风景依稀似去年。

诗中有人有物，人即诗人，物有楼、月、水、天。在诗人的妙笔下，人物共融，情景交融，表达的却是自己独有的情结感受。“独上江楼思渺然”，这是何等地令人悲苦欲哭？“月光如水水如天”，7 个字却用了两“如”两“水”，看似犯了为诗大忌，却更显诗人匠心独运，在描写景物的相互连接与烘托气氛的弥合上，起到了浑然一体、情景相长的作用，从而引申出后句物是人非，缅怀久远的悲苦情思。

以不尽之言为诗，着意于诗的朦胧美、梦境美。有感于官场的腐败、民间的凄苦以及人生的悲凄，诗人们善于运用一些含蓄模糊的笔触，营造一些情真意切却又迷离多解的情境，意欲表达诗人深挚缠绵、细腻动人的相思之情及嫉世忧愤、如鲠在喉的难言之苦。试看杜牧《泊秦淮》：

烟笼寒水月笼沙，夜泊秦淮近酒家。
商女不知亡国恨，隔江犹唱后庭花。

前两句以传神的两个“笼”字，将月夜泊船秦淮河岸的环境、气氛，那迷离的夜色以及公子王孙的醉生梦死、歌女的浅斟低唱，都活灵活现地展现出来。后两句则是通过议论引发深度的感慨。商女“犹唱后庭花”，既能引起对陈朝亡国的悲情追忆，又为晚唐衰落的国运走势染上朦胧、凄凉的时代色调；不仅是诗人咏史感怀的忧思，更是激发诗人进而引发世人对社会现实的忧愤情思。再看元稹的《行宫》：

寥落古行宫，宫花寂寞红。
白头宫女在，闲坐说玄宗。

完全是白描手法，短短四句，将人物、时间、地点、形态娓娓道来，事态看似平缓自然，完全是一幅日间常景。但细细咀嚼，却发现寓意幽邃，心抒深远。宫古而寥落，花红而寂寞，妩媚动人的青丝宫女而今变成白头老妪，宫事应接不暇而今却反而静坐闲聊。而“说玄宗”，更能引起人们不尽的联想与深思！这种对日间常态的描写却能引出人们如梦迷离的万千思考，正是该诗以少总多的神妙之处。难怪宋人洪迈赞曰：“人称乐天《长恨歌》凡一百二十句，读者不厌其长；元微之《行宫》才四句，读者不觉其短。”可谓道尽了其中的奥妙。

婉曲达意，引而不发，追求诗歌的含蓄美、题外意。受制于某种时政大局和人文环境，而要表达独有的心境、难言的苦衷以及难以启齿的诉求，诗人们可谓费尽苦心，搜肠刮肚，肌理妙凑，采取比兴、隐喻多种手法，以达到既能宣泄情感、表明诉求而又不失体面、进退自如的初衷。请看李商隐《寄令狐郎中》：

嵩云秦树久离居，双鲤迢迢一纸书。
休问梁园旧宾客，茂陵秋雨病相如。

这首七绝可谓婉曲达意的典型。诗中嵩云、秦树、双鲤、果园、茂陵秋雨病相如，处处皆为隐喻而又专有所指，把诗人寂落的处境、悲苦的心结、欲求助昔时友人而又难以启齿的情态描绘得惟妙惟肖。李商隐早年行卷时，寄读于太尉令狐楚府中，与东家三个儿子情如同胞，只是因为后来他娶了李党要人的女儿为妻，使得深染牛党色彩的令狐绹深为反感和气愤，多次对李商隐作梗使坏。此时令狐绹贵为武宗朝右司郎中，而李商隐在苦于幕府求职疲于奔命的间隙闲居洛阳，迫于生计，无奈向旧友修书求助。诗中尴尬的处境、良苦的用心通过细腻婉曲的表达，让读者不禁心生凄冷，潸然泪下。再看杜牧《赠别》：

多情却似总无情，唯觉樽前笑不成。
蜡烛有心还惜别，替人垂泪到天明。

以“情”起始，以“情”落笔，表述的是惜别友人时的一往情深。多情与无情本是反笔，此处却显奇效。因长期以来受友人的眷顾，情深意长盛情难却而别离之际，因其太多情太深情而无法表达，“无情”却成了多情之至的最真切的表述，以至樽不能举，苦笑难成。此处以“唯觉”总领，更加重了诗人此刻心中的空落、沉重。蜡烛有芯人亦有心，蜡烛流泪人亦流泪，“到天明”则更显时之长情之深。杜牧此行告别扬州，实在是内心戚戚，难以作别。早年他在朝廷屡受排挤，好不容易投奔在亦师亦友的淮南节度使牛僧孺的麾下，被委以重任授仕掌书记，同时在日常生活中也备受呵护关爱，所以杜牧遂有“十年一觉扬州梦”之慨。此次离别，告别师友，告别歌舞女媛，自是满腹情思在心头，一言难尽口不开！

探寻艺术手法的新奇多样，强化以情感人的恒久魅力。为诗之道，意在达到新、奇、妙的审美效果，但究竟采取何种艺术表现手法呢？“运用之妙，存乎一心。”这一直为古代诗人所遵循的律条，在中晚唐表现得尤为突出。这里略举一二：

托物寄兴，情真意切。李商隐的五律自喻诗《蝉》就是以蝉自喻、蝉人化一的范式。前半部形象地描述蝉处境的凄苦及良苦用心的枉然，隐喻自己行为高洁却屡遭不幸以及处境的凄凉悲苦、环境的冷酷无情。后半部由蝉及人，写自己命如泛梗，漂泊无定与寒蝉随风悲鸣如出一辙，命苦如蝉。前半部是以蝉自喻，后半部又自写归蝉，托物寄情、物我相融高度地统一在一起。还如元稹《离思五首》中的名句“曾经沧海难为水，除却巫山不是云”。以山、海、云、水作比，形象而又充分地表达了他与爱妻感情的博远辽阔、密不可分以及缠绵不断的思念之情。还有女诗人薛涛《柳絮》中“二月杨花轻复微，春风摇荡惹人衣”，以轻复微的柳絮杨花作托，将自己丧父后生活无着，奔波于幕府官邸，出没于歌厅舞场，多次爱情受挫以致终生未嫁、四处漂泊的悲苦人生，表述得极为真实贴切。

立意奇辟，反笔见妙。从反面立意亦为反笔。杜牧《赤壁》放言：“东风不与周郎便，铜雀春深锁二乔。”一反常态，敢于提起自己的警世奇语。他认为赤壁之战的获胜，不在于计谋、指挥、应战，而是老天帮了忙，获胜存在着极大的偶然性。这种反笔之妙，发论奇特，确实有令人深思之处。韩愈的《春雪》写道：“白雪却嫌春色晚，故穿庭树作飞花”，则又是一种曲情达意的反笔。白雪本是一种自然现象，却要说成是飞花，表达的是诗人盼春早归的急切心情。李德裕在《登崖州城作》中说“青山似欲留人住，百匝千遭绕郡城”，却是以反笔表述诗人“世道艰难意难平”的复杂心情。宣宗即位后，前朝宰相李德裕受牛党迫害而连贬海南荒蛮之地。登上崖州城，登高望远，怀念帝都，心潮难平。这“百匝千遭”的绕郡群山，正是四面环伺、重重包围的敌对势力的象征，身处此境，自是凶多吉少。人往往希望落空后心情会平静下来，他不说自己为千山万水所阻隔，却言“百匝千遭”“留人住”，这种反笔将诗人此时的情愫、心态、矛盾、纠结描述得冷峻深刻、入木三分。

字、词、句的精到活用，尽显张力。先看数字入诗。柳宗元的《江雪》不必赘析，看看张祜的《何满子》倒也令人惊奇：“故国三千里，深宫二十年。一声何满子，双泪落君前。”可谓句句有数字，层层寓深意。“三千里”极言距家之远，“二十年”道尽入宫时间之长，“一声”“双泪”尽显情之专一之痴。其结果是唐武宗的宠妃孟才人，在武宗弥留之际为皇上吟歌献舞，唱完这首《何满子》，身体即殒，肠已数断。再看杜牧《江南春》“南朝四百八十寺，多少楼台烟雨中”，《寄扬州韩绰判官》“二十四桥明月夜，玉人何处教吹箫”，隐约中可见江南青山隐隐，江水迢迢，透示的却满是缠绵悱恻的幽怨情思。可见这数字入诗，是具体的数也好，是概念的量也罢，于诗句中嵌入这些看似枯燥的数字，却顿显真切自然而鲜活生动。

再看叠字入诗。顾况大手张扬，仰天长叹“我欲升天天隔霄，我欲渡水水无桥”（《悲歌二》）。白居易多情难忘，寄思幽远：“欲忘忘未得，欲去去无由”（《寄远》），“弦弦掩抑声声思……嘈嘈切切错杂弹”（《琵琶行》）。而王建又呈现多思多愁的《宛转词》：“宛宛转转胜上纱，红红绿绿苑中花。纷纷泊泊夜飞鸦，寂寂寞寞离人家。”可见，叠字入诗，活用多端，运用之妙，天工无比。

还看地名、人名入诗。久享盛名的刘禹锡《乌衣巷》中全是地名：“朱雀桥边野草花，乌衣巷口夕阳斜。旧时王谢堂前燕，飞入寻常百姓家。”还有温庭筠的《咸阳值雨》同样如此：“还似洞庭春水色，晓云将入岳阳天。”人名入诗则见白居易诗句“每被老元偷格律，苦教短李伏歌行”（《编集拙诗成一十五卷因题卷末戏赠元九李二十》），他悼友追思的诗句多次提到元稹的名字：“卷中多道赠微之”“应共微之地下游”，如此等等。地名、人名入诗，既能使人顿显辽阔的时空观，又生相见如昨的亲切感，其效果奇妙难言。

“文章憎命达”，诗歌更是如此。环顾中晚唐时期凡有成就的诗人，无不历经坎坷，命运多舛，其成功全赖于孤诣托付，苦心为之。他们舍身心以为之，在构建诗歌的殿堂中，体物之精细入微，用情之呕心沥血，描写之典丽精工，塑造诗意形象之立体多维，可谓光华别样多神采！尽管经过安史之乱，盛唐的如日中天已渐次滑落成西下的斜阳，但这诗坛的精彩纷呈，无疑为这斜阳涂上了迷人的绚丽色彩。而这中晚唐诗歌浩瀚如海，佳作如山高不可测，其艺术表现手法上的秘籍技艺亦如大海深不可量。如同铁遇强磁，吸引得世人和无数中外诗人学者竞相眷顾，吮吸探秘，居于深山不知归。

后记

午夜了，脑子反倒格外清醒，只是双眼艰涩得不行，好不容易硬撑着画上句号，才得以长长地舒一口气。这是日前这本集子落笔时的真实一幕。

近两年，我深深地迷上了中晚唐的诗坛景象。不知何因，我对初盛唐总是提不起兴趣，唯独对中晚唐情有独钟，爱不释手。人到暮年多悲戚，也许是此时大唐式微的国运、衰败的走势、频发的灾难以及命运跌宕坎坷的人物经历比较契合自己的境遇心绪吧，我竟一发不可收拾，专此草就这些许篇章。

想我出身农家，自幼清贫，偏偏喜爱上文学诗词。上高小时一次麦假，傍晚我替大人为生产队看护麦场，却径自躲在昏暗的路灯下迷起书来。队长过来批评我说:“叫你看麦你看书！”一位村妇路过嘲讽说:“防顾你看成书呆子。”

“文革”断送了我的大学梦（须知我曾就读于省域闻名的重点中学），走进军营一晃就是 26 年，后转业地方机关，工作总是杂务冗繁，偏偏自己又是个较真儿的主儿，喜好总是让位于主业，故一直没时间提笔。这不退休了，归零了，才突然醒悟过来，捧起书，提起笔，也谈不上圆梦，充其量仅是满足一下内心的夙愿，自慰而已。

于是，磕磕绊绊，就有了这本册子。

同样的境遇，同样的人物，同样的诗作，而今的感受与早年、当年竟是那样迥异，只能以现今的自我来审视和探析，力求目光冷峻些，思维理性些，能够比较客观深入地探寻事物的真谛、诗作的内核以及诗人灵魂的闪光。此间历经无数次殚精竭虑无法下笔的煎熬，也体验过柳暗花明如释重负的快感，甚至泪水盈眶，暗啼抽泣，不知是悲是喜的难以自抑。当然，感同身受落笔而就的，乃是自己的心得，一家之言，不当之处难免，还望方家谅而斧正！

比尔·盖茨有句名言："在你最感兴趣的事物上，隐藏着你人生的秘密。"我的人生秘密是什么，我自己也弄不明白，还是以此为新的起点，继续努力吧。

感谢著名散文家李玉柯先生热情拨冗为序！感谢席学柏、杜锁强、鱼云峰等名家师友的鼓励支持！尤为感谢主编凌翔的鼎力相助和辛劳付出！

再次谨致诚谢之忱。

韩惠民

庚子初夏于蓝川韩岩邨